Post Mortem

Peter Terrin

身内のよんどころない事情により

ペーター・テリン

長山さき 訳

CREST BOOKS
Shinchosha

身内のよんどころない事情により

POST MORTEM
by
Peter Terrin

FLANDERS LITERATURE

This book was published with
the support of Flanders Literature.
http://flandersliterature.be

Design by Shinchosha Book Design Division

娘に

「我々は我々自身ではない、
世界が我々について知っていることが我々である……」

W・F・ヘルマンス『守護天使の記憶』

二〇〇四年八月十日、レネイ・ステーフマンは誕生した。十四時五十六分に、眉間に深いしわを寄せて子宮をあとにした。テレーザの呼吸法をぼくがサポートし、助産師がぼくたちに覆いかぶさるようにして巨大な腹を押していた。テレーザは分娩を嫌がっていた。大きなおなかがなくなると寂しくなるのがわかっていたので、自分の内に子を保っていたかったのだ。予定日を十日過ぎ、これ以上は待てないと助産師が判断した。午前中に病院に行き、促進剤で陣痛を起こした。ぼくは本をもっていったが、半ページしか読めなかった。テレーザは悲しみ、落ち着きがなく、怖れていた。そこに痛みがきた。硬膜外麻酔には遅すぎた。まるで出産の最中に失神してしまいそうに見えた。そんなことが起こりうるのかはわからない。血液中に大量のアドレナリンが出ている分娩中の女性が失神するということが。頭が見えてきたとき、産科医が言った。ほら、頭が出てきましたよ、髪の毛がたくさん生えてる。だが、ぼくは見たくなかった。ほんとうに彼女が生まれて、泣き、生きているのがわかってから見たかった。まだすべてを失う可能性もあるような気がしていた。

第一部

1

目をあけるとシャンプーが目にしみて痛くなるのでかたく閉じたまま、彼は手探りでバスタオルを探した。

シャンプーが目にはいるなんて、いつがさいごだったか、思い出せなかった。おそらく子ども時代だろう。あるいは何度もあったが、目にしみないシャンプーだったのかもしれない。それとも年をとって痛みに敏感になったせいだろうか？　これからは娘レネイのストロベリーの香りの子ども用シャンプーを使うほうがいいかもしれない。

きみは四十歳なんだ、とエミール・ステーフマンは思った。まだ年寄りじゃない。

運悪く、ヒーターの上のメッキを塗ったラックにはバスタオルが一枚もかかっていなかった。何度も自ら手本を示して、バスタオルをラックにかけてきた。シンプルなことでも十分、彼を喜ばせることができると教えようとしたのだが、うまくいかなかったようだ。

彼のメッセージは明白ではなかったのだ。他人は、彼が好んで自分たちのためにやっているのだと勘ちがいをし、そのうちそれがあたりまえになった。

オットー・リヒターならばどうしただろう？　有名な、最も本の売れる作家はいまでは隠居の年齢だが、四十代のころの彼はどうだったのか……そのころからすでに、若くて従順な妻がバスタオルを手の届くところに置く、といった細かなことにまで気を配っていたのだろうか？　バスタオルの欠如によりリヒターの機嫌がそこなわれ、一日中執筆が滞ってしまったとしたら……いや、それは考えられない。当時から彼には家政婦がいたのだ。だが首都の高級住宅地の豪華マンションも家政婦も、肝心なことではなかった。作家とは、世界を自分の思いどおりに操ることのできる存在なのだから。

妻のテレーザの姿が一瞬、頭をよぎった。レースに縁取られたエプロンと頭巾しか身にまとっていない。タオルを渡すのが目的ではない。

彼はよからぬ妄想をふりはらった。そんな暇はないのだ。いずれにしてもテレーザがバスタオルをかけ忘れたことはもうあまり気に障らなくなっていた。

バスソルトの容器や、大きなカエルに小さなカエルがいくつも入ったおもちゃを倒しながら、バスタブの縁につかまり、ヒーターの上にのっているかもしれないタオルを手探りで探した。閉じた瞼の裏側で目が両手を追ってぐるぐる動き、見えないはずのものを見ていた。少し動かすだけで目の痛みはひどくなった。シャワーの熱い湯が原因で突発性の神経疾患にかかったのかもしれない。この稀な疾患には治療法がない。鎮痛剤は効くが、朦朧としてしまい執筆はできなくなる。涙のにじんだ目で、今日はせいぜい数行しかキーボードを叩けないだろう。それ以外はソファでぼんやりして、太るだけだ。

なぜバスタオルを探しているのだろう？　バスタオルが痛みを軽減できるわけでもないのに。なにを考えていたんだ？

またヨーロッパ地図が見えてきた。今回は奇妙に動く星までちりばめられている。目の筋肉によって何度もおなじ場所に押し上げられ、徐々に動きが弱まるとまた筋肉に押し戻される星。子どものとき、ベッドライトを消すやいなや、瞼の裏の闇にちょうどこれと同じような星が現れたものだ。いつも二つで、当時は星ではなくフクロウの目だけが光っているのだと思っていた。賢明なフクロウが自分をまもってくれているような気がして、声にこそ出さなかったものの、心の中で〈フクロウおじさん〉と呼んでいた。一晩中、自分のもとにいてくれ、朝、目覚める直前に消え去る。誰にもその話をしたことはなかった。父親や母親がいるのと同様、ごくあたりまえのことだと思っていたからだ。

テレビ番組〈寓話の国〉に登場するフクロウとはまったく似ていない自分の〈フクロウおじさん〉が、後年、目の病気を患うことになる前触れだったのかもしれない。

彼は目の中の星をヨーロッパ地図の上方、北東のバルト海とかつてのソビエト連邦の三国に向けて動かした。すでに今夜の食事会の予習を十分おこない、エストニアが三国のいちばん上の国で、首都はタリンであると暗記していた。今後二度と忘れることはないだろう。

インターネットで招待客の写真も見つけた。自分と同年代の作家がフォトグラファーの要望に応じ、醜いほうの横顔をカメラに向けていた。反対側の鼻翼の脇にもこぶがあるなら別だが、そんなことはないはずだ。より可能性が低いのは、このエストニア人の作家が自ら望んで、〈本は美しい人間に書かれるべきもの〉と思っているすべての読者へのステートメントとして、意図的に醜い側を撮らせた、ということだ。そう思うには、こぶがある以外は整いすぎているからだ。楽しそうな笑みさえ浮かべ、世界に満足している様子がうかがえる。知識人のイメージどおり、開襟シャツの上にコーデュロイのジャケットを着ている。フォトグラファーは美的センスはもちあわせていたが、クリアなヴィジョンを欠いていた。

こぶは典型的ないぼではなく、むしろ木の幹の節のごとく癒着した傷跡のようだ。年を取るたびに大きくなり、ますます顔の印象を決定づけてしまうにちがいない。

おそらく――あごからタイルに落ちるしずくの音を聴きながら、ステーフマンは思った――フォトグラファーに異議を唱える勇気がなかったのだろう。無名の作家が撮影してもらえるなんて、光栄なことなのだから。

そう、結局のところ、みな無名なのだ。

無名で才能ある作家たちの会食。うち半分はエストニア人。文化関係の機関が共同で自国の文学振興を目的に企画したもので、十二人以下のえり抜きの参加者、と聞いていた。会の趣旨に惹かれ、招待されたことを名誉にも思い、すぐには断らなかった。

いまだかつて即答で断ったことがないのだ。

断ることはあとからでもできる。なにが役に立つか、どの方面から助けが得られるかわからない。小事を軽んずれば大事はならず、等など。心やさしい人たちが何度も暗に押しつけようとする狭量な考えを彼は忌み嫌っていた。

十年間の作家活動で五冊の本を書いたのち、いまだに週の真ん中にエストニアの作家たちとの会食に呼んでもらえるだけで、ありがたいことだと満足しなければならないとは。彼らはライター・イン・レジデンスのプログラムで四週間、城に滞在中で、明日の夜は文化的な催しでもてなしを受けることになっていた。知的資本の交換だ。最終的に、いつでもありがたく引き受けるステーフマンに話が来る前に、いったい何人のフランダースの作家たちが即決で辞退したのだろう？

彼はバスタブの縁から手を離し、まっすぐに立った。滑ってころぶのを怖れてそろそろと向きを変え、蛇口を求めて手探りした。タオルは助けにならないだろう。

鼻にこぶのある男の隣りに座るのは運命だったのだ。食事中ずっと、近くでこぶを観察できる。食欲が消え失せ、長いあいだ見ていなかったような悪夢を夜中に見て、叫びながら目覚めることになるだろう。その作家は彼とおなじくらい礼儀正しいにちがいない。互いのグラスに水を注ぎ合い、パンのカゴを手渡すだろう。互いの仕事について興味を示して語り合う。彼はもうすぐ出版される小説『殺人者』について話す。そう、もう六冊目なのだ、と。そして二人きりで、まるで長年の友人どうしのように、新たな本の成功を祈って厳粛にグラスを持ち上げる。体に欠陥のあるエストニア人に、あまりうまくいく気がしていないとわざわざ話す必要はない。

シャワーヘッドからシュワッと音がして、そのすぐあとに熱が、まるで長い衣服のように頭にすべり落ちた。湯が耳をふさいだ。自分の声が体内で重く深刻に響いた。「身内のよんどころない事情により」彼はしばらく待ち、それからその言葉を繰り返した。「身内のよんどころない事情により」

　とりわけ〈よんどころない〉という言葉が気に入った。

　三度目に繰り返してみたとき、〈よんどころない〉のおかげで、使える弁解ができたと思った。曖昧でかつ差し迫った感がある。相対的で、差し迫っている。最初はそれほど大きな問題ではないように思えたが、いまはやはり〈よんどころない〉。断りがこんなに遅れたことも、より真実味を深めてくれるだろう。

　その一言によって、文学基金の会長に具体的な内容は告げずに個人的な事柄を打ち明けている、ということにもなる。率直であるがゆえに、彼女はすぐに理解してくれるだろう。自分自身のこととして彼女の記憶に残るはずだ。十五分以内に励ましのメールが届き、他言はしないと書かれているだろう。なにか自分にできることがあれば……。

　彼は両手を壁にあてて、少し前屈みにもたれた。まるで自分自身が主演する映画の中で、相当困難な事情に見舞われたかのように。目の痛みはほとんど忘れ、顔を激しいしぶきに向けたが、目を開けてみる勇気はなかった。

　会長の姿が見えてきた。エレガントな花瓶に活《い》けたチューリップがリネンを敷いたテーブルに飾られている。料理をしてくれた夫がペッパーミルを取ってくるのを待っている。対面キッチンごしに話しはじめることもできたが、自分の皿からたちのぼるスパイスのきいた湯気を、感謝の気持ちとともに吸いながら待つ。五十近くで、毎週美容室に通っている。ねえ、聞いて――ハンスかヘンクという名の夫が朗らかに食卓につくと、彼女は話しはじめる。ステーフマン、ほら、金髪で太いフレームのメガネをかけた人。ディナーを断ってきたの。短いメールが来てね、なにか家庭で深刻なことがあるみたい。奥さんか子どもに。ふだんならステーフマンはぜったいにネイ《ノー》とは言わないのに。

彼はレネイにするのとおなじようにカウントダウンすることに決めた。それ以外に方法はない。だが、男であることを自分自身に示すため、0まで待たずに2で目を開いた。反射的に閉じてしまわないよう、大きく見開いている必要があった。勢いよく流れる湯の一筋一筋が、ふやけた眼球に傷をつけるのが感じられるような気がした。カウントアップすることにした。10まで数えたら、泡の残りは完全に消え去るだろう。5まで数えると熱気をおびたもやの中でじっと目をこらすのが心地よくなったので、20まで数えた。20になると目の痛みは新たな、よくわからない感覚に変わった。乾燥している感じによく似ていた。

何度か瞬《まばた》きしたり、ぎゅっと目を閉じたりしたあと、彼は試しにあたりを見まわしてみた。バスルームのなかのあらゆるものがいつもどおりの場所にあった。肩の高さまで壁に貼られた五〇年代後期の明るい青緑色をしたタイルが、あいかわらず空間のほとんどを占めていた。夏のきれいなプールのイメージがした。蛇口の壊れたビデ、木製の棚に置かれたほこりをかぶったビンの数々。棚の下段にはタオルがしまってあった。大きな洗面台、茶色い斑点のついた鏡、窓ガラスに一列に並んで、優美な尾びれをはためかせて泳ぐ色とりどりの魚たち。

痛みはすっかり消えていた。視界はメガネをかけなくてもくっきりしていた。彼はいまだかつてないほど鮮明に、この家までたどり着き、彼の人生の一部となった数々の物を見ていた。

2

ステーフマンは、この四日間、食卓の隅に積んでおいた郵便物の束の角をきちんと揃えた。いちばん上には銀行からの封筒があった。ローデワイク。宛先が透けて見える枠のなかの、向かいの隣人の名前と綴りが気になった。ローデワイクという名は、死亡通知状か出産報告カード以外に見かけることがなくなった。

彼らは二年前、引っ越してすぐに、ローデワイク家の前庭の芝生の上で出会った。ステーフマンは彼から〈ウィート〉あるいは〈ウィーチェ〉と呼ぶよう言われた。近所の人も村の住民も皆そう呼ぶのだそうだ。説明はなかったが、〈ルイ〉が転じてそうなったのだろう、とステーフマンは思った。だが、ローデワイクの態度のなにか、彼の肩、口角のまわりのなにかが、ほんとうは彼が縮小語や呼び名で呼ばれるような人間ではないことを明かしていた。そんな名前を使っていること、あるいは皆が使うのを許しているのは、本来の自分を隠すための手段であるのだ、と。村人に取り入り、自分も仲間だと示し、受け容れられるための手段だ。心のなかでは、夜、自宅のリビングでひそかに、自分を〈ウィーチェ〉と呼ぶ勇気のある人間皆に対し、恨みに近い深い嫌悪感を抱いている。彼は元銀行員だった。勤続四十四年！　ろくでもない奴だ。

同時に、呼び名で呼ばなければ隣人が自分に気を悪くすることも、ステーフマンにはわかっていた。それは名前だけでなく人間そのものを拒むことになる。まるで都会人のステーフマンが、ローデワイクが親しみやすい、へりくだった村人であることを認められないかのように。高慢な人間だと思われてしまうだろう。

会話は約十分つづいた。彼はずっと頭のなかで、一度でいいから〈ウィート〉と呼ぼうと機会をうかがっていた。だが結局、その馬鹿げた名前を口にすることはできなかった。ほとんど知らない人のことを〈ウィート〉などと呼びたくなかったのだ。道徳的に無理強いされるのは、自らのプライバシーの侵害のように感じられた。だから別れの際にはふつうに〈ローデワイク〉と友好的に言った。それが彼の名前であるのだし。

ローデワイクの表情からはなにも読みとれなかった。まずは寛大に示された信頼に応えよう、とステーフマンが思ったととらえたのかもしれない。次回会ったときから呼び名を使うつもりだと思っているとしたら、もっとたちが悪い。それでも、ステーフマンには慎重に発音した〈ロー・デ・ワイク〉という三音節が、まるで陣地を示す旗の竿を打ちつけるハンマーの音のように感じられた。

片手で郵便物の束をもち、もう片方の手でレネイの手を引いて、彼は家の二階の側面にある玄関から歩道までの自然石の小路を下った。

歩きながら、青いかごのことを思い出した。

去年、バカンスから戻った翌日、ローデワイクが本物の郵便配達人のように、朝早く青いかごをもってきた。ステーフマンに頼まれて郵便受けから出した郵便物が、ボールペンで達筆に日付を書いたA4の紙をはさんで、かごのなかに重ねられていた。日ごとに、重要な郵便物を広告の上にのせて。

ステーフマンはていねいに礼を述べた。

かごはあとで返してくれればいい、とローデワイクは言った。目線をかごに落とし、すぐには必要ないからゆっくり見るように、と。それに対する反応がないと、翌日になってもかまわない、と言った。午前中であれば。午後はたまたま妻と出かけることになっているのだが、午前ならかごを受けとれる。それでいいか尋ね、ステーフマンが頷くと、「じゃあ明日の午前中にしよう」と言った。その場でかごから郵便物を取り出し、テーブルに置こうとしたテレーザは、きっぱりとやめるように言われた。いますぐかごが入用なわけではないから、それに翌日でかまわないのだから、と。ただし十二時半までに。妻が遅くとも十二時半には出たいから——ステーフマンの目をまっすぐに見て、ローデワイクは言った。

それはなんの特徴もないかごだった。六〇年代の古い、ベビーブルーのプラスチック製のものだ。こんなものをローデワイクが今さらなにに使っているのか、ステーフマンには想像がつかなかった。

ローデワイクの郵便物にはかごは必要なかった。アルザスでの散策に、わずか五日留守にしただけだったからだ。郵便物はレネイの手にも収まるほど少なかった。

道路に突きあたると、排気管の鋭い破裂音が二度聞こえ、小さな車が駆け抜けた。ボディキットがタイヤを隠し、フロントスポイラーが路面につきそうに低いので、除雪車のように見えた。車中で巨大なドラムが鳴る。ステーフマンはレネイが怯え、歩道に足を踏み出すのをためらうのを感じた。

こういうことがこの静かな、百五十メートルもない道路を危険にしているのだ。人通りも車の往来もなく、坂道に気分をよくした運転手はスピードを出して下降する。以前はむこうみずな愚か者を追いかけて殴ってやりたいと思ったものだ。ちょうど映画『ガープの世界』のなかでガープがしたように。だがガープはレスリング選手だった。実際に暴力をふるっていたかは、ステーフマンには思い出せなかった。いずれにしても、この住宅街を猛スピードで駆け抜ける愚か者には全員、自分が半狂乱で暴力をふるうイメージをかき立てられた。奴らを車からひきずり出し、立てと命じ、こぶしで何度も顔面を殴る。泣いている運転手に理由を説明することもなく。奴らが血を流し、ほとんど意識を失って地面に倒れているのを見届けて、背を向け家に帰る。彼に話しかけたり、やめさせようとする勇気のある目撃者はいない。ほとんどの人は同意を示すように頷いてみせる。

だがステーフマンはこれまで誰の顔も殴ったことがなかった。いつでも闘いを避け、保身の気持ちのほうが怒りに勝っていた。だから、スピード狂を遠くから睨みつけてやった。歩道に立ちつくし、他の方策は思いつかずに。下手なジェスチャーは相手の暴力を引き出しかねないから、高学歴でまっとうな職についている父親にできるかぎりの恐い目をして睨むにとどめた。うまくいけば、視線は小石のようにフロントガラスに当たって跳ね、運転手が一瞬、目を瞬かせる。だが、せいぜい花びらか綿毛のように柔らかい彼の視線は、気流に乗って車体の上をすべり、かすめることさえない。

ハンドルの上には、長くて上向きに立てたキャップのつばしか見えない。車道のわずかなでこぼこにも揺さぶられつつ、運転手はまるでバスタブの縁から覗く子どものように外を見つめる。

騒乱の源が目の前を駆け抜けるとき、ステーフマンは反射的にレネイの手を握りしめた。三十メートル進むと、段差舗装の交差点で車体が空中に浮かび上がらないよう、急ブレーキをかける。また排気管が破裂音を立て、マフラーから炎が出た。

「車が燃えてる」

「ちがうよ、そう見えるだけなんだ。ほら、もう消えた」

「なんで消えたの?」

「うん、残念だね」

「なんで?」

彼はさっとあたりの家々を見渡し、窓が開いていないか確認したが、まだエンジンもドラムの音も大きくて、彼の言葉をかき消していた。それに、聞かれたからといって困ることはなにもないのだ。

「車が燃えつづけたら、赤い消防車が火を消しに来てたね」

自分の言葉のトーンに苛立ちを覚えた。聞かれることを意識して、子どもにふさわしい、無理に陽気な、諭すような話し方をしている。

「なんで？」

また空虚で自動的な〈なんで〉だ。どうせまた〈なんで〉と言われるだけなので、答える意味はない。

「まず左を見て」と彼は言った。「それから右を見て、また左を見る」

レネイは前を見つめていた。通りの向こうで三本脚の猫が通りにむかって跳び歩いてきた。ちぎれた脚の付け根は毛に覆われ、生まれたときからその姿であったように見えた。突然、死にかけた血統書付きの猫の不吉なイメージが浮かんできた。餌をやらなかったのだ。薄いグレーの毛は今も変わらずふさふさでつややか。十一年間、彼らの愛しいペットであるチャーリーは、籐の椅子でやつれていた。だがローデワイクはペットの話はしていなかったはずだ。ローデワイクにはペットは似合わない。

朝九時半で、陽光は道路の向こう側の家々の正面に降り注いでいた。このような陽光が、春であろうと秋であろうと、降り注いだ物体をどう変えるか、一度——どれだったかはすぐには思い出せなかったが——小説に書いたことがあった。激しい、鮮やかな色によって、家々が石とセメントからできた無機質な物体ではなく、無数の道に面して、正しい瞬間が訪れるまで辛抱強く待っていた生き物のようになることを。

彼がそれを知っていることを、家々は知っていた。

ここに並んでいるのは一軒家で、特定の建築様式がないのが流行だった時代の、シンプルだが頑丈な家々だ。明らかに小市民的な特徴の彼の家とは異なっていた。よく言えば、チャーミングな寄せ集め。ほとんどの家にはいまだに最初の住人が住んでいる。

ローデワイク家の窓のシャッターは窓台の十センチ上まで下げられていた。雨が降ると、シャッターは下まで下ろされた。雨の日に家のなかでなにが起こっているのか、長い間、彼は疑問に思っていたのだが、あるときそれが雨水がつくのを防ぎ、窓拭きの回数を減らすためだと知った。

猫は速度を落とさず、跳ぶように道路を渡った。

ステーフマンとレネイは、猫にとっては存在しないも同然だった。耳は前を向いて立ったままだ。道路はある庭から別の庭へ猫が行きやすいように、コンクリートで平らにされている。

ステーフマンは高慢な笑みを漏らした。

三本脚の猫に嫉妬していた。


ローデワイクは郵便物の束をまるで贈り物かなにかのように受け取り、とても嬉しそうにした。郵便物は五日間のバカンスがもたらす一連の心配事の最後で、これで完全に旅に終止符を打てるからだ。郵便物を手にして、ようやく安全に家に戻れたことになる。

ローデワイクの妻は、アルザスでの散策を心から勧めた。特に春がよくて、毎年同じ感覚を味わっているのだそうだ。空気中の酸素を舌に感じるらしい。彼女の女友だちにも同じ意見の人がいるのに、ローデワイクはぜんぜんそんなことはないという。彼らはもう三十二年も、アルザス五日間の旅を同じ友人夫婦らとしているそうだ。

それから彼女は口をつぐみ、愛情のこもりすぎた奇妙な表情で目の端から見つめた。おしゃれな服を着た上品な女性で、ステーフマンが覚えられない上品な名前だった。いつも〈奥さん〉と呼んでいた。ちょうど彼女が夫のことを〈ローデワイク〉と呼びつづけているのと同じように。それゆえ彼女はステーフマンのことを品格ある同盟者とみなしていた。彼は誰よりも自分の視線を理解できるはずだ、と。彼女は彼に、三十二年も毎年アルザスで散策するという、くだらない小市民的な根気のよさを示す行為に許しを乞うているのだろうか？　それとも彼に認めてもらうため、なんの根拠もない彼女の誇りを理解してもらうために、内気なふりをしているのか？　もしかしたら言外にこう言っているのかもしれない。ほら見て、これこそが人生なのよ、それから逃れられると思うのは、アルザスと同じくらい大きな幻想よ、と。

彼女がレネイに関心を向け、何歳か尋ね、差し出された三本の小さな指を熱心に数えている横で、ローデワイクは郵便物を開けることなく見ていた。開けるのは、あとで一人になってからのお楽しみなのだ。

会長はもうメールボックスのメールを開いただろうか？　一時間前にステーフマンは〈身内のよんどころない事情〉という表現を使ったメールを送った。あるいは、サーバーのどこか、彼には永遠に手の届かないデジタルの無人地帯で止まっているのだろうか？　〈身内のよんどころない事情〉。会長は、同僚の机に尻をのせ、コーヒーの入ったカップを顔の前にもち、この謎めいた表現をどう読むのだろう？

なにが彼にはあてはまるだろう？

夫婦関係の問題がまず考えられる。あるいは深刻な病気。とても深刻な、つい最近、定期健診で見つかった死に至る病。いずれにしても悪い知らせにちがいない――実際はなにも問題はないのに。万事うまくいっている。

どこかに危険な火遊びをしている感がある。こんな方法を取ることによって、自分と家族になにか不吉なことを呼び寄せているような感じ。そこを越えると自らの人生を危険にさらすことになる境界が存在するのだろうか？　道徳的な境界が。それとも彼は相対化する〈よんどころない〉という言葉によって、有効なパスポートを手にしているのか？

ローデワイクが、もうこの土地になじめたかと尋ねた。村に越してきてどのくらいになるか、と。

「六月で二年になります」

「二年？　もう二年も経ちますか？　聞いたかい？　時間が経つのはなんて早いんだ……ぼくたちの村は都会とは随分ちがうでしょう？」

ステーフマンは、起伏のある土地が気に入ってここを選んだのだと説明した。自分自身も田舎の干拓地で育ったので、静けさを求めていたのだと。失礼にならないよう考えて、土地と家――とりわけ家と庭――、そして値段で選んだのであり、プラタナスに囲まれた青空市場くらいしかない村が魅力的だったわけではない、と明かした。

「そうだね、家がとてもいい。二戸建て住宅、パン屋の一族が建てたんだ。お金を惜しまずにね。裕福な一族だった。当時、景気のいいパン屋は一攫千金を狙える職業だったようだね」

ローデワイクは郵便物をライティングデスクの上に置き、両手で食卓の背の高い椅子の背にもたれた。

「ほぼ三代つづいていた。ご自分の家が二年前には名の知れたパン屋一族の家だったとご存じでしたか？　君たちのほうから見て左側には兄が、右側には妹と母親が住んでいたんだ。それから障がいのある子どもがいて……」

「いえ」ステーフマンは言った。

「そうだろう」ローデワイクが言った。「そうだと思っていたよ」彼はベランダのフランス風の窓越しに裏庭を見た。「不動産屋も知らなかったんだ。ネクタイを締めた若造が仰天していたよ。だが、彼の上司は知っていたにちがいない」

「でもまあ」彼の妻が快活に言った。「すべては過去のことだから。もう誰も知らないわよ。ところで、お嬢ちゃん、牛乳飲む？　なにかほかのものでもいいのよ。リンゴジュースとか。三歳の女の子ならリンゴジュースが好きよね？」

裏庭は几帳面に手を入れられ、にぎやかなたたずまいだった。灌木、花々、植木。テラコッタ、パーゴラ。隅々まで埋めつくされていた。多辺形の芝生は同心円状に刈られ、芝が輝いていた。

「ありがとうございます、奥さん。でもママが待ってるから帰らなきゃね。また今度ぜひ」

ローデワイクの妻はまだレネイの手をしっかりと握っていた。レネイにはふりほどく勇気がなかった。〈リンゴジュース〉という言葉には無反応だった。

「おじちゃんがなにを見つけたと思う？」突然、ローデワイクが言った。「君の家の庭に。なにがあるんだっけ？」

「あたしのブランコ」レネイが声を躍らせて言った。

「ブランコ、君だけの？」

「すべり台もあるの」

「君はしあわせ者だねえ。お庭であそぶの、好き？」

「うん」

「大きなお庭は楽しいよね。でもパパには大変なんだよ。子どもにはいいけど、パパは庭仕事で大忙しだ」

　ステーフマンはこの二年、芝刈りしかしてこなかった。他にもあれこれしないといけないような印象は受けなかった。庭園のようなもの。もっと庭仕事をしろと言いたいのか、ただのお世辞か、どちらだろう？　返答を考えているうちに、ローデワイクはライティングデスクに向かい、引き出しを開けた。

「このカード、集めてる？　小人のスマーフだよ。どのカードにもスマーフが載ってるんだ。はい、君にあげる。パパが手紙を取っておいてくれたお礼だよ」

　レネイの横に深く屈んで、カードを扇のように広げてみせた。「ほら、これはなんだと思う？」

「メガネのスマーフ」

「ちがうんだ。本を書くスマーフだよ。パパといっしょだね！」彼はステーフマンを見ることなくウィンクしてみせた。こっけいに、顔半分と口をひどくこわばらせて。「面白いカードだろう。スーパーで買い物をするともらえるんだよ」

「まず左を見て、それから右を見て。また左を見る」

道は静まりかえっていた。

出窓の外のツツジはもう咲かないだろう。小路の横のバラの茂みは一塊りに絡まっている。カバノキは高い屋根よりさらに高く、裏庭のはずれにある小屋を影で遮っていた。

パン屋の一族。

外壁は、小さな砂黄色のエナメル質の石材で覆われており、まだ控えめな輝きを失っていなかった。玄関が建物の側面にあるので、通りから見るとすぐには二戸建て住宅とはわからない。半分地下に埋もれた二戸のガレージの上に、広い二階部分のある大きな一戸建てのように見える。

女社長が住みそうな家だ。

ただ左側のレースのカーテンと、右側の色あせた〈売家〉と書かれたボードが、そうではないことをほのめかしている。

〈身内のよんどころない事情〉。

この言葉はもはや消し去ることはできない。

彼の作品がいつの日か、万が一、自らの望みに反して大衆の関心を集め、伝記作家が彼の死後、彼の人生について調べ出したとしたら……メールボックスをくまなく探し、このミステリアスな言葉を見つけたら、伝記作家はきっとなにかを摑んだと確信するにちがいない。なにか重要なこと、はっきりと書きたくなくてこの表現でお茶を濁したことを、突きとめられそうだと思うだろう。少なくとも彼の伝記の一章分にはなるであろうなにか。あるいはそれ以上、他の逸話が衛星のようにその周りを取り巻くような、伝記の核心となるなにかかもしれない。エミール・ステーフマンの人生と作品を決定づけるできごと。伝記作家は取り憑かれたようにそのなにかを探すだろう。

実際にはまったくなにもなかったというのに。

3

完熟のサクランボ。母が渡してくれた小さな袋のなかのいちばん色の濃いもの。八つのサクランボ。多くはないが、同時にそれは大いなる豊かさでもあった。待ちわびるもの、これから起こるなにか。八つの体験。

彼はサクランボをくちびるのあいだに押し込み、舌のくぼみにそっと真珠のようにのせる。自転車に飛び乗り、漕ぎ出す。

がらんとした住宅街に家々はじっと佇んでいる。ところどころに車が停まっていたり、ガレージのシャッターがわずかに上がっていたりするのが、家のなかに人がいることを明かしている。彼を見かけた人たちには想像もつかないだろう。単に、九番の男の子が自転車に乗っている、と思うはずだ。金髪の、十三歳の男の子。青い自転車。右ハンドルの下にぶらさがるビニール袋を見る人もいるだろうが、気にも留めないだろう。だが彼、エミールが見られることはまちがいない。犯罪があって取り調べを受けたら、誰かが証言するはずだ。九番の男の子が正午過ぎに通った、と。完熟のサクランボが口に入っていることは誰も知らない。あの赤い、画一的な家にいる人たちは。

彼はサクランボをほとんど吸わない。しっかりとした果肉はまだ破れず、ぴんと張ったつややかな薄皮におさまっている。時折彼は味のしない唾を飲み込む。自分の家のある通りが終わりになる。脚がゆっくりとしたペダルの回転に従い、歯車がチェーンを嚙むのを感じる。

二本先のアンディの住む通りで、彼は何度か行き来する。アンディの自転車は草の上に寝かされている。大きな窓のむこうのたっぷりとしたレースのカーテンは、きちんとひだになっている。友だちどうし、呼び鈴は鳴らさないことにしていた。

ビーツ畑の上の空が揺らめいて見える。土から出ている肥えたビーツの上に萎びた葉が被さっている。畑のむこうの羊小屋が炎のように揺らめいている。彼は建設中の道の縁石にペダルを載せて自転車を停め、前輪の側に座る。サクランボを頬の内側につけて押したが、果肉は破れない。砂まみれの乾いた溝でうごめくアリたちを見る。脛には白い産毛が生えている。

彼は曲がり角を注意して見ていた。新興住宅地が旧住宅地に繋がる地点だ。すべての交通は、最終的にはこの道を利用することになる。すべての家のすべての煉瓦がここを通るのだ。完成予定図はすでに、タウト氏の農場のトウモロコシ畑とビーツ畑、牧草地を横切るように置かれた敷石で、完璧に示されている。

頬の内側と歯ぐきが、両者を隔てるサクランボの存在に慣れる。サクランボはいつのまにか口の一部となり、痛みを伴わずに取り除けなくなっている。彼は激しく顔をしかめ、Tシャツの端でサクランボを磨いた。まるでピカピカ光るリンゴのようなそれを親指と人差し指ではさみ、慎重にほんの少しだけ齧る。前歯が果肉を破るやいなや、彼の口は興奮に包まれる。その興奮はやがて口から道、地区、バカンスへと広がってゆく。

4

フォトグラファーはボルボに乗ってやって来た。意識的な、洒落たチョイスにちがいない。彼は国内で最も名の知れたポートレートフォトグラファーの一人だった。ショルダーバッグだけをぶら下げて、小路を上がってきた。足取りは遅く、不規則。なにか考えごとをしているのだろう。ベルが鳴るのは自明なのに、ステーフマンはすくみ、リビングのカーペットの上で五秒間、身動きできずにいた。錬鉄の玄関ドアの磨りガラス越しにバラバラの姿が見え、咳払いの音が聞こえた。タイル張りの床にカツカツと靴の踵の音が響くと、ステーフマンはもはや引き返すことができなかった。

出版社は本の裏表紙にプロフィール写真を載せることを強く勧めた。読者は名前とともに顔を見たがるものだから。写真がなければ死んでいるも同然だ。

彼は自分の画像を忌み嫌い、見るのを苦痛に思っていた。外見のためではない。美しいか醜いか、ということではない。自分が美しくないことは知っていたが、醜いとも思っていなかった。

少なくとも、テレーザが醜い男に恋をするとは考えられなかった。皆の意見がすぐに一致する種類の〈醜い〉だ。それには彼女は美しすぎた。相手の外見に一切頓着しない女性に自分が惚れるというのも彼には考えられなかった。そんな女性は、たとえどんなにきれいであっても、彼に欲望を抱かせはしないだろう。そのような考えからうかがえる自惚れは認めるが、自惚れというのもけっして美しい人だけのものではない。もしかしたらテレーザは、彼女の愛によってかきたてられる自惚れ、平凡な男を魅力的な愛人に変えうる自惚れに、恋をするのかもしれない。そうであれば、もしかしたら、彼でなくてもよかったのかもしれない。だが彼女が彼を他の男と取り替えないかぎり、彼は自分が醜いとは思わずにすむ。

写真や動画を見て自分だとわからない、映っている自分と自分自身に抱いているイメージが異なる、と人々が嘆くのも、彼にはわからない感覚だった。彼はいつでもすぐに自分を見つけた。自分がどんな人間かわかっていた。目、髪と耳、広い額を見れば一目瞭然だ。これといった特徴がなく凡庸な組み合わせだ。自分の写真を見て、自分だとわからないほうがいい。すでにはっきりしていることを写真が強調するのは嫌だった。写真はなにかを暴くもの、むき出しにするもの、自分の確信を揺るがすためのなにかを差し出すもの——自分はまちがっていたという証拠を示すものであるべきだ。

彼らはリビングでエスプレッソを飲んだ。フォトグラファーは音をたてて啜り、メキシコ旅行の思い出を語った。二十三日間におよぶジャングル探検中、コーヒーを飲めなかったそうだ。真っ黒な髪と深い目をしたハンサムな男で、温かな印象だった。彼は家について尋ねた。田舎にこんな家があるとは意外だ、と。褒め言葉にちがいなかったが、ステーフマンは弁解しなくてはならない不快さを感じずにはいられなかった。なんといっても無名な作家なのだから、本の印税でこの家が買えたはずはない。妻におぶさって暮らしている、あるいは両親から生前贈与を受けて買った、といった想像はすぐに打ち消したかった。お値打ち物件で、その日のうちに手続きをしたのだ。「パン屋の一族ですか」フォトグラファーは形跡を探すかのように見まわしながら、繰り返して言った。

ステーフマンは窓枠にもたれ、雲に覆われた午後の空に顔を向けた。フォトグラファーは自然光で撮影した。古いライカと、十二枚しか撮れない、大きなコダックのネガフィルムを使っていた。まだ仕事でカラーフィルムを使ったことがない。彼の写真は遠くからでも彼のものだとわかる。飾りがなく、構図が考えぬかれた写真で、俗っぽさとはかなさを容赦なく強調することによって、ロマンティックさをかもし出していた。

ステーフマンは撮影にあたり白いシャツを着、細く黒いネクタイをつけていた。フォトグラファーに求められ、彼は自分が古典的なタイプライターやフィルターなしのタバコ、ファム・ファタール、オーダーメイドのスーツ、犯罪捜査ドラマ、実存主義の小説を好むという話をした。一九三七年製造のアンダーウッド・チャンピオンというタイプライター――アルフレッド・ヒッチコックが最も好んだタイプ――の真っ黒の鏡文字を見せた。試し打ちをしてみるために、フォトグラファーがライカをタイプライターの横に置くと、二つの物体が仲間どうしのように見えた。シャッターを押すまで、堪えがたいほど長い時間がかかった。

フォトグラファーはすべての試みと真剣に向き合い、正しいイメージが自分の前に現れるまで待った。まるで最後のチャンスであるかのように。何度も、シャッターを押さず、ライカ越しにステーフマンをしばらく見、ふたたびレンズを覗いた。最小限の指示しか出さず、ステーフマンは調べられているような感覚になった。息を止め、心臓の鼓動を喉元に感じ、口が何度もこわばるのをどうしていいかわからずにいた。

おそらく今後けっして会うことがないであろうエストニア人の作家のことを考えた。城のディナーで祝杯をあげることにはならない、無名の作家二人の成功の一部が、どうプロフィール写真に左右されるか。潜在的な読者がいちばんに見るものだ。読者はどれくらい写真を見つづけるだろう？　自分の欠陥を隠さず見せているから、と読者はエストニア人の作家に好感を抱くだろうか？　これがよいほうの横顔で、反対側はもっとひどい、という可能性を考えるだろうか？　つまり、この作家も、真っ白なシャツに黒のネクタイ姿の作家と同じくらい虚栄心が強いのだ、と？　書店で、何千冊もの本の何千もの袖にある推薦広告の、何千もの写真のなかから、ステーフマンがユーモアとともに言わんとすることに気づく人はいるだろうか？

写真をとおしての短い出会いでは読者になんの感情も湧かないことのほうが、想像に難くない。写真のなかのなにかが気を惹けば、それで十分成功なのだ。ネクタイであろうがこぶであろうが、毛皮の襟であろうが上向きの鼻であろうが、なんでもいいのだ。

ステーフマンはレンズに映る自分を見た。フォトグラファーに、ライカの奥深くのシャッターを見るのか、手前の自分の反射に焦点を合わせるのか、尋ねた。目が魂の鏡であるなら、自分の本で見当違いの方向を向いてしまうのは避けたいから、と笑いながら。

夜早くに会長からメールが届いた。彼は二階の、家の前面にある小さな部屋で机に向かっていた。かつて両親が近所の人と羊を買い、分け合った羊革を張った椅子に座って。この椅子でこれまですべての本を書いてきた。画面の言葉を見ながら、ローデワイクが前庭の芝を刈る音を聞いていた。その夜、彼は奇妙な、理解できない方法で、会長のメールとローデワイクの芝刈りを夢にもちこんだ。夢は一晩じゅうつづくように思われ、答えを求めない大きな自明の謎、感情だけのようだった。茶がかったオレンジ色のスーツを着た会長は、ディナーのことは忘れて自らの人生の重要な事柄に集中するよう言った。その後、ローデワイクが芝刈り機をひっくり返し、さまざまな刃を指さした。ふつうの芝刈り機よりも刃の数がずっと多く、刈った葉をすぐに切り刻むようになっている。葉を集める必要がなく、芝の自然な肥料になる。葉の肥料としての葉。会長とローデワイクが彼の家に慎重に背を向ける様子。それを見ている彼。すると誰かが彼の部屋のレースのカーテンを開ける。テレーザでもレネイでもなく、自分と同じ背格好の見知らぬ男、同じようなメガネをかけているが、髪の色は濃い。彼に向って手を振り、なにか言うが、窓越しに聞こえない。まるでステーフマンが部屋のなかで自分の横に立っているかのように話している。長い物語を。

翌朝、テレーザやレネイと話すことも、おはようと言うこともなくシャワーの下に立ち、ふたたび目を閉じてシャワーの音に包まれると、稀なる感覚に気づいた。なにかが起きようとしているところだから、もはやなにもする必要はなく、ただ息をして生きつづけ、酸素を脳に送り、待っていればいいのだ、とわかった。最も小さな興奮を押し殺し、ザーザーという音に集中し、静かに立っていた。そしてここで、昨日、シャンプーが目に入り、会長への言葉を考えたこの場所で、それは起こった。まるで脱水機がローデワイクの芝刈り機の刃のような速度で回り出したように。ドラムには過去二十四時間に起こったことすべて、彼を刺激したものすべてが詰まっている。それが倒れてしまわないよう、彼は自分の脚を信じるしかなかった。そして突如、たった一滴の抽出物が、メントールのようにさわやかに、ジャン＝バティスト・グルヌイユの究極の処女の香水のように強力に、彼のひたいの裏の空間に落ち、すべてを変えた。それはアイディア、新たな小説のアイディアだった。

十五分後、彼は動き出し、バスタオルを摑んだ。バスタオルはメッキを塗ったラックにきちんとかかっていた。

5

一見したところ、今朝の朝食は昨日のそれとなにひとつ変わらないようだった。大きな窓の外には気持ちのよい青空が広がり、家のなかには白いテーブルクロスと、磁器を叩くスプーンの音、彼の前に座りおいしそうに半開きの口でケロッグのハニーポンを噛むレネイの姿があった。だが、ステーフマンの頭のなかは、これまでとはまったくちがっていた。そこには、作家についての小説を書こうという決意があった。

彼はそういうタイプの作家ではなかったが、一度だけやってみてもかまわないだろう。作家も結局のところ、人間にはちがいないのだから。

目の端で、彼はテレーザを見た。これまでいつも最初に彼女に新しい本のアイディアを話してきた。他の誰にも先に話す勇気はなかった。

まだ早すぎる、と彼は思った。あまりにも早すぎる。アイディアはスケッチ風で抽象的だった。まずは、部外者が読んでもなんとなく伝わるように、いくつかのシーンを書いてみなければならない。テレーザは理解に苦しむだろう。すぐに夢中になることはないはずだ。彼が答えに困る質問をして、愛情をもって理解しようとするだろう。疑いの種をまくような質問、まだ装飾もほどこされていないこの欄干をいともたやすく壊してしまうことのできる、明白な質問。

名前。主人公に名前をあたえなければならない。名前なしでは存在しえない。跡形もなくふいに消えてしまうことだってある。名づけることで、彼の存在を決定づけるのだ。

より深い意味があることをほのめかすような、わざとらしい名前ではだめだ。言葉あそびや、実在の人物を指し示す名前も不可。そのすべてがふさわしくない。

これまでの本ではファーストネームのみを使ってきて、なんの問題もなかった。おそらく、はじめは一文字で十分だろう。Xでは味気ない気がした。Yはただ単に滑稽。Zではハリウッド的。テレーザがコーヒーにむせたその瞬間、彼は頭のなかにはっきりと聞いた。ぼくは彼をTと呼ぶ。

それは声のようにはっきりとした考えだった。

ぼくは彼をTと呼ぶ。ドットなしのT。まだ名前はないから、その名前を省略することはできない。Tというのはかなり自立しているように聞こえる。Kのほうがいいが、重たい感じがするから駄目だ。その他は問題外だ。それとも彼にUと呼びかけるべきか？　当分は彼をTと呼ぶことにしよう。それがクリアでシンプルだ。

「ママ、両手を上に挙げて！」

「ちょっと上で書いてくる」

激しくむせて涙目になったテレーザが驚いた顔で彼を見た。いま？　わたしがむせているときに？

「両手を挙げるんだよ」

書斎で彼はオリンピアSGI――タイプライター界のロールス・ロイス、一九五九年製造――のカバーをはずした。重さが十五キロあり、十ユーロで退役軍人の息子から買ったものだ。退役軍人は四十年にわたり、これで定期刊行物を書いていた。タイプライターは靴型や鉄床《かなとこ》のようなもので、熟練した職人の気分を彼にあたえた。純白の紙を回し入れ、大文字でTと打った。

水平の線の両端が深く斜めに垂れ下がる棒で終わり、それが屋根を成して、文字をまわりから完全に匿っているのを見た。Tは自分のヒーローにまさしくぴったりの文字ではないか！

ステーフマンはほほ笑み、羊の革の上で後ろにもたれた。
何度かつづけてTと打ってみた。
屋根の端は、モダンな書体を使った本のなかでは消えてしまうにちがいない。でもそのときにはもはや役割を失っている。読者にはなんのメッセージももたない。それは作家である彼にとってのみ重要なのだ。すべてがぴたりと合っている、ということが。それに、本のなかではTは本物の名前をあたえられるだろう。

階下ではテレーザがレネイとともに、出かける準備を終えて彼を待っていた。テレーザは首都で人事の仕事をしていた。フレックスタイム制だったが、レネイを村の学校に連れていくのはいつも、家で働いているステーフマンの役割だった。テレーザは人間関係に長けており、人をうまく使うことができた。しかも、それによって好かれるような方法で。彼女からの命令は相手への特別な関心と受け取られる。

それはステーフマンには完全に欠けている才能だった。フレンドリーになにかを頼んでも、相手が嫌な男から迷惑を被っていると思っている気がした。多く――すべてでないとして――は、彼の顔つき、声音、目とそのまわりの柔和さが生まれながら乏しいことによる。これらの特徴をもたず人受けがよかったとしても、作家にはなっていただろうが、家で一人でできる仕事を選んだのは幸運な偶然だった。

多くの人にとって在宅ワークは羨むべき〈贅沢〉――主夫であることを強いられている彼の口

を塞ぐ口輪のような言葉——だった。洗濯物を洗濯機に入れ、干し、食器洗い機に食器を入れ、熊手で落ち葉を集め、窓や家具を拭き、芝を刈り、アイロンをかけ、さっとパン屋や薬局、肉屋まで買い物に行き、レネイが病気のときには看病をし、ニワトリの世話をし、掃除機をかけ、片づけをし、食器洗い機を空にする。勤めの時間にそれらをやり、その後、夕食を作る。女性誌のなかでは彼は〈新しい男性〉と呼ばれる。生まれたときからずっと古風だったステーフマンには、許しがたい皮肉だ。だが、家庭生活のあらゆる分野で彼が古風であることを許すような古風な女は、彼にはひどく退屈だろう。一日じゅう、彼はこの考えを、自慢のアーミーナイフのように抱きつづけていた。

ステーフマンはテレーザにいってらっしゃいのキスをし、庭の小路を下っていく後ろ姿に手を振った。

Tにもテレーザとまったくおなじような妻がいる設定にしよう。あんなふうに黒くて折り目のついた、腰と尻をやさしく包むパンタロンを穿いている。形はしっかりキープして、なおかつ歩くたびに動くゆとりのあるもの。ジーンズはTの好みでないのでけっして穿かない。ジーンズは、鎧だ。ある種の女性にとってはジーンズは実用的だ——使用客の多いトイレで芳香剤の強烈な匂いが実用的であるように。彼の妻は外では働いていない。彼らはかなりひっそりと暮らしている。Tにはベストセラーを書かせよう。全作品のなかで一冊のみ、長年、売れつづけるもの、海外でも年が経つにつれますます売れるものを。時代が変わっても若い読者を惹きつける、寓話的だが親しみやすく、読者を選ばないもの。重要な文学賞を総なめ、あるいは逆に悪評が定着した本でもいい。ジョージ・オーウェルの『動物農場』やウィリアム・ゴールディングの『蝿の王』のような本。これまでになかったほど深みのある冒険的な物語で、誰が読んでも――道路清掃員でも大臣でも――共感できる。人間の本質が中心的なテーマで、時事問題は出てこないので、いつまでも時代遅れにならない万人向けの本。その本の成功のおかげで、Tはメディアを気にする必要がない。ほとんど新作を発表しなくなったので、出版記念会は文学的なイベントとなった。最後のインタビューは二十年前に遡る。いや、十八年のほうが現実味がある。そのインタビューの途中、答えているさなかに言葉の途中で立ち上がり、出ていったのだ。その言葉は以後たえず分析を受け、彼の作品に関するあらゆる記事で紹介される。名高いインタビューをTDKのカセットテープに録音していたジャーナリストは、それを文学博物館か有名な美術商、あるいはエキセントリックなファンにべらぼうな値段――八万ユーロにしてもいい――で売りつけた。話が逸脱してきた。まずはベストセラーのタイトルを決めよう。自分自身が『殺人者』を出版するのだから、Tはたとえば『容疑者』を書いたことにしてもいい。あるいは『警備員』でもいい。一つだけなら冗談も許される。読者への目配せを一つだけ。ちょっとしたスパイス。作家はエンターテイナーであるべきだろう？

　ステーフマンは手がいじられているのを感じた。玄関から身をのりだして誰もいない庭の小路を見つめる自分に、レネイが手を握らせようとしていた。学校に遅刻したくなければいますぐ家を出なければならない、とそっと教えようとしているわけではなかった。彼女の時間の認識は、おとぎ話のなかのように明快に〈いま〉と〈もうひとつ寝ると〉にかぎられていた。彼女の仕草は、義務や差し迫ったメッセージをもたない。もしかしたら、テレーザがさっきまで歩いていた小路を見つめる彼に慰めが必要だと思ったのかもしれない。パパは一人じゃないよ、と。

レネイの手は健康にほてっていた。けがれのない肌の奥で澄んだ血が細い血管を流れる、フレッシュで小さな手だ。

庭に出ると、ようやく彼女は手を離した。広々とした芝生を見ると、走り出さずにはいられないのだ。庭の行き止まり、二本の太いコニファーのあいだに隠れるように、村の学校への道に通じる歩道へと出る小さな門があった。都会に住んでいたときには毎朝、保育園に送っていくために混み合う環状道路を四十五分も運転しなければならなかった。そこから三十分かけて仕事場に戻ると、十分間の駐車スペース探しで殺人もいとわぬほど逆立った気分を鎮めるのに、一時間もかかった。

サンルームのドアを閉めると、すぐにアオカワラヒワ、アオガラ、コマドリ、カヤクグリ、ズグロムシクイの声が、クロウタドリの見事にメランコリックな歌声に重なるように聴こえてきた。まるで温かな、心を休める風呂に入るような気がした。公園のような庭は広いわけではなかったが、ステーフマンはいつも幸福に包まれた。草のなかに隠れた古い敷石——いつも祖母の作るサンドクッキーを思わせた——が、コニファーのところまで曲がりながらとびとびに敷かれている様、その上をレネイがまるで川を渡るように跳びうつる様が好きだった。

レネイは今日、彼がいちばん好きな服を着ていた。膝下がほつれ、太ももとヒップがブリーチされたスリムジーンズ。十六歳の少女のミニチュア版のようにカッコいい。バラ色の、短い立ち襟のウィンドブレーカーがみごとにマッチしている。特にボタンのついていないカフスがいつも開いているのがいい。白のスニーカーがコーディネートを完璧に仕上げている。レネイは自分のルックスも、父親がほれぼれ見ていることも、まったく意識していなかった。

ここを彼は歩いているのだ。春の朝、シラカンバ、モクレン、ブナ、イボタノキ、アメリカヅタ、セイヨウバクチノキ、ウンリュウヤナギ、アシ、ジャスミンの並ぶ自分の庭を。誰も彼を見ることはできない。他人の視線から完全に自由で、自らの幸福とともにいた。幸福は、希薄なもの、理解できないものから、自らの前を跳びはねる形に具現化していた。栗色の髪のつや——そう、栗の木の色だ！　ジーンズに覆われたリンゴを思わせる丸いお尻。よく眠り、きれいに洗われ、だいじにされている少女。貴重な瞬間に、美しく、満足しきり、安全である。彼——エミール・ステーフマンが、なにからも妨げられることなく完璧に、エミール・ステーフマンでいられる貴重な瞬間に。

にもかかわらず伝記作家は、ステーフマンの人生を描き、存在の核心に迫ると謳う本のなかに、この瞬間については書かないであろう。ここを歩き、いま彼が感じていることを感じたり、想像したりできる伝記作家はいないはずだ。それは不可能だ。

レネイは両手で力いっぱい錬鉄の門の錆びついた差し錠を引いた。彼女が横にずれると、ステーフマンは自分でも差し錠を動かすのにとてつもない力が必要なふりをしてみせた。自転車が通るかもしれないから、まず左右を確認するように言ったが、レネイは闇雲に小路に走り出た。

Tにも自分の妻だけでなく娘もあたえるべきだ。庭におけるこの瞬間。ここからすべてがはじまってもいいかもしれない。ここでTが人生の方向が変わるような気づきを得るのを、小説のはじまりにするのだ。ステーフマンとは異なり、Tは成功している。小さな城でエストニアの作家たちをもてなすために食事会に招待されることなど、けっしてない。たとえ招待されたとしても、決然と断り、いつでも——なにかに役立つかもしれないからと——まずは承諾することで自分を窮地に陥らせることはない。そのためにシャワーを浴びてシャンプーに涙しつつ、突然言い訳を思いつく必要もない。いったん考え出したらもはや忘れることのできない単純な言葉を。第一、目にシャンプーが入るなんて、四十男がすることか？　そんなつまらない出だしでは、熟練した読者も吐息をついてしまうだろう。

サンルームから二本のコニファーにはさまれた門まで歩いていく——第一章ではそれ以外にはなにも起こらないだろう。作家が娘を学校に連れていく、庭を通るルート、季節は春。にもかかわらず第一章には神話的な含みがある。時間が静止しているような緩慢さ、効果的なディテールの豊富さ、かきたてるような語り口が織りなす。メルヴィルの『白鯨』で三日目、最終日のエイハブ船長とモビィ・ディックの戦いが描かれているのと同様の迫力が感じられるだろう。

頭のなかで彼はもう一度、サンルームのドアを閉め、庭のほうを見た。なにからはじめようか？　匂いだ。これだ！　風にのって庭に流れてくる、村の小さなビール醸造所の匂いではじめるのだ。なんという名前だったか？　デ・ライケレ？　デ・ライケ？　あるいはデ・ライク？　あの独特の匂いはイーストかモルト、あるいは別のなにかだろうか？　温かくておいしそうな、焼きたてのパンのような。まるで母親に抱きしめられるように、こちらを無防備にさせる。正確になにかは、あとで調べればいい。

　ほかになにがあるだろう？

たとえば、何千枚ものカバノキの葉の震え。コッコッというニワトリのしずかな鳴き声。明日、メモ帳を手に庭を回り、ひとつずつ観察してみよう。レネイのか細い肩、栗色、リンゴの丸み、テレーザと同じくほとんど腕を動かさずに走る様子、それらをみな書きだしてみよう。Tの幸福に言及する必要はない。それはおのずとわかることだ。読者は一瞬のうちに降伏し、Tと一体化するだろう。歓迎されていると感じ、留まりたいと思うだろう。できるだけ長く、一日のどの瞬間にも、この小説のなかに住みたくなるだろう。特にTが将来の伝記について気づきを得た直後、章の終わりに門にたどり着いたときに。門の錆びは、儚さの究極の象徴、彼の楽園追放の不吉な前兆だ。

　ステーフマンは興奮して小石を蹴飛ばした。錆びついた柵。こんなに早く思いつくなんて！まるで新たな小説を神が祝福してくれているようだ。彼のアイディアは実を結び、すぐに現実に根をおろした。この重要な瞬間——第一章の誕生もまた、伝記作家には記録されないのだ、と彼は思った。

　左手に並ぶ長細い庭のいちばんはずれ——いちばん手前の庭と言うべきかもしれないが——に女性が立って、彼のことを見ていた。足元には洗濯かごがあり、彼女は両手を腰にあてていた。ほっそりとした美しい女性であることは、百メートル離れていてもよくわかった。彼は手を振った。女性は身動きせずに立ちつくしていた。まるで彼女も彼の態度に驚いているかのように。彼女がなにか叫んだ。彼らのちょうど中間あたりで、小犬が背の低いウサギ小屋の裏から出てきた。明らかに苛立ちを示す態度でレネイは父を待っていた。学校はすぐそこだったが、歩道に行き当ったらそこで待つように、との約束を守っているのだ。

ステーフマンは娘のほうに歩いていきながら、はじめて自分が自分の人生を本の題材にしようとしていることを、はっきりと自覚した。他の作家たちに時として見られるように、虚栄心や怠惰さからそうするのではない。それがいまだかつてないほど適切だからだ。Tの成功は問題にはならない。長い年月をかけて、ステーフマンは〈成功〉がなんたるか、うまく想像できるようになっていた。問題はべつのところにあった。彼がエミール・ステーフマンの人生を熟知していないということだ。これまでは小説の執筆中に自分の人生について考えることはまったくなかった。小説の執筆上、なんの役割ももたないからだ。彼はフィクションの作家であり、自らの物語を明白に見ることのほうが肝心だから、〈記憶〉には砲撃されないほうがいい。机に向かい、外を見るやいなや爆発しはじめる〈記憶のクラスター爆弾〉には。

記憶の欠如はステーフマンの唯一の、正真正銘の才能かもしれなかった。相当数のインタビューで、誇らしげにそう語ってきた。それが、自作がどれだけ自伝的な要素を含むかという避けがたい問いへの、彼なりの答えだった。彼は自由だった。一つのカラフルな花から他の花へ、ブンブンいいながら飛びうつるハチドリのように身軽に感じていた。通電してある柵のなかで、自らの糞のうえに立ち、かぎりなく反芻をつづける牛ではないのが幸いだった。彼は創造するのだ。自らの物語にぴたりと合うよう創り出すから、彼の本にはなにも無駄がなく、緻密なのだ。作家の姿はどこにも見えない。伝説的なベストセラー『香水　ある人殺しの物語』のなかのジャン＝バティスト・グルヌイユと同じように。グルヌイユは独自の匂いをもたず、目立ち、愛されるために他者の匂いを盗む。ステーフマンが彼の生み出す登場人物の人生を盗むように。

なぜ自分がほとんど記憶をもたないのかは、彼自身にもわからなかった。記憶をつくりだすのが困難なのか、忘れっぽいのか？　無精、あるいは無関心によるのか？　または何千もの記憶がどこかに封じ込められていて、時折、そのうちの一つがうまく抜け出してくるのか？　五十年後に生まれていたら、科学が彼の脳の欠陥を示すことができただろうか？　局部における一握りの神経細胞の問題が、彼の文学的な特色の原因なのか？

レネイは自分の担任の女教師が交通当番なのを見つけ、我慢できずに駆け出した。彼は娘の伸ばした手をつかんだ。

いや、と彼は思った。無関心によるのではない。

最近彼はユーチューブで、ジョニー・キャッシュが十五年から二十年前のインタビューで学生時代の思い出を延々と語るのを見た。インタビューの時点ですでにステーフマンが生きてきた以上に昔のことを、フルネームをいくつも挙げて話していた。ステーフマンの場合は、しばらく目を閉じていると、記憶の沼地の深みから一つだけ、気泡が浮かびあがってきた。十六歳。高校の数学の時間。くすんだ色の八〇年代、よれよれのトレーナー、ニスのはげた机と椅子。霧雨の降る休み時間にうんざりするほど退屈して、四人で雨宿りしている。自転車の二段式駐輪場——高い段と低い段がある——で、カレルが鮮やかな緑色のリンゴを取り出して、がぶりとかぶりつく。

一回目には笑いが起こった。突然の一撃。リンゴが宙を舞い、つかまえようとするカレル――希望のない、よろめく動作、不可避のできごとへの導入部。しばらくのちにふたたびおなじことが起こると、もはや笑いを超えていた。息ができずに体を折り曲げ、腹を抱える。くすんだ色は消え去り、無邪気な大騒ぎになる。そこで終わり。ステーフマンが叩くと、リンゴがカレルの指のあいだから離れる瞬間、すでにステーフマンはそれを感じていた。非難。もう誰も面白いとは思っていない。宙を舞うリンゴをもはやカレルは見ることもつかむこともない。美しいリンゴはこの後、汚れ、腐ってしまうのだ。ステーフマンは自分でリンゴをつかまえたかったが、それはできない。自らの過ちを正すことはできない――時計を逆戻りさせることは不可能だ。謝りたいのに、それもできなかった。カレルに攻撃されたので、彼を羽交い締めにしなければならなかったからだ。仲良しグループが元どおりになるまで何週間もかかるとわかっているのに、跪《ひざまず》かせて痛めつけ、屈辱を与えざるをえない。

ステーフマンは以前にもこの記憶がよみがえってきたことを思い出した。これのみだ。中学高校の六年間の記憶が、たった一つの計算ちがいに縮小されている。

他の人々の記憶はもっといいにちがいない。彼はもう四十年も生きている。どれほど多くの他者の記憶のなかに自分は出てくるのだろうか？　どれほど多くの印象を残してきたのか――その存在を自分でも憶測することはできても、正確な内容と誰に記憶されているかはわからない。

レネイは担任に呼びかけたが、その声は届かなかった。担任は彼らに背を向け、両腕を広げて道の中央に立っていた。蛍光ベストをつけ、ライトブルーのジーンズを穿いていた。彼女と彼らのあいだには十五メートルの距離があった。ステーフマンはまるで真っ白な砂浜で目を覚ましたような気がした。荒々しく砕ける波が自分を遠くの無人島に打ち上げた——そこが自分の人生だった。高まる興奮とともに彼は冒険にむかって歩いていた。数秒後に担任の目のなかではじまる冒険にむかって。担任の目のなかに彼は、レネイの父親の姿をちらりと見るだろう。

6

アンディが自転車でやって来る。ペダルに直立し、サドルが左右に激しく揺れている。エミールのすぐ前でブレーキを踏むと、こすれた後輪から砂と埃が舞い上がる。

巨大なトラック、と彼は言う。彼の家の前に、エンジンをかけたまま停車している。運転席の男はカールコードの付いたマイクで他の男たちと話をしている。送信機——ルーフに長いアンテナがついているから、送信機に向かって話しているのだ。窓が開いていて声が聞こえた、とアンディは言う。オレンジ色のトラックだが、ひどく汚れている。とりわけ後ろの部分に、ニワトリやヒツジの尻のように黒いものがべっとりついている。臭いもひどかった。ほとんど息ができないほどの悪臭だった。アンディはエミールになにを食べているのか、尋ねる。サクランボ？　アンディの祖母宅の木に生《な》るサクランボはけっして赤くも柔らかくもならず、甘くもない。それは母親が買ってきたものなのか？

彼らは並んで自転車を走らせる。エミールが半車輪分、先を行く。ユルヘンはもう待ち合わせ場所に来ていた。ペトラもだ。運転手の肘が窓から出ている。彼はマイクにむかって喋り、ノイズとガーガーうるさい声に耳を傾け、腕を伸ばしてタバコの灰を落とす。子どもたちが自分のトラックのまわりに集まるのを疎ましがってはいない。ノイズの途中でユルヘンが「アメリカ？」と訊いたのが彼の笑いを誘う。窓から顔を出し、高いところから「オーヴァーフェルデ」と言う。オーヴァーフェルデはジンゲネ内にある地区だ。アンディが興奮して叫び声を上げる。彼は日焼けした太腿のむけた皮を慎重に引っぱる。だが皮はすぐに細くなり、ちぎれてしまう。もっと待たなきゃ、とペトラが言う。彼女は爪でアンディの肩の皮をむく。ユルヘンは運転手に、アメリカまで声が届くか、尋ねる。それとも、それにはアンテナが短すぎるのか、と。

ユルヘンとペトラは十二歳で、夏休みまでクラスメートだった。アンディがいちばん年下でもうすぐ十一歳だ。筋肉の発達した脚の短い少年で、白に近い金髪。粗野な顔つきにすでに醜い成人男性の顔がちらついて見える。生意気な親分タイプ。走るときにはいつも全速力であごを突き出し、こぶしを振りかざして、息が切れて地面に倒れおちるまで走る。エミールは胸で十字を切り、人差し指と中指のあいだから唾を吐いて、誰にも話さないと誓いを立て、ペトラから話を聞く。彼女の母親がアンディの母親に聞いたという話。アンディはいまでもランプを点けたまま寝ている、ときどき失敗してしまうのだ、と。

その話を聞いたあと、彼らは並んで座り、考えに耽る。夏休み直前の土曜の夕方で、もうすぐ彼は母とミサに行くため、帰らなければならない。ペトラはアンディの失敗がなんだかわかると言う。エミールにもほぼまちがいなくわかる。その表現は知らないものではない。ランプ、失敗、その脈絡。彼は注意散漫で集中できない。それよりいま問題なのは、沈黙だ。ペトラが一人でつくった小さなキャンプに重くのしかかる沈黙。地面は冷たく、暑さはまだトウモロコシ畑のなかまで押し寄せてきていない。ずっと向こうの茎のあいだの道に、白い砂から強い光が立ち昇るのが見える。左右は見渡すかぎりの茎。大きなキャンプから遠く離れた、畑のはずれにある。彼は訪問者だ。彼らは新興住宅地のはずれの通りまで自転車で来ている。ペトラはトウモロコシのあいだに自転車を隠し、彼にもおなじことをするよう言う。他の子どもたちに自分の隠れ場を秘密にしておきたいのだ。彼が無口でいるのを彼女は不快に思っていないのかもしれない。それでもやはり連れてきてもらったのだから話すべきだ。彼は大きなキャンプのことを思い出していた。他の子どもたちもいるそこで、彼女とあれこれお喋りするのがどれほど簡単か。もしかしたら彼女はもう後悔しているかもしれない。彼に頼まれて連れてきたわけではない、と思っているかもしれない。あるいは、自分の鼻が大きすぎるからだ、と。

「ユルヘンはわたしのことが好きなの」彼女は深いため息をつく。腕で膝を抱えて、顔を隠す。

彼は彼女の鼻がきれいだと思っている。大きくてもかまわない。鼻が問題なのではない。でも彼にはそう言うことはできない。言ってしまうと逆に問題なのだと彼女に思われてしまうから。

彼女は伸ばした右足の茶色い甲に小石で白い線を描く。彼女の腕の皮膚が縮み、産毛が逆立つ。長い産毛は彼の脚のカールした毛に軽く触れている。

彼女の鼻はすばらしい鼻だ。

7

向かいの隣人、アルレッテのエプロンには、彼がよく知らない花が描かれていた。彼はゆっくり時間をかけてそれを眺めた。肉感的な萼《がく》にドラマチックな花弁、大きく育った雄しべ。想像で描かれたものかもしれない。エプロンは、一つだけあるプラスチックのフックにぶら下がっていた。それ以外は、白いペンキの塗られたサンルーム唯一の壁は、がらんとしていた。小説のなかでは、アルレッテには毎日、花柄の服を着せよう。訪問客がいるときにも、スーパーでコートを着ているときにも。

アルレッテの姿はどこにも見あたらなかった。二階でどうしても必要な家事でもしているのだろう。フランソワはもう二度、階段の下から彼女の名を呼んだ。家にいるのはまちがいないので、返事は待たずにドアを閉め、サンルームの客人のところに急いで戻ってきた。「すぐに降りてくるよ」

七十代前半の男性で、ローデワイク同様、村の風景の一部と化していた。気候がよくなるとすぐに家のまわりで一日の大半を過ごした。妻のほうはそれに反して、ステーフマンの知るかぎり家から出ることはなかった。ローデワイクとは異なり、フランソワは庭仕事に熱心ではなかった。辛抱が足りないのだろう。彼の場合、庭仕事ではなく、庭で草木を相手に働いているのだ。それでなければハンマーやドリルで作業をしているか、梯子《はしご》をのぼり、のきどいにつかまりバランスをとるか、屋根の棟《むね》に跨るかしながら手を振ってあいさつをする。なにも——向かいの未亡人の家にも——修繕するものがないと、庭にあるガレージから折りたたみのガーデンチェアを出して広げ、四肢を大きく伸ばし、裸足で神妙に目を閉じて太陽を拝んでいる。

フランソワが早春に、七〇年代のアディダスの短パンとビーチサンダルをはき、スペイン人のように日焼けしてサンルームの日陰に座っていたのは、そういうわけだった。かつての外壁の窓に吸盤で付けられた温度計によると、十五・八度で、湿度は七十八パーセント。どちらを見ても、硬い上に長細い乳首がフランソワの動きにあわせて、まるでゾウの投げやりな鼻のように、たくましい胸の上で動く様子が見えて、困った。レネイがそれを見つけて質問してこないように、ステーフマンはいつでも彼女の関心をそらせるよう心の準備をしていた。

サンルームには暇つぶしに見るものがなにもないのだ。くぼんだ革の応接セット、サボテンが三つのった鉢皿の置かれたアンティークのサイドボード。温度計（観測器かもしれない）、それにフックにかかったエプロン。隣家の木の高さを考えると、サンルームは常に日陰なのがわかる。

通りのはずれの交差点にある小さな公園からレネイと戻ってきたとき、フランソワにばったり会ったのだ。彼はあいさつにいつも並はずれた熱意をこめていた。はじめて会ったとき同様、レネイの顔を両手ではさみ、無言でほほ笑みつつ彼女を見ていた。キスしようとしている――あのときステーフマンは思った。フランソワはしゃがんで、左の親指でレネイの眉毛をなでた。もしもキスをするのであれば、額か頬だ。おまえに俺の娘の口にはキスさせまい。ステーフマンは無力に見ていた。なにぶんにもこの男はなにも誤ったことはしておらず、この瞬間はただ温かい心を見せているだけなのだから。時間がまるでキャラメルのように固く濃縮する。彼はこのフランソワ、初対面の男の、シワも、鼻翼の緊張も、ガラス化した白目に映る像（くっきりした青空を背景に建つ道のむこうの家の屋根）も、まるでレネイと自分の人生がそれらに左右されるかのように注意深く見ていた。表情が悪いほうに変わるのを見逃さないように。もしもこいつに娘の口にキスをする勇気があれば、押し倒して、その場で脳震盪をおこすまで蹴っ飛ばしてやる――ステーフマンはそう思った。俺の娘に手を出すなよ、年寄りのスケベ親父めが。自分の笑みがこわばるのを感じた。この光景を距離を置いて見ると、なにも問題がないように見える。彼はすぐに介入しなかった自分をのろった。いつでも従順な羊なのだ。いつでも自らの運命の目撃者、不履行の罪。あと一回でも動こうものなら、と心を決めつつ、同時に娘の目に映る恐怖と混乱のヴィジョンも頭をよぎった。パパがようやく静まり、自分にキスしたやさしいおじさんが生気なく口と鼻から血を流して、彼の家の前のきれいに舗装された道に横たわっている、という図。

そのときもフランソワは今日と同じように言ったのだ。「上がっていって。アルレッテもあいさつしたいだろうから」

ステーフマンは今日はキッパリと断らず、戦略的に躊躇した。フランソワはそこにつけこんでさっさとレネイを家の裏側のサンルームへ連れていった。膝を曲げて前屈みになり小さな歩幅で、まるで磁器でできているかのようにそっと彼女の手をとって。


コーヒーができた。フランソワはステーフマンにコーヒーのはいったカップを渡し、砂糖はいるかと尋ねた。アディダスの短パンのポケットから、汚れてすり切れた紙に包まれた角砂糖を取り出した。馬にあげるという説明つきで。牧草地を散歩するときにはいつも馬用の角砂糖をもっていくのだそうだ。いや結構です、とステーフマンは答えた。砂糖なしのブラックで。

今度はまるで手品師がひねり出したかのように角砂糖を指のあいだにはさみ、レネイの鼻先に披露した。「パパが一回だけ食べていいって」フランソワが紙を破ると、角砂糖の縁がくずれた。レネイが困った顔で自分の手のひらの灰色の小石から父親に視線を移したとき、家の内部で突然大量の水が流れた。水は一瞬のうちに落下し、音はすぐに遠のいた。そこで急に近くで足音がした。

ステーフマンはまずキッチンのドアからエプロンに伸ばされた腕を見た。アルレッテは一気にサンルームに入り、エプロンを首にかけ、紐を腰で結んでから、ようやく客の姿を見た。

彼女の姿は同年代の女性と似通っていた。ヘアスタイルも、メガネも、靴も、体型も。アジア人がみな似て見えて区別できないように。時折、おなじ自転車に乗せられて、ガイドと近郊を走るアジア人のグループがいた。

「エミールにお願いしたんだよ。レネイと寄っていくようにって。アルレッテにあいさつしてって。もう随分たつから」

ステーフマンは彼女にあいさつをし、向かいの隣人だと自己紹介したが、返事はなかった。アルレッテはレネイを見た瞬間、片手で口を押さえた。もう片方の手は胸に置かれていた。開けっぱなしの口のせいで、メガネが鼻先にずり落ちた。

「アルレッテ」とフランソワが声をかけた。

「なんてかわいい子なんでしょう、お隣りさん」ようやく彼女が言った。ほとんどささやくような声だった。

「ありがとうございます。エミールと呼んでください」

アルレッテは両腕を広げてそろそろと歩き、レネイに近づいた。脱走したニワトリを捕まえようとしているように見えた。レネイが小さな叫び声を上げ、父親にしがみついた。

「お嬢ちゃん」フランソワが言った。「アルレッテを恐がらなくてもいいんだよ。アルレッテは君の髪とほっぺたがどんなに柔らかいか触ってみたい、ただそれだけなんだよ。大人はそうするのが好きなんだ。アルレッテはけっして君を痛い目にあわせたりしないから。子どもにとってもやさしいからね。いままで一度も子どもを痛い目にあわせたことはないんだよ」

アルレッテはそろそろと歩いてきたところで立ち止まり、両手を腿にのせて前屈みになっていた。「ふつうでしょう」と彼女は言った。「レネイがちょっと恐がっても。もう黙って。ますます恐がるだけだから」

「恐がってるわけじゃない」フランソワが言った。「君を恐がってるんじゃないんだよ、アルレッテ。人見知りしてるんだ。恐がるのとはちがう。まだ慣れてないから。子どもたちが君を恐がる必要はないだろう？　君はふつうの女性なんだから。君がおばあちゃんでもおかしくないところだ」

〈おばあちゃん〉という言葉は彼女に奇妙な影響をあたえた。笑みが消えて、目がうつろになり、それからまたレネイを見つめた。

「ねえ、レネイ」フランソワが言った。「アルレッテは子どもを預かってたことがあるんだ。その子は〈アルレッテおばあちゃん〉って呼んでたんだよ。まるで自分のほんとうのおばあちゃんのようにね。だからアルレッテは君みたいな子どものことをなんでも知ってるんだ。いろんな子どもを預かったことがある。とってもやさしいんだよ。だから恐がらないでね」

しばらく皆が動かずにいたあと、フランソワがステーフマンに向かって小声で言った。男どうしの〈傍白《ぼうはく》〉として。「現在の技術をもってすれば、すべてはちがっていただろう。いまなら可能だったはずだと婦人科医が言ったんだ。いまならすべてがちがっていた、とね。いまは不可能が可能になった、というのが彼の言葉だ。我々夫婦に〈不可能〉がなければよかったんだが、まあ当時は可能なことがほとんどなかったからね」フランソワはふたたびレネイの頭を撫で、頬を手の甲でさすった。「君たちはほんとうに親戚じゃないの？」

「親戚？」

「ウィートが君たちは親戚じゃないと言ってたよ。パン屋一族のね」

「前の所有者の？　ええ、親戚ではないです」

「そうか」フランソワが言った。「不思議だね」

「はあ」ステーフマンは言った。「ローデワイクから聞いた話は、初耳でした」

「瓜二つだよ」フランソワは安楽椅子に座り、レネイから目をそらした。フランソワの家と隣家のあいだから、サンルームの横の窓越しにステーフマンの家が見えた。いつも彼は安楽椅子に座っていた。ステーフマンが偶然、窓の外を見て、フランソワがサンルームに座って彼のほうを向いているのを見つけても、あいさつをせずにすむ距離だった。

「いちばんひどいのはなんだと思う？　ヴィッキーの遺体が見つからなかったことだよ。かわいそうに」

「ヴィッキーって誰ですか？」ステーフマンはレネイの髪のあいだに入れた自分の手に、力が入りすぎていたのに気づいた。

「ホットチョコレート。アルレッテはバケツ何杯分も作ったものだよ。本物のチョコレートを使って。ワッフルもだ。いやはや、遠い昔のことだけれどね、エミール、けっして過去にはならないんだよ。わたしの叔母が自分の子ども時代を思い出して言っていた。一九一四年から一八年の戦時中だった。遠い昔だけれど、けっして過去にはならないって」

「わたしの叔母よ」アルレッテが言った。「ユリア」

「はじめてレネイを見たときにはひっくり返りそうになったよ」フランソワは息を深く吸い、妻をじっと見つめた。「二十二か。ヴィッキーは生きてたら何歳になる?」

「二十二よ」アルレッテが言った。

8

Tが庭に座っている。仕事場でもいい。波打つレースのカーテンのもやのなかで空想にふけっている。娘のとなりに寝ているかもしれない。ダブルベッドに蚊帳をつけただけで〈お姫様ベッド〉と呼んでいる彼女の大きなベッドに。娘は怯えている。怪獣とお化けもだが、とりわけ泥棒が怖い。自分がだいじにしているすべてを奪い去る泥棒。まずは〈クマ〉、生まれたときからいっしょのぬいぐるみだ。よれよれになった茶色い布製で、ひっかき傷のついた冷静な丸い目でこちらを見つめる。ママとパパももちろんだいじだが、泥棒たちがいちばんに連れ去るのは、彼女が最もだいじにしている〈クマ〉なのだ。考えるだけで堪えがたい。これまではしずかに泣いて自然に泣きやんでいたが、今夜はすすり泣きがはじまり、パニックになり大声で（今回は）パパを呼ぶことになった。すでに盗まれてしまったかもしれないパパを。彼は手のひらで娘の意識が遠のいていくのを感じている。脳が小さな、コントロールのできないサインを彼女の前腕の筋肉に送るのを感じる。もうしばらく横になっていることにした。この物陰、キノコのランプ――白い点々が天井とピンクの壁紙に星々をちりばめている――の親密な赤い光のなかで考えに耽りつつ。このおとぎ話のなかで、最近読んだ著名なスリラー作家、パトリシア・ハイスミスの伝記のなかの言葉について熟考する。まえがきで引用されていた友人への手紙のなかの言葉だ。「わたしがウィンストン・チャーチルほど重要な人物だと言うつもりは断じてないけれど、わたしが死んだら誰かが〈なにかを書こう〉と思うであろうことは、まちがいありません。」

Tが庭に立っている。風が亜鉛メッキのバケツを倒した。猫の仕業かもしれない。その下の草は枯れている。レネイがここに来ることはけっしてない。なぜ何度も新たにバケツを片づけるのか？　もう十三年も毎月一日に。インタビューの最中に、話の途中で立ち去って以来のことだ。最も注意深い隣人の手にも届かない場所。その隣人は夕食時に、奇妙な燃える匂いについて、カレンダーをもとに話して聞かせる。妻は頷き、ソースをもっとかけるか尋ねる。ドロッとした濃い茶色い液体がバケツから溢れ、芝生に消えて肥やしになる。燃やすものは次第に少なくなってきた。手紙のやりとりはもうほとんどおこなわなくなった。たった一人のほんものの友人は、自分もおなじことをすると厳粛に誓った。彼はその友人を信頼している――信じる心積もりをしようと思う。メモや下書きは一ヵ月以上は取っておかない。一ヵ月後には永続性のある小説に還元されていなければならない。
彼は折りたたみの椅子に座り、ゆっくり時間をかけて燃やす。紙が火に完全に焼きつくされてから、次の紙に火をつける。ときどき強い煙が顔にかかる。煙を吸い、味わう。数年来、自分が正しいことの証明になったいくつものいたましい例を忘れようとする。死後、小説の断片をメモしたカードが見つかり、小説にまとめて発表される偉大な作家。プロモーションの騒ぎがほんとうの作品に影を落とし、屈辱を与える。遺言が意図的に、文学上の重要性という名目で、金儲け目当ての出版社と貪欲な遺族によって無視される。「この手紙を破ってくれ!」という恥知らずなタイトルの書簡集。感嘆符まで付いた引用。Tはタバコを吸うように煙の匂いを味わう。だが閉じた目の裏で彼は、群衆が舞台の袖に押し寄せる様を見つづけていた。くっきりと照明をあてた舞台上の見世物には見向きもせずに。

十三年ではなく九年前だ。街は夏のさなかで、カフェのドアは開いている。Tは気づかれる。マナーをわきまえた人たちが心して見ないようにしながら、ささやく声を耳にする。彼はそのジャーナリストと友人関係ではない。長いつきあいで、デビュー当時から変にもてはやすことなく好意的だった。彼を他の大勢のジャーナリストといっしょにどこかの高級ホテルのロビーで待たせるのは失礼だ、とTは思っていた。心地のよいカフェ、夏の午後。ドアから外を通り過ぎる女性たちの全身が見える。長くすべらかな脚のまわりで躍る薄手のワンピース。丸みを帯びた肩のきらめき。時折デリケートな花の香りがカフェのなかに漂い入り、コーヒーの苦みを追いやる。彼は刺すような痛みを感じる。自分が彼女たちの一人でないことの無念さ。自分の姿が拝まれているのを無邪気に知っている彼女たちの。彼は自分の話す声を聞く。録音されているため、大仰に話している。自らの無防備な小説を縛り、制限する言葉の鎖。自分の話すことが徐々に書いたものより重要になることを、彼ははっきり理解しはじめる。立ち上がってカフェをあとにしてもいいのだ、犯罪にはなるまい、という考えが彼を捉えるやいなや、椅子の脚が石の床をこすり、彼はドアを通り街に消える。その後起こることがTを驚かすことになる。驚かすにはちがいないが、ある意味それは自分が正しかったという確信にもなる。このジャーナリストがカセットテープを売り飛ばしたというニュースだ。途中までの言葉が一年分の稼ぎになった。子どもか孫が窮地にあったのか。不当な訴えをする妻がいたか。不幸か病気に見舞われたのか。一九七四年製のキャラメル色のポルシェを買うためか。驚きと確信のあとには狂気めいた笑いに襲われる。途中までの言葉がおそらく彼のもっとも有名な発言になるだろう。墓碑銘になる、心はすでに外の陽光の下に出た彼が、ぼんやりと口にした七つの意味のない語の羅列。その後まだ四分間カフェの雑音がつづく。ジャーナリストのインタビューで、のちにTは知る。外に知り合いを見つけ、一瞬あいさつをしたらまたすぐに戻ってきてつづきを語るものだと彼が思っていたことを。四分と十一秒後に彼はそうでなかったと悟り、録音を終了する。まだ生まれていない自分の孫の不幸についても知る由もなく。クラシックスポーツカーへの執着に襲われることもなく。

Tはチーク材のガーデンチェアに座っている。自宅の地下室で。Tの家の下全体に地階があり、ガレージといくつかの部屋に分けられている。その一部屋に、何年も前の冬から地上に戻されることのなくなったガーデンチェアが置かれている。庭には十分なベンチがあるからだ。ここは洗濯部屋になっている。ドラム内で泡水が波打つ音がする。彼の頭のうえにワイヤが張ってあり、娘の夏物のワンピースがしずかにぶらさがっている。彼の横に防音を施した管が通っていて、小さな音が、システムの作動中であることを示している。彼は連結部、蛇口を見て、重工業の煙突、フォークリフトが稼動する倉庫、ほつれた旗のたなびく卸売業チェーンを思い浮かべる。ロゴの描かれた配達車、ブルーのオーバーオールを着た配管工のことも。そのすべてがこの地下の片隅、中心、彼がひきこもり、ビールを飲みながらラジオのスポーツ番組を聴き、心安らげるコーナーで一つにまとまっていることについて考える。世界から逃れていると感じる場所で。

ガーデンチェアの向かいにあるコンクリート製の棚の、ワインが収納されていないところには、彼の作品の翻訳と増刷の見本の入ったダンボール箱がいくつも置かれていた。彼が発表し、世に送り出したすべて。だがもし明日彼が亡くなるとしたら、これでは不十分であろう。彼の人生が終わりになったとたん、他のどんな物語よりも彼の人生の物語が貪欲に求められるはずだ。〈暴露〉がなによりも重要視される時代、媒体の向こう側にいる者が如何なるヴィジョンをもつのか、知ることを渇望する時代に、周りを気にしないTの沈黙は理解できないものだった。彼の伝記は〈秘密を明かす〉、〈興味深い〉という謳い文句になるだろう。商業的成功は確約されている。読者と図書館、書店が意図的に彼の全作品に加える物語。鍵であり、なによりの説明。Tについて考える誰もが手に取る最初の、そして結局のところ唯一の本。ぜんぶの本のなかで唯一T自身は最初と終わり――誕生と死亡の日以外、なんの関わりもない本。そのあいだにあるすべて、彼が注意深く消し、隠し、燃やしたすべては、誰かがそれとおなじくらい決然と書いて埋め合わせるだろう。自分の好きなように、まるで自分がその場にいたかのような権力をもって。

Tは四十五歳。娘がいて、名前はレネイ。彼女は眠っている。ナイトランプの赤い光のもと、彼は天井の星々を見つめている。頭を片腕にのせ、脚はくるぶしで合わせて。ときどき彼女の小指と薬指が彼の手のなかで動く。なんの物音もしない。遠くの犬の鳴き声も、車の音もなく、まったくの無音。考えないようにしようとしても、五歳の誕生日のことばかり考えてしまう。どこかの田舎で、背景に豚小屋がある。水肥の臭いがする。広大な庭に野草が伸びている。そして彼はプラスチック製のトラクターにのっている。車輪とサドル、ハンドルの赤い、本体は黄色のトラクター。プレゼントにもらったものだ。おそらく彼は写真を思い出しているのだろう。変色したポラロイド写真の世界に浸っていたのだ。ゆっくりとした無意識の過程をへて、本物の記憶と区別がつかなくなったのだろう。

Tの娘レネイはほぼ四歳。明日彼が亡くなれば、父親のことはほとんど記憶に残らないだろう。彼女は他人が彼についてつくった物語に浸ることになる。

9

ホームセンターでステーフマンは鍬《くわ》とスコップを選び、作業服を着たたくましい男たちに混じってレジに立った。彼らは実直な匂いがした。石や材木の香りにタバコが合わさった匂い、あるいはスーパーで売られている、ビン入りの男らしいドリンクの匂い。彼らは皆、現金で支払った。紙幣を金額ごとに分けて入れた膨らんだ財布を、ギリギリまで待ってズボンの尻ポケットから取り出す。財布を開くと、妻と子どもたちのパスポート写真がほほ笑みかけた。

彼らにはまちがいなくステーフマンの正体がわかるだろう。背が高く細身、金髪、メガネ、ジャケットにきちんとした靴、不器用に鍬とスコップを手に並び、彼らに奇妙な薄笑いを向けている。自分の存在が〈いったいこいつは鍬とスコップでなにをするつもりなのか〉という質問を呼び起こすだろうとは一秒たりとも思わなかった、気のふれた人間の横顔。

帰路、遠くからオープン荷台の小さなトラックが自宅前に半分歩道に乗り上げて停められているのが見えた。植木職人たちが早く到着していた。彼らに鍬とスコップを借りることもできたのだが――余分にもっているにちがいない――、買ってきたほうが確実だった。自分の真剣さを示すためにも。半端な仕事をする男ではないのだ、と。彼は慎重に、いちばん安くも高くもない品を買った。職人たちにひそかにあざ笑われない賢明な選択だ。

ステーフマンはガレージに車を入れ、鍬とスコップをもって外に出て壁に立てかけると、家の側面から庭に向かった。三人の植木職人が剪定にそなえて準備をしていた。芝生の上を音をたてずに歩いてきたので、咳をして自分が近づいてきているのを知らせようとした。見積もりに来たとき会ったことのある親方が、すぐに体を起こした。身長二メートルの健康体、少し内気なところが好感を抱かせる。他の二人は親方よりも少なくとも十歳は年上だったが、それでもまだステーフマンよりは若かった。肩を並べて立ち、頷いたあとには、まるで羊が犬を見るようにぼんやりとステーフマンを見つめた。年上の、禿げているほうの男は片耳だけ突き出ている。両耳が突き出ているよりも明らかに見た目が悪い。

このような状況でよい仕事をしてもらうためには、習慣や礼儀を重んじるのが賢明だということは、ステーフマンにもわかっていたが、具体的になにをすべきか、心得がなかった。植木職人が三人もいるというのははじめてのことだった。その上、彼らは来たばかりで、まだ仕事に取りかかってさえいなかった。いまからコーヒーを飲むか訊くのはおかしいというか、わざとらしく受け取られるのではないか？　あるいはそれによって客人のように歓迎されていると感じ、主人をガッカリさせることがあってはならないと頑張ってくれるだろうか？　コーヒーというのはどうなのか？　陽光の降り注ぐ春の日に屋外で働く肉体労働者に。ビールのほうがふさわしいだろう。いまはまだ駄目だ。誰も申し出を受ける勇気はないだろうし、変な印象を与えることになるだろう。こんな早い時間からアルコールを飲むのをふつうだと思っているような。二時間くらいたってからにしよう。自分が木陰の草の上に座っている様子が目に浮かんだ。跪くのではなく尻をついて。職人たちは持参のクーラーボックスの上に座り、皆が水滴のついたビンを手にしている。なにげないジョーク、好意的な笑い。天に向いたビンから、口に流れ込む音――そう、ビールなら彼らの一員になれるだろう。十五分後には自分自身の庭のように働こうと思ってもらえる。だが労働時間内にアルコールを飲むと想像するだけでも、失礼だと思われるかもしれない。彼らは高い報酬を得る、義務をわきまえた職人なのだ。違法の建設現場で働くポーランド人の労働者とはちがうだろう?

重たくのしかかる沈黙に追われるように、ステーフマンは「よろしく」と言った。職人たちは同時に頭をさげた。三秒タイミングが遅かったらその言葉はちがったものになり、まるでこの口数少ない三人組に自分の庭の手入れは務まらないと疑っているかのような、悪意が感じられていただろう。自分が彼らの視界からほとんどはずれるまで待って、振り返り叫んだ。もしなにかあれば表側にいるから、と。さりげない感じがうまく出せた。二人の職人は簡単な返事をした。

地下室で彼は古着に着替えた。ブルーのシャツにジーンズ。実はふだんの服装と同じなので、彼が言わないかぎり誰も作業着とふだん着のちがいには気づかないだろう。泥だらけのゴム長靴を履いたとたん、勇気が出て、ガレージ沿いに太陽の下に出ていった。まるで剣闘士が円形闘技場に入るように、鍬とスコップを武器に。

乗用車の長さよりも少し長い――それが家から小路の下にあるガス管までの距離だった。それぞれの家のガレージへつづく車道は、正方形の地面で隔てられていた。まわりを昔ながらのでこぼこなコンクリートブロックで囲まれた、用途のない土地だ。中央にはどっしりとした台座に彫像が飾られている。噴水のように見えるが実際はシンプルな鉢で、上で小さな天使がリラを奏でているか、壺の水を浴びている――何十年も風雨にさらされ、どちらかわからなくなっていた。彼は膝まである小路の壁を見て、地中に隠れる基礎を傷つけないよう願った。壁のむこう、隣りの家の中央に〈売家〉のボードの杭が朽ちて横たわっていた。ボードは秋の嵐に吹き飛ばされて、見当たらなかった。

ステーフマンはスコップを手に、これから掘る場所の砂利を脇に除けはじめた。エネルギー供給会社が配管工事を終えたあと、塞いだ溝にふたたびかけるためだ。

スコップが最初に疑いようもなくなにかに当たったとき、彼の息は止まった。勿論、そんなことは考えられない。ありえないことだ。昨夜、それはありえないという結論に達したところだった。一時間、グーグル検索しても〈ヴィッキー〉についてなにも出てこなかった。裁判も、不審な失踪も、騒ぎも。ギリシャ出身の歌手ヴィッキー・レアンドロスに関する記事の途中でうんざりし、寝ることにした。テレーザにはなにも話さなかった。

少女がかつて謎の失踪をとげていたなら、警察がまずこの二軒つづきの家と土地を綿密に調べたにちがいない――そう思ってまちがいないだろう？

彼は跪き、伸ばした手で長細い物体を地面から引っぱり出した。子どもの白骨ではなく、錆びた鉄の棒だった。

「建設廃棄物だ」頭上から声がした。「建設会社が当時、車道とこの一画に山のような廃棄物を埋めたんだ」

ローデワイクはステーフマンが考えていたより早くやって来た。

かつてはガス会社がすべてやっていたのだ、と彼は言った。深さと幅が五十センチの溝を歩道まで掘れだって？　そんなことは聞いたこともない。彼は長い時間、考えていた。両手をズボンのポケットに深く入れ、口角を下げ、肩を丸め、足元の地面をじっと見つめ、記憶をたどった。

「いや、一度もない」彼は歩くときにも、おなじようなわざとらしいポーズを取った。人生を背負い、腰が重さに軋む。それでも彼──友人たちにはウィート──は陽気に歩いていく。顕著な境目がないまま、ある日ほんものの老人のポーズに変わるだろう。それまでいつも包まれていた匂いが、突然、無情にも衰退の臭いに変わるように。

ステーフマンは鍬の柄を顔のまえに持ち上げて、力をこめて刃を地面に叩きつけた。あと数センチでつま先にあたるところだった。大変なことに──ローデワイクに見られつつ──なるところだったと思うと、汗が噴き出た。彼は鍬を地面に当ててその片側に立ったが、金属部分を土中に打ち込むときにふらついた。ローデワイクは左右に視線をそらし、静かな通りとそこに停めてあるトラックを見た。

カバノキは剪定するのか、と彼はステーフマンに尋ねた。カバノキは成長がとても早く、それゆえ樹齢が長くないのは知っているだろう、と。この木はすでに十五年も経っていて、カバノキにしては長寿。一度突風が吹くだけで危険だ。ステーフマンは、植木職人に必要なことをするよう頼んだと言ったが、言葉の途中でローデワイクが叫んだ。ステーフマンには見えない誰かに向かって「つるはし！」と。大げさな仕草で地面を指さし、「建設廃棄物！　この子が鍬で悪戦苦闘してるから」

待ちながら、〈この子〉と呼ばれたことに多少苛立ちもして、ステーフマンは地面を叩きつづけた。彼は全身を使って格闘した。石に当たり、痛みを伴う衝撃が指先から尾骶骨に伝わるまで。

ビーチサンダルがパタパタいう音が聞こえてきた。肩につるはしを担いだフランソワがまるで事故現場に遭遇したような目でステーフマンを見つめた。数秒間、自分が身代わりとなって、メガネがずり落ちシャツが汗びっしょりになった男を苦しみから救おうとしているように見えた。だがステーフマンは断固とした態度で、他の誰でもない自分——断じて七十歳以上の高齢者ではない——が溝を掘ることを態度で示した。それがこの計画の核心なのだ。たしかに庭の手入れは怠けていたかもしれないが、差し迫った土木工事があるなど、必要となれば、汗まみれになって奮闘するのを厭わない。〈言葉の男〉のなかに立派な〈行動の男〉が隠れているのだ。

ローデワイクはまだそこまでわかっていないようだ。〈この子〉。父親的な感情から出た言葉かもしれない。ステーフマンは地面を少しずつ崩してはスコップで脇にのけた。ローデワイクとフランソワが彼にはほとんどわからない方言で話す傍らで、彼はこの二人組をどうしたものか、考えた。本のなかに彼らを登場させる余地はあるだろうか？　それはT次第だ。Tは近所づきあいをするだろうか？　彼は街と文学界から遠く離れ、あらゆるインタビューを拒み、田舎暮らしをしている。だが世捨て人というわけではない。それでこそ、とげのある世捨て人という役柄であってこそ、名高い作家という地位を存分に楽しめるであろう。彼は本を出している。彼は父親であり夫である。本物の人生に身を置き、レネイの世界の一部でありたいと思っている。近所のおじいさんからスマーフのカードをもらう娘の。本を書くスマーフ、だ。

　本に描かれた自分の姿にローデワイクはどう反応するだろう？　嬉しい驚き？　得意になる？　自分だとわかりショックを受ける？　ローデワイクを登場させず、フランソワを生き生きと描くことが、おそらくなによりの屈辱となるだろう。それについてのちに彼と話す機会があれば、いずれの場合も小説の法則を持ち出すだろう。作家が全能であるというのは寓話にすぎない。物語が作家に書き取られるのだ。無表情にその種のフレーズを口にする。食卓でコーヒーをかき混ぜ、クッキーを選びつつ。彼の妻が磁器の皿に並べたクッキーから〈ヤギの足〉または〈悪魔のクッキー〉と呼ばれるアーモンドクッキーを選ぶ。レースのテーブルクロスの上、ローデワイクと彼のあいだには小説が、罪体《コルプス・デリクティ》として置かれている。

　新聞で本についての情報を得たローデワイクが、純粋に隣人への興味本位で、正当な覗き見として本を開く可能性を、ステーフマンは否定できなかった。フランソワのほうはそれに反し、せいぜい広告欄しか見ないタイプに思われた。それでも自分が本に出てくることは遅かれ早かれ彼の耳に入るだろう。子宝に恵まれなかったこと、妻のアルレッテの不妊について、ある種の熱意とともに彼は話して聞かせた。あたかも自分たちに子どもがいない理由を、ステーフマンとテレーザが日々詮索しているとでも思っているかのように。誰もが疑問に思っているにちがいないと確信しているから、彼がいつでも誰彼かまわず、こっそりとではあるが話していることだ。子どもがいないのは自分たちの意思でなかったし、実際、自分たちは他の子どものいる夫婦となにも変わらない。彼は本物の男で、アルレッテは本物の母親――そう皆に知ってもらいたいのだ。

これは不謹慎、不道徳なことなのだろうか？　いつもなら自ら大いに楽しみ、満悦して創作するような場面を小説に使ってもいいのか？　それが隣人から革の肘掛椅子のあるサンルームで、悲しんでいる妻も同席している際に与えられたものであっても？

新たな音がした。最後の一撃が変な音を立てた。ローデワイクとフランソワも下を向いた。ステーフマンは幅広の石管の土を払いのけた。石管は赤錆び色をしていた。まだ深さ三十センチにも達していない。彼らの意見は下水管だろうということで一致した。管の表面を傷つけただけだった。すんでのところで、二度目の危険を回避した。

だが残念ながら、話はまだ終わりではなかった。彼の背中と両腕はすでに限界に達していた。今後数日はテレーザの介添えなしにはベッドから起き上がれないだろう。今度は下水管のまわりを、ほとんど素手で掘らなければならない。本を書く手で。汗がぽたぽたと鼻から下水管に落ちた。赤錆び色は近くで見ると、血の赤色になった。

生命力が彼の体から漏れ落ちていった。

彼は沈んだ表情が笑みに変わるのを感じた。

これならば使ってもかまわない、と彼は思った。これでなければ許されない。赤錆び色を血の赤色にするのでなければ。それでなければ、隣人たちについては触れないことだ。

10

白い縁石が運河の岸壁のように見える。新しいアスファルトの道は静かな水面のようにトウモロコシ畑とビート畑のあいだに横たわり、いちばん奥の小さな黒い湖で車を方向転換できるようになっている。そこにはまだ赤と白のストライプのテープが貼られているが、トラックとスチームローラー、喧騒と侵入者はこの地区から消え去った。一帯はふたたび静かで整然とし、彼らだけのものとなった。

湖は煮えたつ沼地。縁からアンディが枝を使ってタールの気泡を突き、穴を空ける。ユルヘンが小石を投げると、はずむことなく黒い表面にはりついた。ユルヘンとペトラは手を繋いでいる。ペトラはエミールを、ユルヘンはアンディを見る。空気に緊張感が漂う。沼地が彼らの気晴らしを提供するにちがいない――皆がそう感じている。

自転車のベルが聴こえる。見覚えのあるけばけばしい赤色のビキニのトップと淡い色のショートパンツと金髪のポニーテール。サンドラは彼よりも数ヵ月、年上だった。制服着用が義務づけられた厳格な女子校に通っている。ペダルを漕ぐのをやめて、膝をしとやかに閉じている。彼女はほとんどいつも庭で弟と父親――彼女と同じくらい地中海風に日焼けしている――と過ごしている。口角がかすかに上がっている。彼女はいつでも誰にでも別け隔てなくやさしい。防疫線が均等で、安全な距離を保つ。瞳の色は気持ちを推し量るには暗すぎる。

トウモロコシ畑から出てきた幼い猫（白いソックスを履いた茶トラ）が、通り過ぎる自転車にあそびたそうに駆け寄る。農夫のタウトは毎年最初に生まれる子猫は生かしておくそうだ。二番目の出産はちがう。夏には子猫たちは容易にエサを見つける。翌年にはほとんどの猫は姿を消す。タウトは二番目に生まれた子猫たちをジャガイモの麻袋に入れて、妻の目につかないところで壁に叩きつけるのだ、とユルヘンは言う。タウトの収穫を手伝っている父親がそう言っていたのだそうだ。

サンドラはゆっくりとブレーキをかけ、慎重に戻ってくる。新しい路面に自転車を横たえると、あぐらをかいて子猫に背を向ける。子猫は道端で前足を曲げて、日焼けクリームとニキビケアクリームの香りを嗅いでいる。アンディは声を出して彼女が子猫を呼びよせるのを妨げようとするが、子猫は聞かない。アンディの視線は遠くにある農家に移る。建物と家畜小屋の棟の並ぶ、他者を寄せつけない集合体。鋭角の屋根の下にある窓からしか、彼らの姿は見えないはずだ。

サンドラは子猫を撫でる。最初は彼女の手の下をしなやかにくぐり抜けようとするが、撫でられる心地よさを知ると、頭と背中を激しく上に押しつける。信頼すると、おなかがすいていたのを思い出し、ニャーニャー鳴いては鋭い歯をむき出しにしてエサを求める。サンドラは猫を抱き上げて胸に押しつけ、みんなのほうに歩いてくる。

誰も食べ物はもっていない。皆、輪になり地面に座っている。子猫は一人ずつまわって乞うが、途方に暮れてサンドラにのぼろうとし、左胸の光る丸みに爪をたてる。反射的に彼女は背を丸め、後ろに跳ねのく。彼女の膨らんだけばけばしい赤色のビキニはいままでにないほど左右に揺れるが、声は出さず、すぐにほほ笑みを取り戻す。人差し指に唾液をつけて傷を撫でる。アンディがいちばん長く、不自然に笑う。

猫は甘ければなんでも食べる、とユルヘンが言う。ビートには砂糖が入っている。ユルヘンはアンディといっしょに一つ、畑から掘りおこす。ビートをこすって土を落とすと縁石に五回ほど叩きつけて潰す。子猫は匂いを嗅いで舐めるが、食らいつかない。犬だよ、と彼は言う。甘いものが好きなのは犬だ。猫は狩猟動物だ。それでも、彼がビートのかけらを石ですりつぶして作ったムースは子猫の気を惹く。子猫は音をたてて彼の手の上のムースを舐める。

子猫の登場に興奮した気持ちは灼熱の太陽のもと、たち消える。誰か――ユルヘンが、ビートのかけらを黒い沼地に投げると、また盛り上がる。子猫は耳をたて、後ろ脚で軽く足踏みしつつ発射物を目で追い、獲物に跳びかかろうとする。熱いアスファルトの臭いに気づいて、思いとどまる。

その後の展開は早い。グループに動きが生じる。いちばん年下で粗野な顔つきのアンディ。耳元でささやかれたチャレンジはなんなりとやってみせる。自分のむこうみずさを示すため、手に届かない女の子たちをからかうため、笑いをとるため、楽しむため、あるいはぎょっとさせるために。最年長者が自分になにかを命じ、義務づけるのを、友情の証しとみなすアンディ。彼——もっともおとなしい傍観者、アンディと彼のいたずらをとおして、リーダーであることを示そうとする——の命令。

アンディが子猫をつかまえたとたん、ペトラは叫び声をあげる。サンドラは無関心で穏やかに、腕を赤いビキニの下で組んで見ている。まるで皆よりずっと前からこうなることを知っていて、こうなったからにはどうなるのか見てやろう、と男の子たちを彼女の側から挑発するように。あんたたち二人になにができるかやって見せなさいよ、と。

腕を伸ばして子猫をもち、アンディはまるでハンマーのように振り投げる。あたりは静まり返っている。飛行は無音で、誰も呼吸をしていない。尻尾がしなり、白い脚がしなやかに地面を探す。着地はかろうじて成功する。衝撃はすべての関節で受け止められ、腹が一瞬地面につく。一秒はほぼなにも起こらない。顔を観客に向けようとしていると突然、下半身を高々と蹴られ、子猫は体をよじって宙返りをする。新たな飛行に悲鳴が上がる。毛が逆立ち、尻尾は羽飾りのように膨らむ。黒い地面は子猫を置いておいてはくれず、何度も繰り返し新たな曲線で空中に打ち上げる。乾いた土の上に落ちてもまだつづく。べたつくアスファルトが子猫の足の肉球のあいだを燃えるように熱する。トウモロコシ畑のガサガサいう音と、時折揺れる茎で、彼らは子猫が農家に退却する形跡を追っている。

11

ソンヤかアニタ、あるいはイェニーとでもいう名の家政婦はいつも五分から十分、遅刻する。定められた時刻の五分前に彼の苛立ちは込み上げる。彼女は一度たりとも、遅刻の埋め合わせに五分早く来ることはない。まるで話し合いによってTが許可したかのように、遅刻があたりまえのこととなっている。玄関は細く開けておくからベルを鳴らす必要はない、ということもいまではあたりまえだと思っているのだろう。自分の到着を待つ以外にだいじな用事はなんなのだろう？　とも。

控えめなヒントはソンヤには通じない。

彼女の人生に控えめさは存在しない。

彼女は粗野な声をしている。意地悪な声でもタバコでかすれた声でもなく、生まれつきガサガサした大きな声なのだ。顔を見てはじめて、女性にもこんな声音が出せるのだと信じられる。女性にもこんな声音があるのだ、と。どんな用途にもボリュームが一つしかない。身体的な特性で、完全に遺伝的な事柄ではあるが、ソンヤがそれをいたく気にしているとは、Tには思えない。自分が誰よりも大声で話すことに彼女は気づいていない。あるいはそれが彼女には都合がいい。

特に話し合いをしたことはなかった。お金は十分あるし、妻はお金が十分あると知っている。お金を稼ぐために毎日働きに出ているわけではない、と。Tがそう仕向けたわけではなかった。状況がちがっていても不満はなかっただろうが、おそらくこれでよかったのだろう。妻は主に自分のために働いているのだろうとTは思っている。昼間、Tが空っぽの家で自分のみと過ごせるように。彼女が距離を取りたいのかもしれない。相手はいまなにをしているのだろう、と考える余地を互いのために維持したい——互いが相手に会いたいと思い、夜、帰宅できる状況にしておきたかったのかもしれない。

だからあんなにきれいにめかしているのだろうか？　朝バスルームに長くいるのはそのためなのか？　新聞から顔を上げたとき、エレガントな黒いパンタロンに包まれた彼女の魅力的な尻が他人にどう見られるか、彼が考えるように？　彼女は彼が自分のことを想像して愉しむのを望んでいるのか？　オフィスのトイレで両手を彼女の腰にまわし、剝きだしの白い肉体を自らの骨盤に押しあてる。彼女は彼にのみ許している——その想像を愉しむことを。彼女はそのおなじトイレで脚を大きく開き、自分が彼にもたらす効果を愉しんでいるのだろうか？

彼が彼女の考えの中心にあるわけはないか。彼女は当然自分自身のために働いているのだ。彼から逃れるために。職場では誰にも夫の話はしていない。彼を護るため、というのもほんとうではあるが、それよりも彼と自分を結びつけて考えてもらいたくない、ということのほうが大きな理由だ。自分自身の人生をもっていたいから。渋滞、同僚、目標などが存在する、ふつうの世界が彼女の活力なのだ。だがそうだとしたら、なぜ毎日さまざまな苛立ちを抱えて帰宅するのだろう？　目に見えない〈女性解放のマゾヒズム〉という網にひっかかってしまったのだろうか？

彼らは共同名義の銀行口座のほかに各々の口座をもっている。重要な事柄ではないから、彼は彼女がいくら稼いでいるのか知らない。ほんとうに稼いでいるのかも。長年、朝、妻にキスをして家を出るが一度も出社しないビジネスマンの出てくる小説を、彼はぼんやりと思い出していた。彼女は、彼がしずかに執筆できるよう、彼に責任と罪の意識を負わせないよう、あるいは快適さと家庭の平和のために、一日じゅうドライブインで本を読んでいるのだろうか？　どこかに長靴を隠してあって、黒のパンタロン姿で森を歩き、時間をつぶしているのか？　それとも若く粗暴な男、筆をもたない画家が彼女にアトリエの隅から隅まで見せているのか？　娘と夫のために夕食の準備をしているとき、気づかれないようそっと尻に力を入れると、彼女はその男の感触を思い出すことができるのか？

そんなことはないはずだ。もしそうだとしたら彼女が優れた作家であると同時にみごとな女優であることになる。同僚間のあらゆる陰謀を考え出し、あれほどの苛立ちを演じるなんて。彼の妻は人事課で働いている。勤めていなければ、一日じゅう家でなにをするというのだ？　家具を磨くとか？

Tは、彼女がいつもきまって遅れてくるのを不快に思っている。ソンヤ、アニタ、あるいはイェニーが中途半端な仕事しかせず、たとえ綿埃が顔に飛んできても、いつもどおりの仕事しかしようとしないことを妻にぼやく。彼女の携帯電話のけたたましい呼び出し音を忌み嫌う。だがなによりも嫌なのは、毎週そうじが終わり書類にサインをし、スタンプを押す際にしなければならない世間話だ。それは、階段の下からの――きまって約束の時間の十分前――そうじが終わったことを知らせる大声と、机にむかって「終わってないだろうが」という彼のつぶやきからはじまる。階下では彼女がバッグと靴と車のキーでバタバタしている。彼女はまるでTが自分のことをなんでも知っているかのように話す。せっかちに挙げる名前も、彼らの関係性も以前から知っているから、いくら混み入った話をしても理解できるかのように。彼、そして世界の全員が自分の話も、そこに至るいきさつも知っているのだから。彼女があたりまえのようにふるまい、知らない人の前で宇宙の中心でいつづけ、意気揚々と話し、堂々としていることが彼を唖然とさせる。彼女の紙やすりのような喉からガーガーうるさい音波が出るのが、Tには見えるようだ。音波が壁にぶつかり反響し、リビングルームを荒々しく波立つアクアリウムに変えるのが聞こえるようだ。彼はそのなかでゴムボート――ペン、郵便物、雑誌が彼のゴムボートだ――にしがみつき、嵐が止むのを笑みを浮かべて待つ。なぜそうするのか彼にはわからないが、礼儀正しく接することにする。それとも彼は、有名な作家が家政婦との世間話を拒んだ場合、この女性が家政婦の特権を活かして村で悪い噂を流すのを恐れているのか？

Tは家の奥深くで、キンコンと呼び鈴が鳴り響くのを聴く。ドアが開くのを待ちながら、彼は通りの向こうを見る。これがローデワイクと妻がTの家のほうを見るときに目にする光景だ。自分だったらどう思うだろう？　自分のような家に住んでいるのはどんなタイプの人間だと想像するだろう？

彼は即座に上がっていくよう、心からの招きを受ける。まるでずっと前から決まっていて楽しみに待っていた訪問であるかのように。欠けているのは、クロスをかけたテーブルに磁器がまだ置かれていない点だけだ。リビングルームから応接間へつづくがらんとした空間に立ち尽くし、彼は訪問の理由を話した。ブルーのかごだ。Tのバカンス中にローデワイクが郵便物を入れておいたかごのことだ。

ローデワイクは妻のほうを見て一瞬頭を下げ、そうだった、とすぐに思い出す。ブルーのかごだったね。妻には〈レシートのかご〉と言う。彼らがレシートを入れておく、おそらく妻の母親のものだった、がらくたのようなかご。レシートや興味深い新聞記事、料理レシピなど。ローデワイクは部屋の隅にあるひじ掛け椅子を指さす。

Tは頭のなかで、読書灯のスイッチを入れる。ローデワイクの鼻先のメガネが見える。ハサミをもってきて、よく切れるほうだよ、と台所に向かってせかすように言う声を聞く。いつもきまって五時半だ。ゆっくりとハサミをもってくる妻は軽く苛立ち、長い腕を垂れているが、ローデワイクは関心を払わない。切り抜きは彼女のためにやっていることなのだし。

Tはローデワイクが〈がらくた〉という言葉をどう発音するかを耳にする。彼はがらくたに囲まれて暮らすような男ではなかった。がらくたで価値はないにせよ、ローデワイクの整った暮らしの一部となるよう厳選されたものだから、重要で不可欠なのだ。〈がらくた〉という言葉が物語っている。なんのことだかわかっているし、記憶は鮮やかだった。一週間、Tが家の前に現れるのを見るたびに、彼は眼をそむけていた。はっきり約束したにもかかわらず、ブルーのかごを午前中に返しにこなかったことへの静かなる憤りの表現として。Tは彼と妻が午後出かけるのを知っていた。時間どおりに家を出たい！ と。かごをゴミのように敷居の上に置いていった。猫たちがおしっこをひっかけられるように。

〈がらくた〉。

ここに話を聞きに来る伝記作家は、ローデワイクの不満を聞き取ることができるだろうか？

伝記作家がいまTが座っているのとおなじ椅子に座っている。クッキーを手に、レースのテーブルクロスに驚いている。家屋の雰囲気は彼に祖母宅でのバカンスを思い出させる。温かな思い出。歯の間にはさまったアーモンドのかけらを舌で押し出しながら、彼は〈ヤギの足〉という言葉が自分の本に印刷されているのをすでに見ている。露台の窓から外を見て、庭の様子を目に焼きつける。ブルーのかごの件に大いに興味をそそられた。なぜTは何ヵ月もたってから、自分たちのところにあれほど深刻に謝りにきたのか？ Tが事故で亡くなって一年後、彼らが最初に考えたのはそのことだった。

ローデワイクはいまだに当惑しているようだ。理解できない、と何度も繰り返す。なぜそんなことを気にしたのか？　単なるブルーのかご、妻の母親のものだったがらくたなのだ。ほら、ここにあるがらくたです。我々はすぐに彼に腹を立てるような人間ではないでしょう？　そんなふうに見えますか？　すぐに他人を非難するような種類の人間に。

Tと娘は庭の奥の二本の太いコニファーのあいだに立っている。錆びた門を開けるまえに、彼はまず自転車が通らないか左右を見るよう、注意する。レネイは闇雲に小路に飛び出す。

最初のときから三日後だった。最初は誤解だった。彼はいちばんはずれ、あるいはいちばんさいしょの庭の女性が、長細い庭から彼を見ているのだと思った。洗濯かごを足のあいだにはさみ、両手を腰にあてて。はずみで彼は腕を挙げ、手を振った。おそらく彼女は彼らのほぼ中間にある、歩道を歩く彼からは見えないウサギ小屋のところにいた飼い犬を見ていたのだろう。時間が経ってから誤解だったのがわかったのかもしれない。あの男性は自分に手を振っていた、自分はフィルウを見ていたのだがそれが彼の方角だったのだ、と。彼女が翌朝またおなじ時間に洗濯物を干したのは偶然のことだったのか？　そうでなく、前日の詫びのようなものだったとしても、三回目の昨日は偶然だったにちがいない。抵抗しがたい春のそよ風のような偶然。

誰の姿も見えない。彼はゆっくりと歩く。家の裏口が閉まっていないのが見えたような気がする。しゃがんで靴紐をほどいて結ぶ。腕時計をちらりと見る。おそらく昨日より三分早い。レネイが呼ぶ声が聞こえる。もう歩道のところで彼を待っている。

背負うには大きすぎる子どもを連れた細身のエチオピア人女性のように、洗濯かごの片端が腰骨の上にのっており、彼女の体を反対側に傾けている。洗濯紐のところで偶然を装うように遠くのウサギ小屋越しに彼を見て、空いているほうの手を振る。ふたたび立ち上がっていたTは、まるで彼女のあいさつにこちらに届く時間的余裕を与えるかのように二秒ほど待ち、彼女とおなじ方法で手を振り返す。

それはなんていうことのない行為だ。ある日、あいさつしなくなるだろう。あるいは明日にでも。彼らは互いのことを知らなかった。パン屋の順番待ちで見かけても、わからないかもしれない。互いになんの関係性もなく、親しくなる必要性を感じていない。それゆえ彼のなかの彼女のイメージと、彼女のなかの彼のイメージは純粋で穢れのないものだ。彼はただ洗濯物を干す細い女性を見ているし、彼女は幼い娘を学校に送っていく父親を見ている。それ以外のなにものでもない。

12

かゆみがはじまったのは、体を拭いているときだった。目にシャンプーが入ったのではないとステーフマンにはわかっていた。何度も考えた説明は、お湯の熱さが関係しているということだったが、自分でもあまり信じていなかった。かゆみは左目の裏の奥深いところにあった。時折、眼球をできるだけ大きく回し、まわりの筋肉を完全に伸ばしてみた。最初の数秒、蚊にさされたところに爪をたてるような快感を味わったあとには、止まらない瞬きがますます増え、不快さに襲われた。

彼は遮断機で駐車券を取り、地下の駐車場に入った。

家庭医は一日に何件ほど、このような些細で漠然とした症状を聞かされているのだろう？　治療法を定めるには漠然としすぎている。彼らは肩をすくめ、もう一度触診し、一層注意して見、医学用語でつぶやき、最終的にはもう少し様子をみるようアドバイスをする。安心させるために、シンプルな鎮痛剤の有効性を説く。ステーフマンは鎮痛剤を二錠、アルマニャックをたっぷり一口含んで流しこんだ。ライトブルーのスーツの内ポケットに万年筆を差し入れ、いますぐ出なきゃだめだよ、とテレーザに叫んだ。

瞬きのしすぎでめまいがした。まるで一秒間に二〜三度、電気が消えてはまたつくような感じだった。その都度、少し変化した周りの様子に焦点を合わさなければならなかった。彼の視野のピントはぎこちなく、微妙に遅れ、いつものように滑らかには合わなかった。これからおこなわれる新刊発表会では映画のようにではなく、うまく繋がらないイメージの寄せ集めとして、彼の前を通り過ぎることだろう。

エレベーターに向かう途中でテレーザが彼の手を握った。本のアイディアから出版にいたるまでの長いプロセスで彼がもっとも嫌なのが、この瞬間だった。駐車した車から人々が最新作の著者を待つ建物へ向かい、入る瞬間。ドアまで歩いていき、ドア――落とし戸――を開ける瞬間。

地上に出ると、広場に吹いているそよ風を肺いっぱいに吸いこんだ。まだ街中に住んでいたとき、彼は夜、いまくらいの時間にこの広場に来るのが好きだった。周囲は、せいぜい六階建ての、新古典主義のファサードを修復して入居した銀行や、無名な会社のヘッドオフィスに取り囲まれていた。角にはオペラホールとコンサートホールがほぼ肩を並べて建ち、飲食店用のスペースはほとんどなかった。腹の突き出た半ズボン姿の観光客たちは、鐘楼と大聖堂の陰にいた。だがたとえ人がいても、壮大な広場は街の中心でありつつどこか人の気配がないような印象をあたえた。誰もが自らの真の大きさに縮小されたかのように。

コンサート会場のホワイエのガラスのドアの横に、きちんと並べられている『殺人者』の表紙が目についた。黒い背景に、赤、青、黄色の同じ顔が互いを目の端から盗み見ている絵だ。デザイナーの最初の提案が一発で的を射ていた。出版社の社長もこれを気に入ったが、このような本物のデザイン、すなわち写真と言葉の組み合わせではない表紙は、書店には歓迎されないものだという指摘はあった。メールで何度かやりとりし、最終的にこのデザインでいくことになった。ステーフマンにはまだなにも失うものがなかったからだ。それに、やってみなければわからない。主流に逆らった外観、イメージの陽気な馬鹿馬鹿しさ、五〇年代に人気だったデザインへの回想が、冒険を好む読者の購買意欲をそそるかもしれない。大部分の作家にとって、この種の読者層は摑みがたい――それは心得ておくべきことだった。

今夜はデザインが重要な役割を果たすことはないだろう。彼の本の新刊発表会にはいつも多くの人が集まり、閉会後にはきまって大成功と言われた。彼の小説の短い命のクライマックスだ。人気のほうは参加者の多さに比例していなかった。テレーザのチャーミングな姉、ジュリーがホワイエ担当で顔が広いこと、新刊発表会の主催者が文学狂の書店主で膨大な顧客リストを有していることが、彼には幸いしていた。その結果、毎回百五十人から二百人の常連が押し寄せ、本を買ってくれる。そろそろ全員の名前を覚えていなければならないところだ。

会場まで歩く、中にはいる、サインの際に名前を思い出す——一連の行為の三番目。

両親の姿が群集の隅に見えた。まず両親にあいさつをしても、誰も彼をとがめることはないだろう。母親の飾り気のなさ、未知の領域にいるときの少しぼんやりした視線が彼を落ち着かせた。騒がしい会場に背を向けて、彼は真正面から母親に笑顔を見せた。愛情の証しに母親は彼の頬に一瞬手をあてることで応えた。あなたのことを誇りに思ってるわよ。わたしがあなたの本を読まないことは知っているでしょう。集中できないし、わたしにはむずかしすぎるの。でもわたしがあなたを誇りに思っていて、すべてうまくいくよう祈っているのはわかってね。頬に手をあてることで彼女は一度にそのすべてを伝えた。母親は明らかに喜んでいた。こんなに早く話せたことを。少しよそよそしい息子が寛大にその機会をあたえてくれたことを。パーティーは成功。母親はもう帰ってもいいくらいだった。早く帰宅できる。

テレーザは彼の父親と話していた。息子にキスをすると、父親はまた真剣な顔をテレーザに向けた。ステーフマンはその会話には加わらなかった。それからまもなくジントニックを手に外野をあとにした。会が終わるまでテレーザに頼ることはできないだろう。彼は集団の暑苦しさに身を浸した。降伏だ。自分の話していることが聴こえた。すぐに気分がのってきた。彼は漆黒の髪の女性の、口紅を塗りたくった分厚い唇に耳を傾けた。前髪を切りそろえて、まるで無声映画から出てきたように見えた。真珠でできたホルダーに挿したタバコを白い手袋をはめた指で持っていそうだった。それはすっかり外見の変わったかつての隣人だった。あまりにも長く独り身なので、徐々にそれが美徳であるかのごとく説くようになった。これまでの経験から、自分が会話をする心づもりがあると示すだけで、それ以上自分から話す必要はほとんどないことが、彼にはわかっていた。こちらが自発的に降伏すれば、客の側も心を開く。彼のための夜に、有名な作家である彼のそばで素の自分でありつづけることへの恥じらいは、太陽に照らされた雪のように消え去る。

彼は半ば強制的に、手を彼の腕にあて、二度彼の名を呼んで自分たちの輪に加えた男の話を聞かされた。クラシックスタイルのスーツにゴールドのタイピンをつけた五十代の男。ジュリーに招かれた理事会の誰か。彼は妻と思春期の息子二人(ユールとシール、自分たちの名前を聞いて恥ずかしそうにしていた)を紹介した。宝くじ、コンサートホールの共同経営者、かつての証券取引所、改造、何百万、高い天井、柱、ティンパヌム。年号。ナポレオン。そんな言葉が出てきた。

ステーフマンは久しぶりに見た。男が——いつもきまって男だ——口から古い糸状の唾を出し、それが何度も切れては次にbかp、あるいはmを発音するために唇を合わせるまで湿った温床で汚らしく溜まっているのを。彼はそれをしかと見つめ、自分の唇を拭いてみせたが、男にも唇を拭かせるには至らなかった。自分でこれを感じないのか、経験上わからないのか、という疑問。彼の妻は何度、彼の代わりに自分の唇をきれいにし、間接的あるいは控えめに気持ち悪い塊の存在を思い出させなければならなかっただろう？　朝食の席でユールとシールが明らかな嫌悪感を顔に浮かべているのを、彼はどう理解しているのか？

白状されるまでにもう長くはかかるまい。恥知らずに、少し自慢げに、自分は小説を読まないのだ、と言う。時間がないのだ。だが妻は目がつぶれるほど読んでいる。ベッドルームに閉じこもって、週に三冊も！　ステーフマンが尋ねる必要も、妻が言う必要もない。彼が聞きたくなかった言葉――〈スリラー〉だ。

何十人もの知り合いの姿が目にはいった。こちらで軽く頷き、あちらではあとで来るという合図をする。自分の本を紹介してくれる教授はどこにいるのか。出版社の営業担当の女性は？　担当編集者は？　人の波の上に頭を突き出す勇気は彼にはなかった。まるで自分の素早い瞬きの音が聞こえるようだった。外からではなく内側から、液体の小さな波を。瞬きはタイプライターを叩く小さなハンマーのような音と比較できた。その音が彼を隔離した。かつて彼は自分のコンピュータの極小の音に過度に敏感だった。執筆中に聞こえるすべての音に。いまではコンピュータのたてる音でできた、他の音を遮断する繭のなかに籠っていた。自らの本の音が世界の音をかき消していた。

フレームのない黒のなかにTのイメージが閃いた。お忍びでT自身の新刊発表会に来ているのだ。出席者は皆当然彼のことを知っているが、ほとんどの者には九年前の写真のイメージしかない。ヒゲ、短めのヘアスタイル、長めかもしれない、ちがうメガネ、スポーツシューズ、Tシャツ、そしてなにより誰もTが自分の新刊発表会に来るとは思っていないという事実が、彼を完全に目に見えない、ハエのような存在にしている。これは特別なイベントなのだ。将来、話を聞かせてほしいと伝記作家が連絡を取るであろうすべての人が集結している。Tは群がって話す集団の脇を探るように歩き、耳をそばだて、人々を観察する。如何に年をとり、それでも変わっていないかを。思い出せない人たちもいる。

ステーフマンは、Tの両親は会場に来ないことにしなくてはならないだろう。彼らはTだとわかり、密告するだろうから。妹のマリーと上背のある夫も来ていない。彼らは別の章に登場させよう。家族のパーティー。ふつうとはちがう、重要な誕生日——父親の六十五歳の誕生日がいい。レストランには行かない。母親が家で子どもたち、孫たちと祝いたがっているからだ。パーティーの準備をするのが楽しみで、ラム肉とテーブルに飾る花を注文する。新しいリネン類も注文する。結婚祝いにもらったカトラリーのケースを食器棚から出し、大時計の下にいまから置いておく。彼女は丸二日キッチンに閉じこもる——ここはヴァージニア・ウルフ風の箇所にしよう。彼女の世界の共時性、立ち消える記憶、エクスタシー。他の点においては彼女をダロウェイ夫人とは比較できない。彼女は豚と鶏、七人の幼い子どもたちと育ち、十二歳からきょうだいたちの母親役を務めた。十四歳になると妹がその役を引き受け、彼女は州都の新富裕層の家庭で住み込みの家政婦として働いた。洗練あるいは芸術にもっとも近づけるのは金曜の午前、中央階段の踊り場にある四つの中国製の花瓶の埃を払うときだった。磁器があまりにも薄くて陽の光が透けて見えた――と彼女は息子に話す。結婚後は夫とともに工場で働く。家具工場にしよう。毎日四時十五分に帰宅、父親の緑色のオーバーオールにたまったかんなくずからにおう、かぐわしい木の香り、母親のエプロンについたニス、新しいパンの耳、いつでも窓台のおなじ場所に置かれた酸味の強いビールのビン、父親が流し台で新聞をめくり、鼻から埃をほじくり出しているとき、サクランボ色にきらめく夕陽。さいしょに皮を剥かれたじゃがいもがぽちゃりと水に浸けられる音が、グラスを重ねる音とぴったり合った。『殺人者』の出版祝いをいま一度述べる、よき友人バリーとの乾杯の音だった。

テレーザと、彼らの共通の編集者とともに、バリーはステーフマンがさいしょに原稿を読んでもらう三人組に属していた。彼は驚くほど博識で、その正確さと巧みな弁舌は、テレビやラジオ出演で生かされていた。新聞の読書欄に彼が書くエッセイも、嫉妬するほど明確で熱意のこもった内容だった。それゆえ、『殺人者』の悪い書評は評者の悪意を示すものでしかない、というバリーの意見はステーフマンを喜ばせた。

バリーが心からそう思っているのを疑うわけではなかったが、彼が親指のように太い葉巻コイーバの煙を吐く合間に言ったことで、小説のなかの一場面を思い出さずにはいられなかった。近しい友人夫婦の楽しい訪問のあと――あるいはその他の友人たちもいるパーティーだったかもしれない――、主人公であるパーティーの主催者が、友人夫婦がエレベーターから降りてくるのをインターホンの受話器を耳にあてて待っている。スピーカーのところまで来たら、上に忘れ物をしていることを告げるためだ。だが彼の耳にはいってきたのは、会話の深刻なトーンからすると別の夫婦の声のようだった……彼が二人の声を聞き分け、妻と自分の名前が毒々しい軽蔑にまみれて語られるのを耳にするまでは。

ちょうどステーフマンが友人バリーの様子をのちに小説に使えるよう、ぴったり合ったイメージで捕らえようとしているときに、皮肉にも彼がこう訊いた。もう新しい本を執筆中なのか、と。〈本《ブック》〉という言葉の響きはステーフマンにいつも分厚い本が閉じられるのを思わせるのだが、いまは彼のなかでもなにかが閉じた。突然、新しい小説――これから数年のうちに書かれなければならない本――の計り知れない分厚さに抵抗を感じた。3Dのアニメーション動画（いつのものだったかは忘れてしまった）、高額を投じたBBCのドキュメンタリーが頭に浮かんだ。受精の瞬間とその後の子宮内でのできごとを具体的に描いたものだ。針の頭に震える尾のついた勇敢な精子の孤独、怖ろしい地下の世界、極微の宇宙、危険と敵に満ちたオデッセイ、徐々に姿を現す巨大な砦、引力、分厚く不規則な壁に憑かれたように押し入ろうと、もがく精子。

彼の視線はバリーのガールフレンドのチャーミングさに向けられた。彼女がなにか彼に言った。彼は頷いたがなんと言ったのかは聞こえなかった。彼女の真紅の髪が彼をまた本のなかに押し戻した。オマール海老のビスク。前菜。Tはオマール海老のビスクをスプーンですくって食べる。とてもリッチで濃厚、ほとんど茶色で、母親の自慢の一品だ。住み込みで働き、台所で汚い作業をさせられたときに覚えた。太った女の調理人は怠け者で、すぐに彼女を叩いた。祝いの食事は早くにクライマックスを迎える。ラム肉はレアすぎで、ケーキはぼそぼそしている。絶えず自分を責める母親。前菜のあと、しばらく時間がある。午後じゅう時間はあるのだ。子どもたちはベッドに寝かされる。彼は家を抜け出す。道は狭くなり、地区は縮んだ。空は広々としている。ずっと昔、彼が消え去ったあと、これほど多くの人々がそのまま家族や友人の近くに住みつづけていたのだ。自らと同等の人たちのそばでおなじ方言を話し、居留地内で暮らすように。自宅から車で四十分以内、自由に訪れることのできる居住地。彼らはイスファハーンに行ったことはないし、アレクサンドリアに住んだこともタタール人の砂漠を見たこともない。シルクロードを旅したことも、オリエント急行でキールロワイヤルを飲んだこともない。彼らはその種の小説の登場人物ではないのだ。だが彼らは皆Tのことを知っていた。奇妙な、金髪の少年、あの父親の息子、母親が目に入れても痛くないかわいい子、若いうちに自分のイマジネーションのなかに追放され、疎遠になったTのことを。

小さな舞台の脇、書店のスタンドの前にプロモーション担当のドミニクの姿が見えた。最後にバリーの舞台詩の発表会で会ってから、少なくとも十五キロは痩せていた。心配して健康状態を尋ねるべきなのか、ダイエットの成果を褒めるべきなのか、ステーフマンには判断がつかなかった。彼らは互いの肩に手をあて、(ドミニクのイニシアティブで三度)キスをした。彼女のキスは祝うように朗らかな音をたてた。あるいはそれは無言の別れを意味する親密なキスだったのだろうか？　あるいは慰め、心の支えであったかも——というのも、最初にステーフマンが聞いたのが、インタビューの依頼が来ていない、ということだったからだ。来週半ばにはきっと依頼が来るにちがいない、と。彼女はまるで、必要とあらば誘惑してでもインタビューを取ってみせる、自分のあらゆる魅力を彼のために闘いに投じる、とほのめかしているようだった。彼女はすばらしい香りの香水をつけ、新しいメガネをかけ、丈の短い新しい服を着ていた。もしかしたら病気が計り知れないバイタリティを生み出したのかもしれない。人はそのようにして不治の病から回復するものなのかもしれない。もしかしたら、大人になってから彼女がずっと渇望していたスタイルを、病気がようやく与えてくれたのかもしれない。残された時間に自らに授けられたさいごの切り札を使い切り、厄介な状況がもたらす二次的な幸運を活用しつくそう、ということなのかも。いつ、どこで、誰とであろうとも、〈死〉に嫌がらせをしてやろう、と。

今回はインタビューは受けたくない、本自体に喋らせて自分はなにも付け加えることはない、とステーフマンが言っても、ドミニクは聞く耳をもたなかった。二十年も出版業界にいる彼女としては、作家のそんな発言を真面目に受け取ることはできなかった。自分がおなじ陣営に属するのを示すように、彼女は彼のとなりに並んで立った。あせらないで、きっとうまくいくから。二人はメディアの注目を勝ち取る闘いの同志なのだ。

群集を見渡した彼女は、思っていた以上の人数が集まっていると言った。教授が本に熱狂的になっていた、いまにも到着するところだ、電話で駐車中だと聞いた、と。ステーフマンは彼女の手が背中の下のほうをさするのを感じた。もう一杯、なにか飲むかと訊かれた。ドリンク以外でも、なんなりと彼女に頼めそうだった。そこに書店主があいさつと祝福を述べにやってきた。彼は『殺人者』を手にとり、あたかもはじめて目にするようにしげしげと眺めた。カバーの宣伝文を読み、親指でページを繰り、プロフィール写真を顔に近づけた。デザインに関して発言権はあったのか、最近はどうなっているのか、ステーフマンに尋ねた。手が行き届いた——そんな印象の本だ、というのが彼の結論だった。ほんとうにそう思って言ったことをわからせるような口調だった。ドミニクの朗らかな音のキスの次に、それがその夜の二番目の〈残念賞〉のようだった。

ステーフマンはグラスを口にあてたが、ジントニックはほとんど飲まず、上唇についた氷を楽しんだ。ドミニクはまちがいなく——書店主はまだわからないが、教授も確実にTの新刊発表会で脇役を務めることになるだろう。ドミニクのふくらはぎについても書かなければならない。女性のふくらはぎは過小評価されている、というバリーの意見に彼も同感だった。ステーフマンに言わせれば、ふくらはぎだけでなく足の甲もそうだ。イタリア製の夏のサンダルをまとった足の甲。女性たちがカフェのテラスでテーブルのむこうの相手に話しかけながら、真っ白なブラウスに鎖骨が隠れた肩を片方だけさげて首を伸ばし、マニキュアを塗った二本の指——薬指と中指——でぶらさがる足の甲をさするなにげない仕草は美しい。

より効果的になるように、ドミニクの年齢は実際よりも少し若くしよう。四十歳以下、浅黒い肌にするといいかもしれない。祖父がキューバ人。〈ミケーレ〉という名前が合いそうだ。教授のほうはあらゆる点で〈教授〉という肩書が呼び起こすイメージどおりだった。会場に入り、まだ遠くの方から、ステーフマンは彼の頭がずっと揺れていることに気づいていた。貧弱な首を怯えたようにぐいっと動かす。最初は自分の瞬きのせいかと思ったが、よく見ると教授の白髪の毛先の震えにもあらわれていた。教授は毛深く、顔全体が毛に包まれていた。上のほうは長く縮れており、下のほうは幅広く羽毛のよう——ヒゲというよりは陰毛のように見えた。ゆったりした白いシャツの上にゆったりした黒のスーツを着ていた。専門は論理学と科学哲学。女性的な忍び笑いと庶民的な方言が、これから聴衆の共感を得るのに役立つだろう。

まず書店主がこの特別な新刊発表会にようこそ、と歓迎の辞を述べた。重々しい口調で、ステーフマンが現代の最も偉大な作家の一人として存在している、と言った。そう、聞きまちがいではありません、と人差し指をたてた。言語圏は挙げなかった。ステーフマンがこれまでたどってきた文学的経歴を簡単に話して聞かせた。彼が集めてきて聴衆に聴かせる引用文は、ほぼすべて重要ではない雑誌の、半分はカバーの宣伝文に使われている〈書評〉からのものだった。だが彼の論拠は完璧で、周到な準備のあとがうかがえた。結局のところ、これはステーフマンの晴れの舞台なのだから、賛辞は心のこもったものだった。その後、これからの進行を説明し、教授を紹介した。教授はちょうど舞台横で浅いお辞儀をしてステーフマンの手を握り、「ご本人」と言ったところだった。

登壇した教授は、徐々に強まる驚きと関心とともに『殺人者』を読んだ、と述べた。まずは主人公のフェルディナントの特徴について話そう。フェルディナントは七十三歳の男性で寡夫。時代の激しい変化についていけない。社会の〈よそ者〉となり、自分でもそう感じている。歴史的な市街地のすぐ外にあるテラスハウスに住んでいる。彼は古い紙に囲まれて暮らしている——まだ彼を訪ねてくるわずかな人たちは、彼の多岐にわたる蔵書のことを〈古い紙〉と呼ぶ。物語は未来を舞台にしているが、教授はそれが近未来であるような不安を感じている。彼は牛革の靴を例として挙げた。フェルディナントのモカシンはいつのまにか手に入らないほど高価になってしまった。〈いつのまにか〉と作者はまるで単なるディテールのように無頓着に書いている——ここで教授はステーフマンの目を見た。いつのまにか食肉は巨大な研究所の工場で生産されるようになった。土地が飼料栽培に占領されることがなくなり、よって建築用地が増える。二酸化炭素排出がなくなり、よって車を増やすことができる。家畜の糞尿も死体もなく、食物連鎖から病気も消え、すべての人がより安い肉を得られる。だがそれは革製品もなくなることを意味する。取るに足らない周辺的な現象ではある。動物の苦しみがなくなることが政府のプライオリティではなかったが、大きな広告キャンペーンで（反政府団体が撮った）過去の写真やビデオが、異議反対を抑えるために巧みに使われた。そしてここに本書の核心——即ち、次第に増大する人口過多問題の解決策を探すことに伴う道徳的なジレンマ——がある。

ステーフマンは最前列で教授の話にじっと聴き入る人たちの顔を見た。それが自分の小説の核心なのだろうか？ そんなふうに考えたことはまったくなかった。彼にとってはフェルディナントだけが肝心だった。残りはいわば精神的な舞台装置——〈キリスト降架〉の上の青い空に浮かぶみごとな白い雲のようなものだ。だが誰かがこう言っていたはずだ。本はいつでも作者よりも賢明である、と。彼は口のなかをジントニックのひんやりとした苦みと酸味で満たした。いや、こうだ。本は読者と同じくらい賢明である。少なくとも、よい本は。あるいはこれは自分自身の言葉であったか？

教授はにこやかな笑顔で、ステーフマンは『殺人者』において、この問題への文学的に見事な解決策を提示した、と語った。いかにしてこんな狂気じみた〈手段〉を思いついたのか、あとでステーフマンに訊いてみなければならない。傲慢な政府が産児制限は不道徳であることを口実に導入する〈手段〉のことだ。彼は頭を振った。あまりにも不条理で世界の常識を覆すことであるがゆえに、数ページ先には恐ろしいほどもっともらしく思えてきたのだそうだ。偉大な作家は予言者であるというではないか。いやはや。教授は本をかざして表紙を指さした。観客は表紙の男たち——顔たちが互いを見張っているのに気がついているだろうか？　昨夜、彼はこのデザインを見つめ、線を引いてみた。このすべての顔がみな同数の顔に見張られているのが偶然だとは、論理学の教授としては信じられない。全員が全員を視覚的に羽交い締めにしている——これ以上、この本に合った表紙は考えられないだろう。さて本題に入ろう。一瞬彼はどう話すか考え、観客に質問をした。想像してみてほしい——おめでたい夜なので、〈想像してみる〉ということを強調して——これはけっしてほんとうにやってもいいという許可ではない。もしも法的に、政府によって、一度だけ殺人を犯すことが許されるとしたら、観客は会場にいる誰を殺すだろうか？

会場から忍び笑い、ささやき声、ざわつきが聞こえてきた。

この誘いは皆さんにとって不意打ち……あるいはむしろその逆かもしれない！　もしかしたら皆さんには以前から誰か殺したい人がいたが、殺人を犯す価値はないと思ったか、結局のところ実行できなかったのかもしれない。殺すことを強いられたわけではないから、それ自体は問題ではない。だが、重要な問題はここにある——彼は二度、ヒゲを撫でた。皆さんは誰も自分を殺そうとしていないと確信がもてるだろうか？　別の言い方をすれば、皆さん自身が生きつづけたいと思うなら、自らに与えられた殺人の機会を使うことは義務とさえ言えるのではないか？　彼は宙に円を描いてみせ、ふたたび質問した。もし許されるとしたら、皆さんはいま誰を殺すのか？

その後のスピーチで彼は興奮して〈手段〉について話しつづけた。『殺人者』のなかでは一度ならず二度、殺人が許されるという〈手段〉だ。政府の計画は不誠実だ、と彼は述べた。衝動的な復讐が連鎖的に起こることによって、〈手段〉はとりわけ社会の下層部に適用されるだろう。社会保障と医療費が最も高くつくグループだ。支出がいちじるしく減り、住民一人あたりの税収入が目覚ましく増えるだろう。安全は自動調整されることが明らかになるだろう。ほとんどの殺人が犯される最初の数年間に、人々の洗練度は軒並み上昇し、五年ですでに道徳的に優越した社会に成長するだろう。

白い雲、だ。

フェルディナントと彼の娘の冒険については、ほとんどなにも語られなかった。

教授が大喝采を浴びて降壇したあとは、人々がしばし考えに耽ることができるよう、音楽が演奏された。音楽院の女子学生によるバッハのチェロ組曲だ。彼女の脛は、奇妙に弓と同じように湾曲していた。

書店主は彼女に「すばらしい！」と言い、教授にも熱のこもった話の礼を述べた。数ヵ月前の打ち合わせの昼食で、彼は——またしても——最後に舞台上で短いスピーチをするよう、ステーフマンを説得した。このような夜には人はそれを望むもので、それなしに終えるわけにはいかないのだ、と。彼はこのあとのレセプションについて告げ、スポンサーに礼を述べた。だが作家本人の挨拶なしにレセプションははじまらない。それではエミール・ステーフマンにご登壇いただきましょう！

彼は金属製の演台に両腕でもたれ、顔を上げた。この姿勢は偶然にもざっくばらんに見える、と彼は感じた。とりわけ話し手が紙を手にしていない場合に。全員を見渡しつつ誰のことも見ずに、この一週間練習してきたテキストが口から出るのを耳にした。たかだか三分のスピーチで当たり障りのないことを書いた紙を読み上げるのを聞いたら、自分でも情けなくなっただろう。この作家は流暢に即興で話している、と人が思うようなスピーチでなければならない。彼は演じていた。実際には存在しない、とある〈ステーフマン〉になりきって。観客の後方にある、ラウンジ風の照明の長いバーカウンターで、スタッフが静かにてきぱきとグラスにワインをついでいるのが見えた。自らの発する言葉の合間に、ワインが注がれる素早く短いコクコクという音が聞こえた。はじめて着る白いシャツとフォーマルな黒いズボンで、ジュリーのプロフェッショナルな指示――ワインはギリギリになってからグラスに半分のみ注ぐように（誰も生ぬるいワインは好まないから）――に従う若者（おそらくは学生）たちの仕事であろう。ステーフマンの担当編集者が足音を忍ばせて観客の輪に加わった。遠方から来るため、渋滞に巻き込まれたのだろう。品行方正で、遅刻するような男ではなかった。ジャケットをたたんで腕にかけ、視線を合わそうとすることなく担当作家のスピーチに熱心に耳を傾けた。この男が自分を殺したい理由はすぐには思いつかなかったし、逆も然りだが、自分の仮想の殺人者がこの集団のなかにいる、というのは十分ありうることだった。彼の本物の葬儀の際、葬儀場の質素な会場に集まるのと同じ顔ぶれだ。

レネイの誕生以来、葬儀の最中に自らの棺の上をなにもかもお見通しの霊のように漂う、という空想を、ステーフマンはもはや楽しめなくなった。茫然とした母親の脇にすがり蒼白な顔で泣く娘を想像すると、霊として漂う夢想は台無しになる。彼は娘の悲しみの原因でありたくなかった。彼らの悲しみ、だ。一昨日、彼はレネイの頑固で芝居じみた行為を終わらせるため、罰として部屋の隅に立たせた。彼は同じ部屋に静かにいて、彼女が静まり、聞き分けよく顔を壁に向けるのを待った。静かになると、彼は時計を見て思った。三分、最低でも三分、できれば五分がいい。自分は彼女の父親なのだから、躾けなくてはならないのだ。そのとき彼女は椅子の上に置かれた〈クマ〉を見つけ、ふたたび半狂乱で泣き叫びはじめた。クマ、クマがほしい、あたしのクマ——彼には彼女がほんとうにクマを欲しがっているのか、それとも自分と父親の力比べの武器として使おうとしているのか、わからなかった。ほんとうに悲しんでいるとしたら——そう、彼女はまちがいなくほんとうに悲しんでいた——自分は罰の途中で褒美として彼女にクマを与えていいのだろうか？　のちに自分が困ることになる、誤ったサインを与えてしまうのではないか？　彼女は地団駄を踏み、息が止まりそうなほど泣いていたが、彼は黙ったまま前を——いや、よれよれになったぬいぐるみを見ていた。自分の権威を蝕むことのできるぬいぐるみ。そのとき彼は叫んだ。静かにしなさい、わーわー泣くのはやめなさい、と。彼は大声を出した。自分の怒りで彼女を圧倒しようとした。テーブルでの態度が悪かったからというより（それがこの大騒動の原因であったにもかかわらず）、彼女の忌まわしいほどの頑固さが、いま彼が彼女にこの悲しみを与えることを強いたからだった。彼は愛を叫んでいたのだが、四歳にも満たない彼女にはそれがわからない。彼女の記憶に残るのは怒鳴り声と沈黙だろう。自分の後ろでソファに座っている男の沈黙——理解できない残酷さ。彼は瞬きが増えるのを感じた。ちょうどタイプライターの誠実な仕事ぶりに感謝をしているところだった。面白いジョークとして、軽い調子で。だが今度は感動を含ませ、涙をこらえている印象を出した。観客の顔にそれが見えた。マリーは兄とともに瞬きが増えているように見えた。執筆の、心が折れそうになる孤独、超人的な努力が、試練のどの瞬間も彼を支えてきた大切な道具へのシンプルな感謝の言葉によって、突然リアルに感じられるものとなった。その献身ゆえに、彼が不意に事故に遭ったり、脳卒中を起こしたり、殺人に遭ったりして——明日か来週にでも——他界した際には、彼とともに埋葬されるであろう。それはまちがいない。彼はそれを望むはずだ。葬儀場の質素な会場でマリーが最初に弔辞を述べるだろう。参列者は今夜の観客と同じ人たちで、皆が新刊発表会での謝辞を思い出すだろう。作家であり、夫、父でもあるが、兄でもあった。彼女の弔辞の中心は自分では覚えていない逸話、兄が自分を水死から救ってくれた話だ。幼いころ、祖父母の敷地にいた。枯れた草のあいだにある井戸のコンクリートのふた。当時十六歳だったいちばん若い叔父——その冬、彼はヤマハのオートバイの横で死ぬことになる——が力強い腕でバケツを振り回して夏の熱さに水をかけていた。六歳の甥っ子をからかっていて——水着のことで……パイル地のことをからかって彼が口にした〈スポンジの水着〉という言葉を使うかもしれない——姪っ子のことを忘れてしまった。彼女は演台につかまり、あらためて自分の命を救ってくれた兄に感謝を述べるだろう。奇跡だった。兄がなにかを耳にし、地下になにかを感じた。彼女の闘い、くぐもった叫び声、第六感。夢中で遊ぶ叔父

――すばらしい育ちざかりの少年――に妹はどこにいるのか、ギリギリ間に合って尋ねた。それから十五年間、その事件について黙っていた。叔父に頼まれたからだ。自分の兄ほどみごとに黙っていられる者はいない。彼女は泣き、気を取り直し、苦しみの日にテレーザに付き添う。

最後の言葉を話し終わった彼は、マリーが両手を頭の上に掲げ拍手している姿を見た。歯笛を吹いている者もいた。身なりのいい学生たちがグラスをいっぱい載せたトレイを危うげにもち、人々のあいだを回った。これで彼の小説は彼のものではなく、彼らのものとなった。

ドミニクが舞台の階段の下でステーフマンを笑顔で迎え、一度だけキスをした。まるで彼が寒くて震えているかのように背中を撫でた。いま買ったばかりの本を、緊張しつつビニール袋から取り出す女性が立っているテーブルの椅子まで、彼を連れていった。すぐにサインしはじめるに越したことはない、と書店主に教えられていた。そうすれば人々が本を売るスタンドへ我先にと急ぐからだ。そうしないとタイミングを逃し、深夜まで店じまいできなくなる。ステーフマンにはそれがよい戦略で、実際的な手はずだと思われた。そして――名前につまずくことがないかぎり――心地のよい義務でもあった。サインをしているテーブルでは、行列をつくって待っている人がいるため、短くて表面的な会話で済むからだ。子どもたち、家、仕事、映画、旅行、高効率ガラス。彼はこの人たちのほとんどとサイン会でのおしゃべり以上のつきあいはなかった。あとで列がなくなったらつづきを話そう、と約束する――尻すぼみな会話を礼儀正しく終える方法。もてなす側として彼は全員を見、話をする。こうして大成功の夜はあっという間に終わりを迎える。

今回もいつもどおりだった。十一時を回ったところで万年筆を内ポケットにしまい、残った人たちがグラスを置いた六台の背の高いテーブルのまわりで、グループをなして立っているのを見た。誰もが楽しそうにしていた。ステーフマンが脚を伸ばし、しばらく前から横に座っていた編集者と話をしていると、突然肩にあてた手に遮られた。酔っ払いだ、と彼は思った。

振り返ると、ずんぐりした男の澄んだ青い目があった。フランネルのシャツに森の緑色のダウンジャケット。男は愉快そうにステーフマンに新刊発表会はどうだったか、尋ねた。〈居留地〉の訛りで。フェイスブックで知ったそうだ。〈フェイスブック〉と発音するとき、頭を後ろに動かした。一種のチックだ。新刊発表会の告知をフェイスブックで見たのだそうだ。友達申請は常に承認することにしていた。潜在的な読者は大切にすべきであるから。ユルヘン——男はユルヘンと名乗った。目以外に、彼の知っていた少年を彷彿させるところはどこにもなかった。すべてが時間とともに蝕まれてしまった。年齢よりもいっそう老けて見えるタイプだった。壮絶な離婚劇についてとうとうと語ったあとには、太陽光パネルの施工業をしている話になった。自分の小さな会社についての説明が終わると、一瞬の沈黙のあと、ふたたび愉快そうに、過去の時間はどこに行ってしまったのか、とレトリカルなことを言った。やはり酔っているのだろう。彼の歯は先が丸く、歯茎の色は薄かった。二週間ほど前に自分が誰を見かけたか、ステーフマンにはぜったい当てられないだろう。誰を見たと思う？　彼はステーフマンの上腕を叩いた。「サンドラを見たんだ。〈ガラスの小路〉でね……」彼は一歩後退し、ステーフマンにばっちりとウィンクしてみせた。

彼はいまだにそれほど子どもなのか、あるいはあまりにも田舎者であるため、広く知れ渡っている、売春地区だとすぐわかるよう美化された言葉にさえ、ウィンクしたくなるのだろうか？　それともサンドラを介してステーフマンに、男どうし自分が売春宿通いをしていることをひけらかしているのか？　まさかほんとうにサンドラを飾り窓で見たと言っているわけではないだろう？

サンドラが売春婦？

ステーフマンはユルヘンの話に反応するのを拒んだ。あたかもサンドラの運命を手放すのを拒むかのように。この男には引き渡したくない。彼は編集者に割り込む隙をあたえた。遠くまで運転して帰る彼が別れを述べようとしているのを感じた。車のトランクに『殺人者』が十五冊積んである。ステーフマンはいっしょに車まで歩いて取りにいく約束をしていた。

13

Tには秘密がある。

14

夏休みの初日はどんよりした灰色の空で、霧雨が降っていた。家族で自宅で過ごすことにして、レネイはシンデレラを見ていた。石造りのガーデンハウスの右側、左に養鶏場のある場所に、ステーフマンは湿気、微風、興味本位の視線から逃れられる位置を見つけた。彼は紙くずを丸めた。紙は均等によく燃えて、空中に突如、舞い上がることはなかった。

Tが昨夜、彼を揺り起こし、なにも偶然にゆだねないように、とささやいた。Tにはすべてをやらせるくせに自分はすべて元のまま、というのは危険が大きすぎる。彼が護ろうとするTにふりかかるすべてのことは、どんなに理不尽に思われても、彼自身にも起こりうることなのだ。Tはステーフマンの人生を基とした本の主人公ではなかったか？　ステーフマンの妻とセックスをし、彼の子の面倒を見ているのではないか？　彼が自らのアイディアを〈現実〉に根付かせたのだから、水をやるのを忘れてはならない。〈現実〉そして〈実際におこったこと〉、物語の裏にある物語への執着を赤裸々に描いた小説であるからこそ、安易に想像に頼るわけにはいかない――

Tはそう言った。信憑性を得るためには経験したことでなければならないのだ、と。

四時十分、ステーフマンは机にコーヒーを置いてコンピュータの前に座っていた。彼は、定期的にやりとりのある人たちに送るラフなメールを、慎重に言葉を選んで書いた。これまでのメールをすべて削除してほしい、という差し迫った依頼だ。フェイスブックの設定も調べた。他の人たちがフェイスブックをやめるのは見てきた。デジタルの南京錠をかけてやめることは可能なのだ。この片づけを専門にする会社があるとどこかで読んだことがあるはずだ。グーグル検索バーをクリックすると、彼の心のなかに長年、自分がインターネット上でつけてきた無限の形跡が浮かび上がった。訪問したアドレス、検索ワードはすべて登録されるシステムなのだ。DNAの鎖——科学者か有能な若者ならば、それをもとに彼の人生を一日ずつ再構築できるかもしれない。

Tはコンピュータをもっていない。彼は新聞を読み、テレビを見、手紙を書く。ダイヤル式の固定電話を流行の前から使っている。Tは動画を撮られるのを嫌がる。同時代の作家のなかで唯一、テレビ出演なしに世界じゅうで有名になった作家。テレビに出ないことでも有名だ。カメラ自体は客観的だが、操作するのは人間だ。Tは政治家でも俳優でもないから、イメージの相互的な操作において自分を弁護することに長けていない。公の面前で、作家としてのクオリティをそれに左右されることを拒む。公平にはいかないだろう。動画撮影をいまだに光栄なこととして引き受ける者は、だまされているのだ。イメージの氾濫が我々に教えたのは、よりよく見ることではなく、より速く判断することだ。携帯電話で撮った動画は光の速度で世界をかけめぐり、誰かを有名にしたり蹴落としたりする。〈ビッグ・ブラザー〉は暴君から新自由主義に変化し、その代償として何十億ものズボンのポケットに納まることとなった。

ステーフマンは五十センチほど積み重ねた紙の上にレンガを置き、ガーデンハウスに折り畳み式の椅子を取りにいった。いちばん長くて窓のない壁面には、区切りのついたセメントの棚がついていた。小さなペットのための小屋のようで、ウサギがいたか、ニワトリの産卵場所だったのかもしれない（それにしては随分広いが）。ところどころの石が崩れ、補強スチールが湿気に侵されている箇所から、錆が剝がれ落ちていた。ガーデンハウスは薄気味悪いと彼は以前から思っていた。一週間前に剪定ばさみを探して手探りしていた際、高いところの棚から小さなリストバンドが出てきたのだが、それよりも前からそう思っていた。色褪せたオレンジのプラスチック製、お医者さんセットに入っているおもちゃだ。名前を書いて差し込む透明の窓がついていたが、紙に書かれた文字はインクがかすれていた。最初の文字の縦の線を除いて。

大文字のVの書き方は人によってかなりちがう。レネイのリストバンドでないことはテレーザが保証した。

誰かがわざと置いたのでなければ、なぜ棚のあんなに高く、奥のほうに置かれていたのだろう？　そして誰かがわざとあそこに置いたとすれば、どんな理由があったのか？　消して失くすためならもっとよい方法があったはずだ。隠すことが目的であったにちがいない。だが失踪事件の調査では、警察は梯子をもってきて棚の一番上を探すはずだ。

ガーデンハウスの古いレンガに絡まるアイビーは、土曜の夜に放送される魅力的な田舎の村とその周辺を舞台としたイギリスの犯罪シリーズを思わせた。毎回二件か三件の殺人があるが、恐怖をかきたてるより巧妙であることが多く、中産階級の上位にいる人か、上品な使用人が犯人で、もつれる人間関係と動機がテーマだ。パン屋の一族はそのようなもつれに巻き込まれたのか？村の住民の半分が疑うことを、残りの半分が黙っているのか？ そしてフランソワとアルレッテはそのどちらにも属していないのか？

運命のいたずらは実に奇妙だ。跡形もなく消えた少女のネーム入りリストバンドがここにあるとは。

丸めた紙くずが、装飾をほどこしたテラコッタの鉢のなかで燃え尽きるあいだ、彼は次に燃やす紙の一部を読んだ。これがいつかなにがしかの価値をもち、レネイにわずかな遺産となる可能性はゼロだった。無限に書き直されたパラグラフ。新たに入手したタイプライターを試すために書かれた何十ページものたわごと、あるいはただ単に楽しみのために、書くのではなく打っただけのもの——とりわけこれが、いかなる主張の裏付けともなりうる魅力的な素材となるだろう。人はそこに、無警戒な瞬間に集められた彼の意識下の声を聞くだろう。ほんとうの彼の顔があらわれる文書——トリノの聖骸布からイエス・キリストの顔があらわれたように。

15

「パパ！」レネイが脚に飛びついてきて、すぐには家のなかに入れてもらえなかったが、一瞬ちらりと娘の興奮した顔が見えた。二晩、祖母宅に泊まっただけで変わったように見えるのが、不思議に感じられた。いつもとちがう髪、あるいは光の関係でそう錯覚するのだろう。おばあちゃん（彼の母親）は廊下のつきあたりのドアの前で満面の笑みを浮かべ、おりこうさんだったわよ、と言った。おりこうさんだったの？　という父の言葉に、レネイは脚をつかんではなさずに頷いた。

子ども時代、そして大人になってからもここで暮らしていたあいだ、ずっと彼はこの時間が一週間でいちばん好きだった。土曜日の正午近く、太陽がキッチンの長細い窓から差し込み、ラジオからはヒットパレードが聴こえてくる。母親がフライドポテト用のジャガイモを切り、サラダ菜を洗い、折りたたんだチェックの紙に載せられた紫がかった赤色のステーキ肉の上でペッパーミルのコショウの粒を粉にする。彼は娘とともに昔とおなじテーブルで、昔とおなじ皿とナイフとフォークで食事をした。彼女のことをこっそり盗み見するのがやめられなかった。子どもにしかもてない集中力でおいしそうに食べている。濡れた唇、とがらせた口で一口ごとに味わって。自家製のマヨネーズは黄色く固めだった。

平坦ステージ、と父親が言った。ツールーズがゴール、カヴェンディッシュが得意とするところだ。できることならこのまま父親とともに、平坦ステージの心地よい緩慢さを見ていたいところだった。時間の流れにまかせてなにもせずに、バカンスの風景と集団スプリントを見るのだ。だが一時半には家に戻っていなければならなかった。レネイが友だちのアメリの誕生パーティーに招かれているからだ。プレゼントはこれからおばあちゃんがお姫様の紙で包み、きらきら光る大きなリボンをつけてくれるところだった。それからレネイがポニーテールに結ってもらうことになっていた。

車のなかで、ステーフマンは調子がよくなかった。食べ過ぎた上にビールを三本も飲んでしまった。五人の無名選手の小集団がメイン集団の八分前を走っていた。彼は頭のなかでカラフルな集団が一塊になって幅の広い道を走る様子を思い描いた。レネイはチャイルドシートで座り心地悪そうにまっすぐに座っていた。ポニーテールだから嫌だ、と後ろにもたれてひと眠りするのを拒んだ。しばらくすると、ぼろ布の人形のように斜め前に崩れ落ちた。車はほとんど村の近くまで戻ってきていた。あと少しでとても楽しみにしていたアメリのパーティーに行ける、というときに目を覚まし、得意げで嬉しそうに言った。「パパ、あたし寝てたの!」車は緑色の丘陵地帯の風景のなかを走った。ラジオからはカイリー・ミノーグの夏のヒット曲〈ワウ〉が流れていた。

「ユーガーリット！　ユーア・ワーワーワーワウ！」というリフレイン。レネイは音を真似て、二人で歌い、手を叩き、それぞれの椅子の上で踊り、バックミラーごしに笑いあった。

彼は自転車を大切にしている。自転車がなければ、馬なしのカウボーイのように存在する意味がない。地区内は自転車がなくても移動できる距離ではあったが、他の子どもたちが自転車をもっているので、彼が常に遅れを取ることになる。どこかで止まっていたグループに追いついた途端、彼らが退屈して他の場所に行こうと、彼が反対する間もなく自転車に飛び乗って消え去る――そんな不安を抱きながら走る羽目になるだろう。最年長の彼にとってはとりわけ屈辱的だ。彼には自転車なしに自分の言うことを聞かせる力がなかった。いや、彼でなくても誰にもないだろう。自転車は最高権威をもち、常に優位を示す。自転車がパンクしただけで、その日が台無しになる。誰かの荷台に乗せてもらいたいところだが、待ってはもらえない。状況を予測し、自転車が動きだしたらすかさず荷台に飛び乗らなければならない。それでも、突然一方的に下ろされるかもしれない。彼の自転車は、堅信式のプレゼントに祖父からもらったものだ。六段変速で、彼は天にも昇る心地だった。ブエイ、ブノニ・ブエイ――かつての世界チャンピオンで、いまは自転車店を経営している。彼の名前はフレームの水平の管に手書きで書かれている。だが短距離レースをするときには彼はフレディ・マルテンスになる。道の半ばで遅れを取り戻し、ゴールで両腕を宙に掲げる。彼らは全力疾走する。タイムトライアルをする（一区画を一周）。そしてバランス比べの〈強制〉。敵を縁石に押しつけ、足を地面につかせる位置に自分をもってくる。いわゆる〈スタンディングスティル〉だ。

ゴールの十八キロ手前で、ステーフマンはビクッと目を覚ました。メイン集団は先行の小集団に四十五秒差まで迫り、レースは安定していた。四時半を回り、レネイをパーティーに迎えにいく時間だった。彼は二人掛けのソファから足を出して寝ていた。レースは強い向かい風で遅れていた。カヴェンディッシュが勝つのは、彼にも他の誰にも自明なことだった。フィニッシュを待っているのは怠け心からだった。ちょうどフィニッシュを見られるタイミングだからやはり見たい、と思った。

アメリの両親、ミーケとパウルは道の反対側の端、高いほうの曲がり角のところに住んでいた。彼はそこまで歩いていくことにした。まだ寝起きでぼんやりしていたので、会話をする気分ではなかった。レネイがぐずぐず言わずにすぐ帰ろうとすること、パーティーのプログラムがすべて終了していること、人形劇を見せられずに済むことを願っていた。

「彼女、寝てるの」

彼はミーケの顔を見て、敷居の手前で待っていた。ほほ笑みの意味するところを読みとれるほど、彼女のことは知らなかった。レネイが誕生日パーティーで寝ている？

「そうなの、ほんとうに寝てるのよ」

「嘘でしょう」

「まだ十五分くらいだけど」

「寝てもいいかって彼女が言ったんですか？」

「とにかく上がって」

家の表側に置かれた食卓のまわりに家族が集まっていた。ほとんどの人は椅子を少し後ろに引いて座っていた。ケーキは粉々に崩れた一切れしか残っていなかった。男性陣のコーヒーカップの横にはブラウンビールの入ったグラスがあった。ミーケの両親は、たまに校門で見かけることがあった。彼らはステーフマンと握手をしに寄ってきた。

「娘さん、寝てるの」ミーケの母親は半分疑問形で言った。

「いまミーケから聞きました。にぎやかだったから疲れたのかもしれません。それにしても変だな」

「家でもまだお昼寝する？」

「もう一年くらいしてません。したとしてもちょっとだけです。さっき車のなかで十五分か、せいぜい二十分、寝たところなんです。でも昼間自分のベッドで寝るなんて、この一年はなかったことです」

「寝るのはけっして悪いことじゃない」ミーケの父親が言った。

テーブルについていた家族か友人たちも同意した。子どもが寝たかったら──と別の女性が言った。兵士として外国に派遣されているパウルの母親かもしれない。子どもが寝たかったら、疲れているしるし、ただそれだけのことだ、と。

「なるべく長く寝ていてくれるほうが助かるね」誰かが冗談めかして言った。

あれほど長くこのパーティーを待ちわびていたのにおかしい、とステーフマンは意見を述べた。

これまでに訪問先やパーティーで寝たことがあったとは、思い出せなかった。親戚の家でさえなかった。くたくたに疲れていても、出先で彼女をベッドに寝かせるのは無理だった。もう大きいから、と言い張るからだ。

「ベッドじゃないのよ」ミーケが言った。「ここでわたしたちのいるところに寝かせたの」

家の中心のキッチンの後ろにリビングルームがあり、レネイはそこでクマのプーさんの薄い毛布をかけられ静かに寝ていた。ここで、知らない人だらけの部屋で寝るなんてありえない、とステーフマンには思われた。もしかしたらあまりかまってもらえずに――なんといってもアメリのパーティーなのだから――大人の気を惹こうとしたのかもしれない。彼はほほ笑みながら娘のほうに向かった。部屋のなかで父の声が聞こえ、皆が自分のことを話しはじめても、彼女は芝居を演じつづけた。彼はそっと額の髪をかきあげたが、彼女は目を閉じたままだった。彼は顔の近くで名前を呼び、お菓子の匂いのする頬にキスをした。

「みんなすごく楽しんでたわ」ミーケが言った。「ディーターが午後じゅう、ほぼずっといたの」

そこにいる人たちの誰も、自分がディーターだと名乗らなかった。いまになってようやく彼は庭で数人の子どもがあそぶ声を聞いた。キッチンには、網戸のついた開け放ったドアの横にしか窓がなかった。ステーフマンはふたたび彼女の名を呼んだ。もう帰るから起きて。さあもう起きよう。彼は彼女の肩をそっと揺さぶった。

「二十分前よ」ミーケが言った。「家のなかに入ってきて、ディーターの腕を引っぱったの。右脚になにかあるって言って、泣き出して。でも脚にはなにも見つからなかったから、わたしが抱っこして慰めたの。そしたらすぐに眠りに落ちて……四時半を回ったところだったわ。エミールがすぐに来るから電話はしないでおこう、と思ったの。おとなしく寝ているから」

ステーフマンとともに彼女はレネイの右脚をチェックした。傷も青あざもなく、なにも見当たらなかった。

「さあ、もう起きよう」彼はふつうの声で話し、彼女の肩を揺さぶった。「もっと寝たければ家に帰ってベッドで寝たらいいから」

彼はオレンジ色のソファの端に座り、娘を膝に抱え上げたが、彼女はまっすぐに座るのを拒み、だらんと体重をもたせかけた。顔をしかめ、小さなうめき声をあげ、また深い眠りに戻ったようだった。

キッチンに金色の王冠を被ったアメリが姿を現した。彼女についてきた若い男性がディーターにちがいない。彼らは部屋のなかの光景から離れた場所に立ち止まっていた。アメリは母親に、レネイはまだ寝ているのか、尋ねた。アメリの一番下の妹のエリーゼも部屋のなかにはいってきた。部屋にいた全員が彼女のほうを見た。彼女は鼻歌をうたいながら、キッチンの隅にある艶消ししたアルミニウムの大型冷蔵庫のところに跳びはねていった。冷蔵庫のドアからピンク色のストローのささったピンク色のパックを取り出した。飲み込むときだけ、鼻歌は止まった。

ステーフマンは娘をソファに寝かせ、毛布でくるんだ。そういえば最近、夜、彼女が喋っているのを聞いたことを思い出した。急いで彼女の部屋に行くと、ベッドに起き上がり、怒って彼のほうを見た。黒い服を着た男たちがどうした、などと言っていたが、彼の質問には答えなかった。

まるで彼がまちがった質問をしていて、正しい質問を待っているような印象だった。彼への憤りをなんとか抑えているような表情で彼を見ていたが、突然ばたんと倒れて目を閉じた。

「子どもがぐっすり眠っているときには起こすのはむずかしいものだよ」テーブルについていたヒゲをたくわえた男が、となりに座る女性のほうを振り返って言った。女性は、となりの家の孫の話をはじめた。大みそかの夜、彼らの家の真上にあがった花火が爆発して屋根窓を吹き飛ばしても、アレキサンダーというレネイより二歳ほど年上のその子どもは、となりの家で眠りつづけていたそうだ。

「もうちょっと寝かせてあげたらいいよ」ミーケの父親が言った。

「エミールにコーヒーをお出しして」と母親が言った。「ミルクか砂糖を入れる？」

「ブラックでいいです」ステーフマンは言った。

「ブラックね」母親が言った。

ディーターがローテーブルに座り、首をかしげてレネイを見た。彼女は午後じゅうずっと遊んでいたそうだ。ディーターの首にはペンダントなしの茶色い革紐が結んであった。二十代でおそらく児童関係か自然関係の活動をおこなっているのだろう。テーブルを囲んだ男性たちがカヴェンディッシュのスプリントについて話しているなか、ディーターはレネイの脚になにも見つからなかった、と言った。なにか感じると彼女は言っていたけれど、かゆみや痛みではなかった。ちょっと泣いて、ミーケに抱かれて眠りに落ちた。

ステーフマンはディーターとともにレネイを見ながら、頭の側面を撫でていた。やはり彼女は芝居をしているのだろうか？　なぜ頑固に芝居をつづけているのか？　憤り、非難を示している？　自分が彼女の怒りの矛先なのか？　だが彼女は午後じゅう陽気に遊んでいたのだ。ディーターにも十分にかまってもらえて。

ミーケが分厚い磁器のカップを、食卓の中央に置かれた魔法瓶の注ぎ口にもっていった。蓋の大きなボタンを何度も押して、残っていたコーヒーを注いだ。彼女はカップを同じように分厚いソーサーにのせてステーフマンが伸ばした手まで運び、待った。コーヒーは十分熱いか？　遠慮しているのではないか？　ぬるければ簡単に淹れなおせるから、と。ちゃんと熱い、と彼は言い、ソーサーをローテーブルのディーターの横に置いた。彼は家に帰りたかった。

なにも言わずにレネイを膝に抱き上げた。部屋のなかが静まりかえり、彼は皆が注目しているのを感じつつ、レネイを胸に押しあてた。彼女の脚は奇妙にねじれて彼の横にあった。レネイは抱きついてこず、頭を支える必要があった。

「レネイ、起きて！」

彼は彼女の頬を軽く叩いた。

彼女は抵抗し、おかしな、ほとんど動物的な音を喉からもらした。顔をしかめ、彼女は心地よい姿勢を探した。彼女は眠りを求めていた。

「起きて」ステーフマンが毅然と言った。「家に帰るよ」

レネイは眠っていた。眉のあいだには深い、不満そうなシワがあった。まぶたにライトグリーンの光が見えた。

なにかがまちがっていた。

彼はミーケの目をまっすぐに見て言った。「これはふつうじゃない」彼は自分の言葉、その深刻さに、ミーケ以上にぎょっとし、顔が赤くなるのを感じた。この家族の祝いの日に迷惑をかけるのは嫌だった。だが彼には、幼い子どもたちの母親であるミーケが自分とまったく同じことを感じているのがわかった。もうだいぶ前から、あるいははじめからそう感じていたのかもしれない。だがレネイは結局眠りに落ちたし、すぐに父親も来るところだった。

ディーターは静かにその場を去った。

ステーフマンがふたたびレネイをソファに寝かせるのを手伝ったあと、ミーケがディーターの座っていた場所に座った。レネイは今度は頭を父親の左の腿にのせて寝ていた。ステーフマンは娘が夜中に寝ぼけて怒っていた話を、テーブルの皆にも聞こえるように話した。あのときと同じくとても深い眠りに落ちているとしか、彼には考えられなかった。もうすぐそこから目覚めるのだ、と。

「わたしもそうだと思うわ」ヒゲの男の妻が言った。「あまりにも興奮しすぎたから、いったんスイッチを切る必要があったんでしょう」

「寝たい子は寝かしておくしかないね」ヒゲの男はそう言った。

テーブルのまわりの会話が盛り上がり、飛び交った。幼い子どもたちの奇妙さが話題の中心だった。彼らはあちらに、ミーケとステーフマンはこちらに座っていた。話している人たちにはレネイがもはや存在していないような感じだった。彼らはデザートフォークをもてあそび、ビールを一口飲み、レネイがいてもいなくても変わらないような口調で話をした。気分が悪くなる空腹感がした。薄いコーヒーの味が口のなかで腐ったようだった。彼は唾とともにそれを飲みこもうとした。じっくり考えたかった。レネイは熱を出していない。呼吸もしている。眠っている。昼間、慣れない部屋で、見知らぬ人たちに囲まれて。彼はミーケを見つめた。それに応えるように彼女は言った。「ドクターに電話したほうがいい？　わたしが電話しようか？」

新たな沈黙が訪れた。

なぜレネイは目を覚まさないのか？

彼はソファから立ち上がり、娘を両脇から抱き上げた。命じるように、繰り返し名前を呼んで立たせようとした。返ってきたのは、いま難題について目を閉じて考えているから邪魔しないでほしい、と言いたげな表情だけだった。

「マルクに電話しなさい」ミーケの母親が言った。「携帯の番号を知ってるでしょう？　すぐに来てくれるわよ。マルクはわたしたちみんなの家に往診に来るのよ」彼女はステーフマンに言った。「今週末の当直担当ではないだろうけど、ミーケが電話したらすぐに来てくれるはずよ。電話して。マルクは迷惑だとは思わないから」

「必要ないかもしれません」ステーフマンは言った。「ちょうど徐々に目が覚めるときかもしれないから」

彼は娘を胸に押し当て、皆に謝った。こんなことは、あの夜中を除いていままで一度もなかった。彼女は睡眠状態から戻ってこなければならない。ただそれだけだ。彼女に我々の声は聞こえていない、と。

ミーケは庭でドクターに電話をかけた。

ステーフマンはほぼ四歳の娘を赤ん坊のように抱いた。彼はオレンジ色のソファの外側のアームのほうに座っていた。ひじ掛け椅子のオレンジ色は、三人掛けのソファのそれとはちがっていた。分厚く粗い、長持ちする生地だ。穴を塞いだ暖炉のマントルピースに、白木の小さな額縁がたくさん飾られていた。写真や複製画の寄せ集めの中央に、エドワード・ホッパーの絵の、色と静けさが見えた。彼はこの絵のなかで列車のコンパートメントにいる女性になりたかった。盛装して、帽子の下に隠れるように本を読みふける。一人きりで。いや、レネイと二人きりで。テーブルのまわりでためらいがちに小声でレネイの話をはじめた人たちから離れて。彼女がいかに陽気に遊んでいたか、笑いながら入ってきて、ディーターにまとわりついて。眠りに落ちるまえに一分も泣かなかった。なんて陽気な子なんだろう――きっと誰かがそう考えたにちがいない。

「マルクに電話したわ」少し息をきらしてミーケが言った。「すぐに来てくれるって。十分以内にかならず」

テーブルのまわりの人たちは安堵していた。マルクがこちらに向かっているのだ。ステーフマンは彼らの安堵を自分も感じようとし、レネイの表情に集中した。首をまげて、ドクターが来る、とささやいた。でもいつでも目を開けていいんだよ、そうしたらふつうに家に帰ろう、パパは怒らないから。彼はそう誓った。約束は守るよ。

しばらくすると、ミーケの母親が彼のとなりにきて座った。レネイのひざに手をおき、彼女をよく見ようと体を伸ばした。「ドクターは村のはずれに住んでいるの」彼女は言った。「わたしたちはいつでも電話していいことになってるの。もうすぐ来るはずよ」

彼女がちょっと苦労してソファから立ち上がったとたん、玄関のベルが鳴った。彼女はほらね、と人差し指を挙げてみせた。テーブルの誰かもおなじ仕草でそれに応えた。

マルクは普段着姿だった。ストライプのポロシャツとブリーチ加工のジーンズ。五十代で権威ある職に就く人に多い、仕事用の濃い色のスーツを着ていたほうがましなタイプの人間だった。全員にあいまいな挨拶をしながら入ってきて、ステーフマンには一瞥もくれなかった。呼び出されて不機嫌な様子で、彼は尋ねた。「どうしました?」彼はミーケを探した。「なにがあったのか、正確に教えてください」彼は角ばった鞄をステーフマンの足の横のカーペットの上に置いた。鞄、ポロシャツ、ジーンズ……まるでかつての東欧でナイフを呼び売りする商人のようだ。

ミーケがその午後あったことを、なにも忘れていないか深く考えながら話して聞かせた。その間、ドクターはレネイの心臓に聴診器をあてた。血圧を調べ、まぶたを持ち上げ、ランプで瞳孔を照らした。脚も調べた。髪の下に手をあてて、傷がないか調べた。

ステーフマンはあの夜の昏睡状態について話した。

そこで部屋が静まりかえった。

開いた鞄の前に跪いて座っていたドクターは、部屋にいた人たち全員とおなじように黙ってレネイを見つめた。

「それであなたはこの子……」

「レネイです」ステーフマンは言った。

「レネイ。あなたはレネイを起こせないんですね？」

「うめき声はあげてたわ」ミーケの母親が言った。「うめき声はあげられるのよ」

「でも目はまだ開けてないんです」ステーフマンは言った。

ドクターは彼女の頬を素早く三度叩き、耳に向かって名前を呼んだ。それからステーフマンに彼女をカーペットの上に立たせるよう、言った。彼女はがくんと倒れかかり、悲しげな声を漏らした。父親の温かさに這い登るようにして、また深い眠りに消え去った。

「わたしにはなにもおかしなところは見えません」ドクターは言った。「気がすむまで寝かしてやることです。明らかに眠りを欲しているのだから。来週中に病院で脳波スキャンを撮るといいでしょう。なにか見えるかもしれないが、わたしは大事ではないと思います」

「でも彼女は目を覚まさないんですよ」ステーフマンは言った。

「いや、たったいま覚ましていたでしょう」ドクターは鞄を閉じた。「疲れてるんですよ」

「昼間はもう寝なくなっていたんです」

「でもいまは寝ている。いまは寝ずにはいられないほど疲れている。脳波スキャンで問題があるか、わかるでしょう。わたしには彼女の頭のなかは見れないから。月曜日にご自分のホームドクターに予約を取ってもらってください。それがいちばんいいでしょう」

ドクターは健康保険の証明書を書き、カーボン用紙付きのノートからはがしてローテーブルに置いた。お金をもっていないとステーフマンが言うまえに、ミーケが急いで財布を探し、マルクに支払った。彼女の両親がいっしょに廊下に出て、土曜の往診に対し、ていねいに礼を述べた。部屋のなかでは今日、皆の中心である三人が戻ってくるのが待たれていた。

レネイは頭を彼の右腕にのせ、脚を横切るように寝ていた。彼は空いている手で携帯電話をズボンのポケットから取り出し、妻にメッセージを送ることにした。電話をかけると、すべてを説明しなくてはならないからだ。彼の言葉を誤って理解し、動揺して誰かを轢いてしまうかもしれない。ちょうど街に住む母親を訪ねた帰りに、村付近まで戻ってきている時間だった。ミーケの家に来るように、レネイと自分はまだそこにいるから、と彼は書いた。すぐに既読のしるしのキスが戻ってきた。ただ単に〈x〉のみで、他の文字を打つ時間はなかった。彼女はいまこちらへ向かっている。

「電気なのよ」皆がふたたびリビングルームに集まると、ミーケの母親が言った。「スキャンで脳の活動を測るの。それが電気だってマルクは言ってるわ。それを見れば、いろいろわかるの」

ミーケは皆になにか飲みたいか、訊いた。

誰もなにも飲みたくなかった。

「眠っているときには、脳の電気は少ないのよ」

ステーフマンは、テレーザに詳細は話さず連絡だけしたことを告げた。おそらくはレネイの母親の名が出たことによる長い沈黙が、それにつづいた。その間、庭から音が聞こえていた。アメリとエリーゼの興奮した声。ディーターが地面に寝そべり、女の子たちがまとわりついているのだろうとステーフマンは想像した。彼は三人——テレーザとレネイと自分が、もうすぐこの家を笑いながら出ていくところも想像してみた。彼がテレーザの車に乗り、自分たちの幼い娘が母親に手をつながれ、スキップをしながら道を下っていくところを。彼は二人を家のまえで待っているだろう。レネイは遠くから——彼の忠告を無視して——両腕を広げて「パパ！」と叫びながら、駆け寄ってくるだろう。母親の声を聞いたら目覚めるだろう。ミーケはブラウンビールを注ぐだろう。老人たちはふだんと同じ話題について話すだろう。そして自分たちはミーケと夏休みの旅行について、まだ庭で遊んでいる娘たちについて話すことだろう。一日は自ずとふたたび他の日々と変わらぬ一日にもどるだろう。

彼は彼女の閉じた目を見て、ひたいを撫でた。

ドクターがここに来た。

ドクターは彼女を往診した。彼女は眠っていた。

ドクターによると、彼女は目を覚ました。

人々は平静を保っている。

年老いた人々で、彼らには経験がある。

疲れている子どもは起こすのがむずかしい。

二台の車が通りに入ってきた。まるで一台がもう一台を引いているように連なって。

スズメの小集団が小競り合いをしながら大きな窓のそばを飛んでいった。そのすぐあとに近くでキジバトの深みのある鳴き声が聞こえた。家の正面にある雨どいの、湾曲部の上に巣があったのを彼は思い出した。夏なのだ。外は夏だった。

近くで一台の車が減速した。

ヒゲの男の妻が立ち上がり、テレーザは黒い車に乗っているかと尋ねた。

「暗い色です」ステーフマンは答えた。「チャコールグレーのフォードです」

「あれはフォード？」彼女は夫の後頭部をぽんと叩いた。

フォードであるかもしれない、と夫は言った。

ミーケが窓のところに行くと、隣人の兄フィリップとフォルクスワーゲン・ゴルフが見えた。

「フォードに乗ってるって」ミーケの母親が言った。

「フィリップよ」ミーケが言った。

隣家のドアベルが鳴るのが聞こえた。フィリップの低い声、廊下での妹との会話は、そっけない感じがした。

声は家のなかに消えていった。

列車のコンパートメントの女性は、見ているうちにどんどん本を読んではいないように思えてきた。彼女はリビングルームから視線をそむけるために、本を読んでいるふりをしているのだ。見知らぬ人たちの視線でオレンジ色のソファに釘打ちされたステーフマンを見るに堪えず、帽子の陰に隠れているのだ。レネイをまるで、突然理解できなくなった言葉で書かれたすばらしい本のように膝に抱いたステーフマンのことを。

負けたら、とユルヘンが提案する。勝った人が負けた人にキスしていいことにしよう。彼はすぐにペトラを追いかける。少女たちは二人とも抵抗したが、自転車に乗ってゲームに加わる。二分ほどでユルヘンは他の少年たちを助け、サンドラに足を地面につけさせようとする。ペトラのほうは自転車に乗るのが巧すぎた。サンドラは周りを取り囲まれても控えめにほほ笑みつづけている。方向転換の際に自分の前輪が押しつけられた黒いアスファルトに視線を向けている。周りから強制されるまえに静かに自転車から降りてスタンドを立て、草むらに入っていく。少年たちは一瞬混乱して、諦めるのは負けるのと同じだぞ、と叫ぶ。ペトラがなにかを叫ぶが、サンドラは振り向かずに歩いていく。

キスをかけてゲームをするのははじめてではなかった。少女たちが閉じた唇を突き出してキスをされる。それで終わりだ。サンドラは背の高い草のあいだに両手両足を広げて倒れる。ユルヘンとアンディが彼女の横に跪く。彼は両手をポケットに入れて彼女の足元に立っている。彼らはあえいでいる。とても暑いのだ。キスは一回しかダメだと彼女は言う。誰が勝ったか決めなければならない、と。ユルヘンとアンディは女の子のようにくすくす笑って彼のほうを見る。

ビキニのなかが変化したせいかもしれない。彼女が腕を組んでビキニの中身を動かし、つぶれた赤色の布が膨らんだからかもしれない。腿の内側の白い肌が見える脚を上品ぶって閉じる仕草のせいかもしれない。背の高い草が彼女を飲み込んでいたからかもしれない。あるいは虫の音のノイズが感覚を麻痺させているのかもしれない。いままで自分はまちがっていたのかもしれない、彼女はその大きな濃い色の瞳で人生を優越感をもって見抜いているのではなく、常に戸惑いとともにおとなしく待っているのかもしれない——はじめてそんな印象を抱いたせいかもしれない。

彼女が少し抵抗したあと、彼らはすぐに彼女を押さえつける。

彼の指示で、ユルヘンはストラップのついたビキニの縁に指を一本、ひっかける。ストラップは首の前側で二つの大きな輪に結ばれている。胸はするりとビキニから姿をあらわす。その光景にユルヘンとアンディは手を離しそうになる。

キスの細かいことは決められていない、と彼は言う。

そしてアンディを勝者に定める。

ナーバスに目をしばたかせ、アンディは結局、胸についたシワのある焦げ茶色のものに唇を押しつける。

ユルヘンはどっと笑いだし、アスファルトの上を自転車で回っていたペトラのほうに歩いてもどる。サンドラの片脚は自由に蹴ることができるが、地面に横たわったままだ。片脚では足りないのだ。

彼女の目はとりわけ瞳孔が大きいから色が暗いのだ、と彼は気づいた。その目はなにも見逃さないよう、貪欲にすべてを捉えようとする。彼女には少年たちの手中に落ちるのが苦痛ではない。ある種の愉しみとともに、彼らの優勢に従っている。

彼女が蹴らないのは、終わったからかもしれない。胸へのキス以上のことは考えられない。彼には自分たちが実際には彼女を捕らえられないように思える。彼女はこれを予想していたのだ。

彼らの不器用さ、子どもっぽさを密かに笑っているのだ。

彼が手を彼女の大きめのショートパンツの脚部に忍ばせると、彼女の表情が変化する。彼女は両足をぎゅっと閉じる。激しい争いののち、彼女の顔は紅潮している。髪の毛がひたいにはりついている。彼女は彼の目をまっすぐに見ている。濃く生えた縮れ毛を剝き出しにしたときの彼の驚いた表情を見逃さないように。

アンディには彼の要求がわからない。

アンディには勇気がなく、伸ばした人差し指を離れたところにかまえている。まるで窮地に追い込まれたネズミが反撃に出るのを待つかのように。なにも恐れることはない、と彼はアンディに保証する。アンディはやってみるが、うまくいかずさぐっている。それから彼の指は粗い毛のなかに付け根まで埋まる。

もはや誰も動かない。

もはや誰も話さない。

農家のタウトの羊小屋からヒバリが飛び立つ。

アンディの指がサンドラに差し込まれている。

片方の胸がビキニから出ている。

だが彼女は、まるで親密な秘密をもらしているのが彼女ではないかのように、エミールを見ている。まるで彼女が彼を見ているように。彼をしっかりと見つめる大きな輝く黒い瞳に、彼女は彼がなにものかを示している。リーダーではなく、臆病者。いつでも他人にやらせることを、自分でやるには臆病すぎる。彼は自分が裸であるように感じる。彼女に見つめられて、口がひきつるのを感じる。彼が彼女を押さえつけているかぎり、彼女が彼を羽交い締めにしている。

レネイを一目見るなり、テレーザの顔から血の気が引いた。

彼女があいさつする声のあとには、ミーケが短く説明する声しか聞こえてこなかった。〈ドクター〉という言葉が出た。

彼女はソファのむかいの暖炉にそっと歩いていった。距離を保ち、彼とレネイのもとには来なかった。まるで幽霊でも見るような目をしていた。彼女の服、ハンドバッグから半分出ている鍵の束、髪に挿したサングラス。彼女は別の世界からやって来たようだった。

「救急車」彼女が言った。「いますぐ」

「落ち着いて」ステーフマンは言った。「ドクターが往診に来たんだよ」

「なぜあなたたちは救急車を呼ばなかったの？　真っ青じゃない。この子、昼間はぜったいに寝ないのよ！」

ドクターが来たんだ、とステーフマンは叫んだ。悲惨な午後のすべてを吐き出すかのように。

ドアのところに立っていたミーケが泣きだした。

震える手でテレーザは携帯電話を探した。

彼はレネイの頬を撫で、ママが来たからもう目を覚まして、と言った。

テレーザがキッチンで電話をしている声が聞こえた。冷静でていねいに要領よく、まるで電話の向こう側でどう対応しているか、いかに誤解なく事の重大さを伝え、要領を得たリアクションを引き出せるか、熟知しているかのように。

ミーケがティッシュで目を押さえた。目だけで泣き、テレーザにはきちんと話ができた。脚のこと、泣いて、眠りに落ちたこと。

救命隊はわずか数分で到着した。

その場が混乱に包まれた。蛍光ベストを着た救命隊員は〈眠っている子ども〉がベッドルームにいるものと早合点し、ベッドルームの場所を尋ねた。圧倒されたミーケが教えると、重たい鞄を二つもって階段を駆け上がった。それを見たステーフマンは、彼らがレネイをベッドで検査するものと勘ちがいし、二階に担いでいった。

緊迫した沈黙のなか、彼は救急車の音を聞き分けた。一キロ先から聞こえていたかもしれない。それはレネイのための救急車で、この家、この部屋への道を探しているのだ。その考えが頭のなかであちこちに跳ね返っていた。救急車がどの道を走っているか想像してみたが、最短の道を考えるべきなのか、あるいはちがう方角に向かわせることで、いまならまだすべてを覆せるのか、わからなかった。そのとき、リーダー格の医師が、レネイをZ市の市民病院に搬送する、と言った。

テレーザは謝るような口調で、ぜひともG市の大学病院に搬送するよう頼んだが、医師に断られた。医師はしずかにやさしく話した。Zには十分で行けるが、州都のGには三十分以上かかる。医師には責任があり、Gに搬送するのは危険が大きすぎた。長時間の車での移動で血餅《けっぺい》が取れ、新たな外傷を引き起こすかもしれない。救急車は常に最も近くの病院に患者を運ぶのが決まりだった。

血餅？　レネイは脳卒中の発作に襲われたのか？

それにはドクターも確信をもって答えられなかった。

二人の看護師——太った人と若い人——はベッドルームで携帯用の担架を操作し、ドクターのほうをなにか訊きたげに見ていた。

「スピードを出しすぎないようにします。慎重に運転しますから」

階下では、客たちが全員そろって芝生の上に黙って立ち尽くしていた。ミーケは前よりも泣いていて、ステーフマンにしずかに「ごめんなさい」と言った。彼は彼女を抱きしめ、君のせいではないと言った。

救急車が通り過ぎるまで、彼はテレーザの車に乗って待っていた。摺りガラスの窓に、太った看護師の影が見えた。

村を出て、背が高く伸びて波打つ穀物畑の横を走っているとき、彼の目に涙があふれてきた。できれば自分が身代わりになりたかった。父親なのだから、娘が無事であるためにはどんな代償も払うし、どんなことを命じられてもやってのけると誓う。

祈るなよ、と彼は怒って考えた。祈ろうなんて思うな。

彼は携帯電話のバイブレーションを感じ、安全ベルトをはずして脚を伸ばした。テレーザが救急車から連絡してきたのではなく、出版社の社長からの電話だったので、話し中にならないよう出ないことにした。ほぼ一分後にボイスメールの受信通知が届いた。

病院の地階にある救急科はがらんとしていた。夏休み中の土曜日の、小さな市立病院だ。彼らを待ち受けていた小児科医──厳しい目つきの中年女性──が、まもなく放射線科医が到着することを告げた。ベッドのまわりのカーテンは半分しか閉じられなかった。清潔な部屋で、ステーフマンは自分の匂いに気づいた。

ＣＴスキャンには血餅は映らなかった。

血餅は子どもにはほぼ確実にできない、と小児科医は言った。ＣＴスキャンでは脳になにも見えない。血餅はありません。テレーザが彼の手を強く握った。

脳波検査は電極がうまく付かず、難航していた。放射線科医は脳波の奇妙なパターンが記録されるのを見て、小児科医と話し合うことを告げた。

待ち時間は二十三分に及んだ。小児科医がカーテンをぐいっと開けた瞬間、レネイが目を開いた。彼女はテレーザに手を伸ばした。喉から漏れる声が大きくなった。見開いた目は一点を見つめ、彼女は蹴り、叫びはじめた。ひっかきもした。ステーフマンとテレーザは彼女を押さえるのに苦労した。彼女には父母が見えず、パニック的な不安に溺れていた。テレーザが助けを求めて叫ぶのを彼は耳にした。テレーザが助けを求めて叫んだ。目の端から小児科医が走って出ていくのが見えた。

突然、緊張がレネイの体から抜けていった。彼女は静かになり、ふたたび横になろうとして目を閉じた。深いため息をつくと、眠りに落ちた。

小児科医が看護師を連れ、注射をもってきた。

「見てください」ステーフマンがレネイの脚を指さして言った。「漏らしてます」

「よくあることです」小児科医は言った。「大人でもこういうときには漏らすものです。着替えをお持ちしますね」

「ちがう」テレーザがすすり泣いて言った。「おしっこしたかったから、わたしたちにトイレに行かなきゃと言いたかったのよ。もう大きな女の子だから、ズボンに漏らしたくなかったの」彼女はレネイを自分の上半身で隠し、耳にキスをして、気にしなくていいよ、ぜんぜんかまわないから、ちょっと失敗しただけだからね、とささやいた。

小児科医は、診断は下せない、自分たちがレネイにしてやれることはなにもないと言った。彼らはG市の大学病院の小児集中治療科と連絡を取っていた。いま特別班が救急車でこちらに向かっているところだった。そう、彼らが彼女を迎えにくるのだ。レネイの状態は逐一知らせてあった。

ステーフマンはテレーザがレネイを着替えさせるのを手伝った。彼女は勇気を取り戻し、レネイはどこも具合が悪くないかのように話していた。まるで自宅のバスルームにいて、カラフルな魚たちが窓ガラスに一列に並んでいるかのように。さ、これでいいわね。大好きだよ。えらいね。

トイレで手を洗っているとき、彼は自分の目をじっと見つめた。いままでに見た無数の悪夢のことを考えた。最終的にはほぼこの時点で、突然終わるわけではないが、これが悪夢であることに気づくのだ。このトイレの閉じた空間、この薄暗い光のなかで、それが起こるかもしれない……。

彼は携帯電話の音にビクッとした。

出版社の社長がかけなおしてきたのだろうか？

「エミール？　エミール？　やあ！　つかまってよかったよ……聴こえる？　いま水の上なんだ。バカンスで。カプリ島のそばでヨットに乗ってるんだよ。よく聴こえる？　ぼくのメッセージ聞いた？　聞いてない？　ちょっと座ってよ、エミール。座ってる？　ちょっと座ったほうがいいよ。いいかい？　今日が金の帯賞のショートリストの発表だって知ってるだろう？　一ヵ月半前にロングリストが発表されなかったのは知ってるよね？　もちろん知ってるよね。聞いてくれ。ショートリストもなかったんだ。なんでだと思う？　エミール。わからないよな。実はね、金の帯賞の歴史上はじめて、一冊の小説の圧倒的なクオリティを前に、審査員たちがロングリストとショートリストを選ぶのを拒んだんだよ。他の本は関心を寄せる価値がない！　と告知に書かれてる。エミール？　この例外的な事態において……ちょっと読むよ……最高に例外的な本の法外な栄誉を称えたい……『殺人者』の！　エミール、『殺人者』だよ！　ヨットから落っこちそうだよ！　よかったな！　おめでとう！　エミール？　エミール、聞いてくれ。テレビのヘット・ジャーナルがあとで君にライブインタビューしたいそうだ。いま君の家に撮影班が向かっている。家にいる？　どこにいるんだ？　エミール。どこ？　S市の病院？　Z市か。Z市の病院って君の家から遠いの？　Z市の病院ね、そう言っとくよ。大丈夫なのか？　エミール。え、なに？　わからない？　そりゃそうだよな！」

　社長はふたたび金の帯賞受賞の祝いを述べ、文学賞の受賞に伴いヘット・ジャーナルでライブインタビューが流れるのは、最も重要な文学賞であっても慣例ではないことを強調した。その影響力はすさまじいだろう。ここはぜひ鉄が熱いうちに打つべき、自分に向けられる関心をしっかりと引き付けるべきだ、と。人々の興味は——ステーフマンには不要な説明だったが——早ければ明日にでも薄らいでしまうものだから。

第二部

The quick brown fox jumps over the lazy dog.（〈素速い茶色の狐がのろまな犬を飛び越える〉の意味。アルファベット二十六文字が入っており、タイプの練習に使われる）

再会は心温まるものだ。ぼくはアルファベットに両腕を広げて迎えられる。これは正しい決断だ。書かないのは不自然なことだから。

母方の祖父の話。こん棒――木製の棒の話だ。ある日、二人の男が祖父の小さな農家にようやく電気を繋ぎにきた。夕方になり、問題が生じた。一人の男が突然、電線に〈引っついて〉しまったのだ。もう一人が一日じゅう持ち歩いていたこん棒を手に、相棒の手を力いっぱい叩いた。手と手首を折って、相棒を電流から叩き切った。

昨日、ぼくはまるでこん棒で叩かれるように、自分の物語から叩き切られた。Tの姿はどこにも見当たらない。だが、書くことがなければぼくは犬でしかない。草の上に丸まって寝ている犬。ぼくの上をあらゆるできごとが跳びこえていき、ぼくはけっして狐に追いつけない。

病院の新棟と旧棟を結ぶ長くがらんとした廊下で、ぼくはオリベッティ・レッテラ32を膝に置いて座っている。六〇年代にジャーナリストに人気だった、洗練されたポータブルのタイプライターだ。海の緑色をしたキャリーケースは、黒いファスナーに縦中央に太く黒い帯という、今日でもモダンなデザインだ。南ベトナムでは赤十字の旗のごとき威力を発揮したことだろう。ここに従軍記者あり、と。

ぼくは戦地からの報告を書くのか？

すべてが渦巻き、回転している。すべてが〈いま〉、〈現在〉で、時間はまだ当分過去にはならない。狐と犬は狐と犬ではなく、ただ二つの言葉だ。言葉のみが存在する。すべての言葉は、流れの速い川から突き出した平らな石だ。引き返すことはできず、我々は向こう岸にたどり着かなければならない。

テレーザが懇願している。G市まで救急車に同乗させてくれ、と。経験豊かな看護師が温かな心で辛抱強く、だが決然と、なぜこのような場合に親が同乗できないか、説明している。子どもの安全のためだ。なにか起こったときに、自分たちは親に妨げられることなく対処しなければならない。彼女が言っているのは、緊急事態に救急車のような狭い空間にヒステリーを起こした親が同乗しているのは、命にかかわるほど危険、ということだった。ゆっくり家にもどって荷物をまとめるように、彼女は諭す。それからゆっくりと病院に来るように。急ぐ必要はない。レネイには最も優秀な人たちがついているから。すばらしい娘さんですね、と彼女は言う。あとでまた会えますから。わたしたちが娘さんを大切にお預かりしますから。約束します。テレーザはさいごにもう一度懇願する。どうかお願いです。看護師は黙って一瞬、テレーザの頭をそっと彼女の肩に押しあてる。

看護師の予期せぬしぐさが我々にショックをあたえる。彼女はテレーザの悲しみ、心配が正当であると認めているのだ。深刻な事態かもしれないし、もっと深刻になるかもしれない——そうはじめて認めたのが彼女だ。同時に彼女は安心させようとする。彼女のしぐさは、レネイにほんとうに最も優秀な人たちがついていることを示す。彼女は女性として、あるいは母親として、苦悩の一部を自分が請け負おうとする。人間的な姿を見せることによって、頭からつま先まで白に身を包んだ彼女が、天使のように見える。

我々は長くは自宅にいない。テレーザはすぐに二階に上がり、服と洗面用具を集める。クマも。

階下のリビングルームは一見したところなにも変わっていないような印象だ。まるで誰かがこういうシーンを考えたようだ。二人掛けのソファのアームに、空のカップが載ったソーサーが置かれている。ガラス製のエスプレッソカップで、乾いた泡の残りから苦くて甘い匂いがまだする。黒いテレビ画面を見ると、カヴェンディッシュの姿が見えるようだ。彼は鼻を前輪に近づけるようにスパートをかけ、近くにいる追撃者を引き離す。選手たちは一日中向かい風を受け、ゴールが遅れている。向かい風でなければ、レネイは脚になにかある、とぼくに言いにくる。彼女は泣き、ぼくの腕のなかで眠る。ぼくの腕のなかで。パパがいるから。パパがいれば安全だ。レネイはけっして昼間は眠らない。ぼくが救急車に電話をする。

テレーザはけっしてコーヒーを飲まなかっただろう。

けっして。

廊下は長く、通り過ぎる人がタイプを打つ音に驚くことはない。彼らにはぼくの行動を解釈する——物語を考える——十分な時間がある。ぼくのところまで歩いてきたときには、ぼくはすでに存在していない。彼らはせいぜいオリベッティを一瞥するくらいだ。それに、咳止めシロップや絆創膏のあるふつうの世界と、小児集中治療室《PICU》を繋ぐこの場所では、人は互いの存在をふだんよりも早く認識しあう、というのがぼくの印象だ。

廊下が冷たく一直線であることを、二本の痩せたゴムの木が強調している。互いから離れたところに置かれていることが、ぼくにはある種の虐待のように思われた。天井には芸術作品がかかっている。一辺が約一メートル半の正方形の、六枚の輝く写真。どれも陽光が葉の間から透けて見えるよう、木を下から撮ったものだ。それぞれの写真のそばの壁にキャプションがついている。〈ハイドパーク〉〈フォンデルパーク〉〈セントラルパーク〉と。

レネイ・ステーフマンの親です――我々は言われたとおり大学病院の救急科で名乗る。Z市の病院とは異なり、慌ただしい。精肉店のように番号札の機械が置いてあるが、我々は番号を取る必要がない。飲み物の自動販売機の上にテレビがかかっている。女子のアメリカンフットボールが男子より狭い球場でおこなわれている。女子も男子とおなじヘルメットを被り、規則もおなじようだったが、きわどいショートパンツとブラジャーを着けているのが肝心な点だ。ぼくは、深夜放送でずっとトランポリンを跳んでいる女の子たちのことを思い出す。スポーツを装い、女性を見る番組。テレーザとぼくは、スタジアムでがつがつと音を立てて食べている行儀の悪い客たちとおなじプラスチック製の椅子に座っている。

看護師は、あとでドクターから話があると言って、ぼくたちの質問に答えてくれない。親切な女性で、ドアを押さえて我々を通してくれる。ぼくは緊張で吐き気がする。テレーザとぼくは手をつないで廊下を歩き、看護師についていく。我々の足音は重ならない。ぼくたちの娘はどこにいるんだ？　レネイに会わせてくれ。もう一秒も待てない。まるで出産後にはじめて対面するようだ。まるで最初の一日目で、我々の残りの人生が決まるようだ。

タイプライターを使っている人をさいごに見たのは、街中でのことだった。夕暮れ時にベンチに座り、彼——財産差し押さえ人のデカイゼル——が大きな広場を横切るのを見る。裏地がタータンチェックの七分丈のコートを着ている。手にもつケースにはエルメスの小型タイプライターが入っている。彼はもう二十八年もこれを使っている。彼の筆跡は読めたものではないし、コンピュータは信頼していない。タイプを打つ音は人の心を静める、と彼は言う。仕事柄、彼が日々訪れる人々には効果がある。彼はぼくに携帯用の酒ビンに入ったカルヴァドスを勧める。〈一日一個のリンゴは医者を遠ざける〉、と言って。

ぼくは従軍記者というよりむしろ財産差し押さえ人なのかもしれない。価値のあるものを書き留め、自分で自分の心を静めている。

ＰＩＣＵには七台のベッドが、廊下の突き当りにある長方形の空間の長い辺と短い辺に沿って置かれている。もう一方の長い辺は、大きな窓のあるナースステーションになっている。看護師はレネイがボックス４にいる、と言う。ベッドとその周りのすべてが〈ボックス〉だ。番号が天井からぶらさがっている。部屋は神聖な静寂に包まれているが——ここでも子どもは寝る時間なのだ――、ぼくは他のボックスは見ない。照明はほぼ全体的に暗くされている。ビー、ビーという、平和な音にリズミカルに混ざるアラーム音は弱く、警戒度の高いＰＩＣＵではいつも聴こえているようだ。アメリカの豪華なファミリーカーを思わせる。トランクの蓋が完全に閉まっていないのを運転手に知らせる、親切でほとんど申し訳なさそうなシグナル音を。

レネイ。表情がどこか変化しているが、それ以外の真っ白なシーツの上の夏らしく日焼けした肌は、健康そのものに見える。これは誤解、グロテスクな誤解だ。誰かが呪いを解かなければならない。ぼくたちの娘は健康そのものなのだ。ぼくたちは彼女をこの車輪の付いた馬鹿げた大きさのベッドから抱き上げ、家に連れて帰る。もう一秒たりともこの人たちの世話にはならない。明日は朝寝坊しよう。昼近くに起きて、笑いながらこの茶番劇を振り返ろう。信じられないね、と。

我々は小児科医長、ドクター・デ・ヤーヘルに紹介される。さっき採血をした看護師はアンジェリックで、ここまで案内してくれたのはヴァネッサ。デ・ヤーヘル医師の名札には〈Ａ〉と書かれている。〈ドクターＡ・デ・ヤーヘル〉。彼女は外見同様、静かに落ち着いて、熟考した上で話し、その間レネイに注意している。明らかに意識が低下している徴候がある、と彼女は話す。そのほか、右半身全体が麻痺しているが、原因についてはしばらくは闇を手探りする状態だ。Ｚ市の病院からＣＴスキャンと脳波検査の結果が送られてきた。いまから十五分後、脳血管のクリアな画像を得るためにＭＲＩスキャンを撮る。レネイに軽い麻酔がかけられる。スキャンには三十分近く、患者が静止していることが重要だ。でなければ画像がぼやけ、使い物にならない。ドクターは磁気共鳴や騒音――幼い子どもに麻酔をかける二番目の理由――の説明をする。それから彼女は話すのを止める。我々にはなにを言えばいいのかわからない。当惑による静寂が訪れる。ドクター・デ・ヤーヘルはまずはテレーザの、その後ぼくの目を見つめ、深い同情とともに言う。はっきりするまでもう少し時間が必要です、と。

地下の幅広い通路には、十台ほどのゴルフカートとその何倍ものトレーラーが、黄色い線の内側に二列に並べられている。この病院の十二の診療科がトンネルで結ばれている、とヴァネッサが説明する。少なくとも、ほとんどの診療科は。その他の線とシンボルが内部の交通標識となっている。ライトグリーンの滑らかなコンクリートの床に、靴がキュッキュッという音をたてる。ＭＲＩ科にたどり着くと、またすべてがこれまでとおなじ様相になる。色褪せたドア、ドア枠の上の壁に取り付けられたボードの文字、タイル。腰の高さのプレキシガラスの羽目板。

神は物に宿る。人々は、教会は信じなくなったが、神のことはまだ信じている。神はすべての物に宿っている――勿論、神は人間ではない。神の擬人化は完全なる時代遅れだ。神は、神の名のもとに創られた芸術に現れる。あらゆる芸術に。神は自然、山々、アマガエル、桜の木。慰め。美。だが危機に際して、これほど多くの人々は誰に祈るのだろう？　輓馬《ばんば》、あるいはカタツムリに？〈ひまわり〉あるいは〈牛乳を注ぐ女〉に？ 人々は神に祈るのだ。介入することのできる神に。不可解であってもかまわないからわたしを助けてくれ、と。神の予定を変えるよう、会話が交わされる。あくどい取り引きがおこなわれる。あなたがこうしてくれたら、わたしはこうしますから。V1飛行爆弾で地面に横たわるわたしの愛人を死なせないでくださったら、永遠に彼と別れます——〈情事の終り〉。

神が自分の存在をぼくに信じさせることもできないとしたら、どうして全能でありうるだろう？

神が存在するなら、ぼくは神を信じるだろう。

ぼくは祈らず、レネイに向けて話す。空っぽの待合室で、空いている椅子が三十七脚あるのを数える。〈脳は嘘をつかない〉、ポスターにそう書いてある。写真とスローガンが嘘発見器の使用をほのめかしているが、脳検査のことだ。ぼくは祈らない。レネイを励ますだけだ。厳しく、強いるように、絶えず。彼女は闘わなければならない。我々は追い詰められている。

どちらか一人の親しか付き添えない。入り口の赤い点滅灯と耳障りなアラーム音が、強い磁場であることを警告している。ペースメーカーをつけた人は、ここから先には入れない。ぼくはテレーザがヴァネッサとデ・ヤーヘル医師とともにレネイを載せたベッドの横を歩いて検査室に入るのを見る。スイングドアが閉まる直前に、スモーキングジャケットを着た男性が医師に近づくのが見える。男性はシャツの襟から蝶ネクタイをはずす。ぼくはハンドバッグとジャケットを手にあとに残る。雑誌の山には手を出さない。受付は薄茶色のレンガでできている。かつて一時的に造られたままなのだろう。二台のコンピュータの裏側には接続ケーブルの分厚い束がぶらさがっている。キーボードの上の丸まったポストイットは、月曜に通常の診療時間がもどってくるまで読まれることはない。

丸い駅時計のカチッという音が聞こえる。息を吸うときに鼻がかすかな音をたてる。ぼくはレネイにがんばるよう、語りかけつづける。スプーンを曲げられるような集中力で。

二十分後にテレーザが一人で外に出てくる。トイレに行くと言って出てきた。放射線科医はなにかを見つけた。テレーザは彼がペンで画面を指しながらデ・ヤーヘル医師になにか言うのを聞いた。これ以上探す必要はない、と彼は言ったはずだ。彼女は、よくわからない、というように肩をすぼめた。あと五分ほどでまた上にもどる、とヴァネッサが言ったそうだ。テレーザは頭をふる。その顔は灰色だ。なにか見えるのよ、と彼女は言う。よくないみたい。ぼくはただ、ポジティブでいよう、としか言えなかった。誰かに両手で内臓をつかまれて位置を変えられているようなときに、〈ポジティブ〉とはよくいったものだ。

ＰＩＣＵへ戻る道は長く感じられる。ヴァネッサも今度は口を閉ざしている。我々への同情心からかもしれない。ボックス４にレネイのベッドを入れると、デ・ヤーヘル医師が我々を窓のない小部屋に連れていく。大きな事務机とシャッターの下りた棚が置かれている。コンピュータはなく、机の上は空っぽだ。

ＭＲＩスキャンによって、やはり梗塞があったことが明らかになった。血餅はないが、脳の左半球のもっともだいじな血管、中大脳動脈に生じた炎症が、血液と酸素の供給を妨げた。動脈炎。原因はまだわからない。

デ・ヤーヘル医師は、我々が呼吸できるよう一瞬、話を区切ったあとに言う。レネイは危険な状態にいる、と。脳のあらゆる活動を停止するため、人工的な昏睡状態に置くことになる。新たな梗塞のリスクを最小限にするためだ。梗塞に見舞われた脳細胞は時間とともに腫れあがる、と彼女は我々に説明する。他の血管が圧迫されることによって、たてつづけに梗塞が起こると、命が危うくなる。脳浮腫の進展を観察するため、頭蓋骨内にゾンデを挿入することになる。二、三日経過し、死滅した脳細胞が最大限に膨らんだあとにおこなわれる。内圧が強くなりすぎた場合は、手術によって頭蓋骨を開かなければならない……。

デ・ヤーヘル医師は黙って机の向こう側に座っている。涙のあとには疑問が生じることを、彼女は知っている。温かな理解を顔にたたえ、じっくり待ってくれる。彼女にとってはどうなのか、ぼくは考える。この窓のない部屋で、自分の話に絶望的なまでに救いを求め、椅子の上でみるみる崩れ落ちていく二人の大人、両親と向き合っていることは。

手術の必要性はこれまでもなかったし、いまもない。血餅の場合は、早急に手術をすることがさらなる被害を食い止めることになりうるが、レネイの場合は狭窄部分の拡張手術はなんの効果もなかっただろう。脳細胞は四、五分酸素が欠乏するだけで死んでしまい、元に戻すことはできない。それに動脈が深部に位置するため、手術をすることで梗塞がもたらした以上の新たな被害が生じ、重要な機能が損なわれていたかもしれない。

現段階での治療は、大量の副腎皮質ホルモンの投与に限られる。コルチゾンによって炎症を抑えるのだ。抗凝血剤も当然、使用する。

あらゆる答えのあとに静けさが訪れ、我々を辛抱強く待ってくれる。

信じがたい事実。

レネイが死を免れた場合、どんな状態になるのかは、デ・ヤーヘル医師には予測できない。現時点では。MRIスキャンは被害の発端が左中大脳動脈であることを示しているが、現実の被害はより広範に及ぶと思われる。それは今後、死んだ脳細胞が膨れてからはっきりと見える。損傷を受けた部位は、体の右半身の運動と言語を司る。我々には経過を見守るしかない。飲み込んだり瞬きしたりできるか、経過を見守る以外にない。視覚を失ったのは、トラウマによる一時的なことなのか、脳損傷による構造的な問題なのか……。

あと数分はレネイのそばにいてもいいが、その後はヴァネッサとアンジェリックにやらねばならないことがある。我々は大きなベッドの上のレネイを見る。リラックスした表情をしている。もうすぐ四歳の女の子が眠っている図だ。MRIがまちがった画像を映した、なにか説明のつかない方法でミスが起こった、という淡い希望の泡は、漂いはじめる前に割れてしまう。今日誕生日パーティーで脚を骨折した、もうすぐ四歳の他の女の子たちもいるだろう。脚の骨折でもありえた。あるいは腕の。そうであれば、いま彼女は我々のあいだで眠っていただろう――真新しいギプスを柔らかな羽根布団にのせて。花とハートの模様の。たくさんキスをして。下から上へ、ファスナーのように。そうであってもよかったはずだ。

あの子は生きてなきゃダメよ、とテレーザが車のなかで言う。〈ダメ〉を強調した命令だ。それはレネイへの命令であると同時に、ぼくと彼女自身への命令でもある。厳粛なる決意、誓い、請願。彼女は生きていなければならない。我々は病院から五分の距離のところにあるテレーザの母親宅に向かっている。明日からは小児科の病室で寝泊まりできることになっている。近くにいることもだいじだが、眠ることもだいじだ——ヴァネッサは外まで送ってきながらそう言った。これからレネイが我々を必要とするときがくるから、そのときに備えて。慰めながらの命令だ。ある日、レネイに必要とされることをぼくは願う。生きていなければならないレネイに。

我々は、テレーザの母親の恋人の、ティーンエージャーの娘エヴァのベッドに横たわり、薄暗がりを見つめている。他の人たちの表情にこちらの悲しみを見いだすのは不思議だ。ぼくたちとおなじくらい大きな悲しみであることに、心を打たれる。テレーザは一時間おきにヴァネッサに電話をかける。いつでもかけたいときにかけていいことになっている。レネイの容態は安定していて、変化はない。病室で、機械と人工呼吸器につながれた姿を見ても驚かないように、とヴァネッサが警告する。まだ我々がショックを受ける光景があるようだ。ぼくは車中での様子を思い返す。あれからまだ二十四時間も経っていない。レネイは後部座席で歌い、笑っていた。何キロもの血管のネットワークのどこかで、血液の流れが悪くなっているというどんな小さな警告もなかった。レネイは笑うとしゃっくりが出る。生まれたときから、はじめて笑ったときからそうなのだ。横隔膜のなにかが関係しているのだろう。罪のない小さな製造ミス。しゃっくりをしながら笑うレネイのことを考える。窓のそばではクロウタドリが、中庭の反響のよさもあって、うっとりするほど美しい歌をうたい、新たな輝かしい夏の日のはじまりを知らせる声がする。レネイのしゃっくりとクロウタドリのシニカルな無関心さ——その二つが偶然合わさったのだろう、ぼくは自分の顔が変化し、笑みが浮かぶのを感じる。鼻から吐き出される空気が少し異なり、口と目のまわりの細かな筋肉が動くだけだ。笑みは一瞬にして消え、ぼくはホルモンによって動かされるクロウタドリの脳について考える。子孫を残す可能性保持のため、同じテーマを見事に、うんざりするように数多くのバリエーションで歌ってみせる——ひよこ豆ほどの大きさの脳で。

いってらっしゃい、とテレーザの母親がささやく声が聞こえる。早くあなたたちの子どものところに行っておあげなさい。家のなかはまだ夜だったが、テレーザは声をかけずに出かけようとはしない。頭をベッドルームに入れると、朝ごはんを食べたか、母親が訊く。テーブルに用意をしてある、と。食べてない？　今夜は彼女が作ってくれるそうだ。一時間だけ、さっと食べて病院に戻ればいい。あなたたちだって夕食は食べないといけないのだから。午後に病院に行くから、考えておいて。いまはもう行きなさい。

〈あなたたちの子ども〉。その言葉が頭のなかに響いている。〈レネイ〉と呼べばいいのに、そうしない。単なる偶然かもしれないが、大きな洞察を示しているのかもしれない。彼女は、テレーザとレネイとぼくが離れ離れにならずつながっているように、温かな毛布でくるんでくれたのかもしれない。

車は走っていない。十日間つづく街のフェスティバルがはじまったところで、最初の土曜の夜が終わって、中世の市街地をあとにするゾンビのような人たちが、歩道を歩いている。若者たち、大きな子どもたち。顔を上げる人もいるが、我々の姿は彼らには見えていない。生き残るための本能がはたらいている。彼らは自分たちの巣をめざして動きつづける。

ＰＩＣＵにはリモコンで開く、窓付きのスイングドアがあり、看護師か医師が訪問者を確認してから開けてくれる。ナースステーションにヴァネッサの姿が見える。彼女は〈入って、すぐに行くから〉というジェスチャーをして、親指を立てる。レネイに会いたくてたまらず、数メートル先を歩いていたテレーザの気持ちが、新たな光景を目にして一瞬にして潰されてしまうのが、ぼくにはわかる。ぼくが受けた印象は、〈宇宙船〉だ。光を放つ母船を背景に、ベッドに乗った小さな生物が際立って見える。彼女は引き渡されたのだ。宇宙人が好奇心から彼女を捕らえて、侵入している。鼻、口、腕、手から、そしてシーツの下のどこかからも。頭の、剃毛し、赤くマーキングしたひたいからつむじへの一帯に、線のついた管が差し込まれている。まるで昏睡状態で見る夢を盗聴するかのように。彼女はすでに宇宙人の仲間のようにも見える。頬に押しつけられた〈クマ〉は、ひっかかれた目で怯えたように見ている。

ぼくは父が泣くのを一度だけ見たことがある。ほぼ二十年前、祖母の葬儀でのことだった。父が電話に出る。日曜の朝七時半。悪い知らせだと父は察する。最初はまだ言葉を探そうとしているが、ぼくの言葉たちが父の心への道を蝕むうちに、黙ってしまう。母の声が聞こえる。ぼくがあいさつをする前に母は泣き出す。ぼくにちゃんと説明させず、レネイは治るんでしょう？　と尋ねる。ぼくは外のベンチに座っている。膝にのせられたテレーザの手を見る。すばらしい朝だ。彼女の手は完全に脱力し、ぼくの膝に置かれている。それを照らす朝の光。ぼくが画家であれば、この手を描くにちがいない。レネイはちゃんと治るのか、母がふたたび尋ねる。まるで突然、すべてがぼくにかかっているかのように。ぼくは話すのをためらう。もし実際に、すべてがぼくにかかっている恩恵の瞬間だとしたら？「うん」と答えず、試してみないことはできるだろうか？　母に嘘をつくことはできるのか？　心のなかでぼくは神を呪う。ぼくはためらう。最初はためらい、それから母が「エミール？」あるいは「聞こえてる？」それとも単に「ハロー？」と言うまで待つ。待っていれば、ぼくが「うん」と言える質問が出るのはほぼ百パーセントまちがいない。ぼくは、厳密にいえば、その前の質問への遅れた答えでもあるように、「うん」と言わなければならない。

レネイの高めのベッドに対して低すぎる椅子に座り、ぼくはずっと頭蓋内圧モニターの赤い数値に注意している。アンジェリックは上限が設定されたのをぼくたちに見せた。内圧がそれを超えると、大きなアラーム音が鳴る。心配で、ぼくは五秒以上数字から目を離すことができない。我々は偶然を排除したい。我々がすべきことはほかになにもない。ほかにどんなだいじなことがあるだろうか？　テレーザとぼくが神経質な番犬のごとく、ベッドの脇に座っていないわけがない。二つの赤く光る数値が、いまや我々の存在の中心をなす。我々の運命の、はっきりと見てとれる、科学的に決定されたしるしだ。これほど単純であったことはない。これは恐怖支配だ。

我々は交代で休憩をとる。ぼくはセセメルを飲む。自動販売機のその他のドリンクは、ぼくにはどれも夏らしすぎ、陽気すぎる。ここ数年、よく家に買い置きがあったにもかかわらず、セセメルを飲むのはとても久しぶりだった。よく冷えた、どろっとしたチョコレートミルクが腹の奥に沈んでいくのを、ぼくは感じる。三十年ぶりに飲んでいるのかもしれない。乳首を見つけた赤ん坊のように、ぼくは貪欲にストローを吸う。ほんとうはタバコに火をつけたり、アルコールの強い酒を飲んでもいいところだ。この状況なら許される。これが映画であるとしたら、男優がしそうなことだ。映画であればいまぼくはカフェにいるところだが、本ならばどうか、ぼくにはまだよくわからない。作家は、ぼくと似たような状況で、集中治療棟の閑散とした待合室の自動販売機の前に自ら立ったことがなくても、ぼくの手にセセメルをもたせることを思いつくだろうか？　思いついてもいいはずだ。ぼくならそんなことを創り上げる気がする。ドラマチックなシーンにはならないけれど。ドラマチックにするには、ぼくがなにかを壊さなければならないところだ。紙パックからさいごのセセメルを吸い上げつつ、感情をあらわに力任せになにかを叩く、といったふうに。

テレーザとぼくはツアーガイドと化した。第十二診療科の正面玄関で家族を出迎え、エレベーター、廊下、スライドドア、スイングドアを通り、レネイのところに連れてくる。なにが起こったか説明する。さっとまとめた核心に特徴的なディテールを加えて。それから経過の予想を話す。最悪および最善の場合に起こりうることを。見たこと、聞いたことを消化するには大量の情報だ。彼らにとってはまるでこのベッドにいるレネイを目の当たりにしたいま、すべてがはじまったかのようだ。奇妙なことだが、訪問のあとに待合室やカフェテリアでちょっと話し合うとき、テレーザもぼくも自分たちは一日先に進んでいるような気がする。我々の悲しみは一日分古く、成熟している、と。

ヴァネッサでもアンジェリックでもなく、デボラがレネイの世話をしている。アンジェリックもまだ勤務時間内で姿が見えるのに、おかしい。ボックス4の前を通るとき、彼女は我々にほほ笑みかけるが、これまでとはちがう、文字どおり距離のあるほほ笑みだ。ぼくには理解できない。デボラはすばらしい看護師だが、アンジェリックのほうが慣れていて、レネイの状態を理解しているというのに、なぜデボラがボックス4の担当になるのだ？　彼女は大柄で、金髪の天然パーマで白いメガネをかけている。彼女のクロックス――滑りやすい丸石の海岸で履くためにつくられたが、病院で看護師のユニフォームの一部となっているゴム製のサンダル――は、花とカエルのジビッツで飾られている。アンジェリックは地中海風に小柄で浅黒く、がっちりしている。まだ若い――彼女たちは全員まだ若い。アンジェリックは思ったことを率直に話し、レネイに愛情をこめてやさしく接する。腕を撫で、手をつねり、母親のように話しかける。なぜ彼女をレネイから引き離すのか？　テレーザはぼくの質問に失笑する。彼女には明らかなようだ。アンジェリックと他の看護師たちは、定期的に他の幼い患者に担当を替えられることで、護られているのだそうだ。三、四日の勤務中、かかりきりで世話をした一人の子どもと、深いエモーショナルな絆をもつのは珍しいことではない。ＰＩＣＵの子どもたちはすぐに他の病棟に移っていくか、死んでしまうかのどちらかなのだ。

フェルライクト医師に紹介されるのは午後七時以降だ。デ・ヤーヘル医師の同僚で、二人でＰＩＣＵを切り盛りしている。夜勤担当者は病院に宿直し、一週間ごとに交替する。彼女はレネイのベッドに尻でもたれる。まるでそれがこの仕事の条件であるかのように、体格はデ・ヤーヘル医師と似通っている。白衣の前は開いている。白いズック靴を履き、ジーンズに丸首、無地コットンのトレーナーを着ている。化粧はしていない。勤務中だからではなく、いつでもノーメイクなのだ。メイクしていることに堪えられない女性は存在する。そういう女性の顔は〈絵〉ではなく、キャンバスと絵の具に分かれて見え、メイクすることで顔も化粧も損なわれてしまう。フェルライクト医師の目のまわりの肌には小さなぶつぶつがある。それが夏のそばかすのように見えて、若々しい印象をあたえている。おそらく彼女は十六歳のときもいまとまったく同じ外見をしていたのだろう。親たちと話をする際、腕をしっかりと組むのは、そんな彼女が自らの権威を強調するためのポーズなのだろう。ぼくはすぐに彼女のことを気に入る。無防備とも感じる。いまのところはまだ感染の原因はわからない。病理検査がいくつもおこなわれており、数日中には病状が明らかになるだろう。血餅は結局見つからなかった。彼女は母船を指さして、麻酔と投薬のよいバランスを見つけた、と言う。過信は許されない状況ではあるが、今日、内圧の数値が二、三しか上がっていないのはよい兆しだ。もっと上がると思っていたそうだ。まだ楽観視できる段階でないことは忘れてはならないが、けっして悪い出だしではない。彼女の口癖は〈かなりの〉だ。かなりの検査、かなりの忍耐。レネイの未来に関する我々の率直な質問には、答えようとしない。かなりの憶測になる、いまはまだ早い、と。彼女は待合室にいるぼくを見た、と言う。聞いた、というほうが正しい。ぼくの椅子の横にあるオリベッティのほうに頷いてみせる。レネイはタイプライターの音をいつも聴いていただろうから、ベッドの横で使ってもいい。家にいるときのように、レネイはパパの音を聴くだろう、と。自分が泣きそうなのを感じて、ぼくは床を見る。この女性にキスをしたくなる。彼女はニュースでぼくを見た、と言う。今夜はお二人とも眠るようにしてください、とも。

第六診療科の小児科の小部屋は粗末なものだ。廊下の行き止まりに他の部屋よりも狭い収納室があり、マットレスと巻き上げた寝具が置かれている。ぼくは二人の看護師に協力して、運ぶのを手伝う。折りたたみベッドを左右に置くだけのスペースがある。ベッドの枕もとのあいだにナイトテーブルが置かれる。配置は決まっており、二台のベッドは離して置くことになっている。ここは眠るための場所だから。我々は屈辱を感じるには疲れすぎている。昏睡状態の子どもをよそに、ここで淫らな叫び声でセックスするとでも？　言わんとするところはわかった。念のための忠告で、個人的な中傷とは感じない。むしろ泊めてもらえることに感謝している。病院は一九七〇年代の建築で、醜く、画一的で、色彩を欠いている。アルミニウムのフレームが空間を個室に区切るため、建物の内部にも多用されている。部屋の下半分には灰色のボード、その上には磨りガラスがはめられている。となりの部屋の男の子の寝息も聞こえてくる。

目を覚ます。はじめてのことだ。我々はかすかな希望とともにナイトランプを消した。フェルライクト医師が我々の士気を高めてくれた。あと数時間で、レネイはこの日を生き延びたことになる。彼女は闘っている。明日には検査結果が明らかになる。ぼくは夢を見ずに眠る。二、三時間、意識を失くして。そのあいだはなにも起こらなかった。だが目が覚めると、大学病院の簡易ベッドの上にいて、すべてがふたたびはじまる。ぼくは漆黒の悲しみに嚙みつかれて跳びあがる。悲しみは腹をすかせ、何時間もぼくを待っていたのだ。それは飛行機内でのパニック発作、氷のように冷たい水に溺れることに似ている。脱出しなくては！　テレーザはすでにぼくのベッドに座り、ぼくを抑えよう、正気を取り戻させようとしている。ぼくにも聴こえている。自分自身の出す不気味な音。ふだんなら深い恥じらいとともに止めようとするところだが、いまのぼくには場所も時間もない。ぼくの自意識には無力に傍観することしかできない。ぼくは溺れ、沈んでいく。しがみつくぼくを、テレーザはなだめずに促す。これまで自分がまだ泣いていなかったことに、ぼくは気づく。ずっと我慢しようとしていた。ぼくはまさに開く。悲しみに場所をあたえる。一瞬の至福の時間、〈喪失〉のなかに自分を失うことが、ある種の〈獲得〉となる。それはすぐに消え去り、あとには虚しい疲労がおとずれる。

この〈泣く〉という行為には危険が伴う。なんの影響も及ぼさないことはけっしてない。正確にいつだったかはわからないが、憤りの嵐のさなかのことだ。なにかが折れてしまった。いや、これは誤った表現だ。決まり文句《クリシェ》はふさわしくない。〈はずれてしまった〉のだ。なにかが漂流している。それはぼくの体のなかを漂っている。身体的なものだ。それがかつて体のどこにあったのか、指し示すことはできない。いま、それは常にまちがった場所にある。それによって虐げられることはなにもないのだが、今後ぼくがする、あるいはしないことのすべてに、それは存在する。常に異なる、まちがった場所に。

　ＰＩＣＵへの長い廊下を通るとき、ゴムの木の添え木に触るのが我々の習慣となった。もう触らずには通れない、とテレーザは言う。ＰＩＣＵではレネイの体を洗っている最中で、我々はまだなかに入れてもらえない。ドアの小窓からボックス４で新しい看護師が働いているのが見える。ペギーはヒゲのような産毛をはやしている。不愛想な性格にぴったりだ。彼女の仕事ぶりにはまったく心がこもっていない。醜い、がさつな手。この科の担当には粗野すぎる。我々の防衛本能が無意識にはたらきだし、母船についてこれまでにわかったことすべてをチェックする。複数のカテーテルの点滴を見る。アメリカ製の警報ランプのついたシリンジポンプの設定、薬液がゆっくりチューブに注入されるシリンジ、薬液の流量をチェックする。シーツをめくり、点滴剤に血が混じっていないか、鼠径部で確認する。数分で落ち着きを取り戻し、我々はレネイにキスをする。少しでも彼女に近づくために、管と管のあいだから顔を押しいれて。ぼくは頭蓋骨のゾンデのすぐ横にキスをする。テレーザは乾いた唇に小指の先でリップバルサムを塗る。ぼくは親指でレネイの足の裏をさする。内圧の数値が一上がり、上限まで五となった。

ぼくは繰り返し、あの無限につづくと思われた二時間に引き戻される。娘にむかってぼくは謝る。ヒゲの男とミーケ、彼女の母親の姿が見える。オレンジ色のソファからぼくが立ち上がる時は来るのか？　そのことを考えつづけるうちに、狼狽はいっそう強くなる。自分の手の爪が、手のひらにくいこむのを感じる。まるで静止したこぶしで自分を襲おうとでもするように。肌を貫くように、ますます力をこめる。だが爪はそれには短すぎる。愚かしい。まるでそれがなにかを変えるみたいだ。とりすました自己嫌悪を示せば、無罪放免になるかのようだ。デ・ヤーヘル医師はなんとでも言うことができる。きっぱりと、いや、これは未然に防ぐことはできなかった、と。静脈が閉じてしまうと、手の施しようがない。手術という選択肢はなかった——だが、医師が二人がかりでなだめ、立たせようとしても、ぼくはあのソファから立ち上がることはできない。

我々は、カフェテリアで割引で食事のできるバッジをもらった。朝食をとろうと入っていくと、色褪せたエプロンをつけ、雑にヘアネットを被ったウェイトレスが、ちょうどパンの載ったトレイを持ち上げ、裏に下げるところだ。表にもどってくると、彼女は言う。朝食は九時半までです。我々のほうを見ようともしない。レジの上にデジタル時計がかかっている。九時二十六分。ぼくは、まだ九時半ではないから食事をさせてほしい、と言う。ただ裏からパンをもってきて、我々からお金を受け取るだけでいいことは一目瞭然だ。残りは冷蔵ショーケースに並んでいる。カフェテリア内で食事をし、終わったら自分たちでトレイをカートに返す。彼女がするのはパンをもってくることと、お金を受け取ることだけだ。昼食の準備があるんです、と彼女は横柄に言う。カフェテリアには彼女の同僚たちが座っている。ヘアネットを被った十五人ほどの女性たちが、職業にふさわしい食いっぷりで満腹になったあと、だらしなく椅子にもたれている。今度は彼女が朝食をとる番なのだ。たしかにまだ九時半ではないけれど、九時半には座っていたい。ちゃんと働いたのだから当然で、それをぼくたちに邪魔される筋合いはない。九時半終了だと知っているくせに、無理強いしようとする者がいる。それを認めるわけにはいかない。一旦認めてしまったら、歯止めが利かなくなる。残っているパンくずを拭きとるような口調で、彼女は我々にそう告げる。どうか朝食をとらせてください、とテレーザが言う。ご迷惑をおかけして申し訳ありません。バッジをもっているんです。九時半までとは知りませんでした。彼女はテレーザの手からバッジを奪い取り、汚いものでも見るような目で表と裏を見る。我々が重病の家族の付き添いで長く滞在していることを証明するバッジを、レジ横のステンレス製の台に放り投げると、高慢に渋々裏に向かう。テレーザは脚を震わすぼくを軽く押して、席についているよう促す。

哀れな、あばた面で耳から悪臭が漂う女。あいつら、みんな臭いんだ。些細などうでもいいことでいがみあう。彼女はわたしから二本タバコを借りて返そうとしない、わたしが休暇を取ろうとしているのを知っていて自分が先に取った、わたしはきのうまたあれをやったのに彼女はまだ一度もやったことがない等。人員過剰にもかかわらず、不満ばかりで、いつも不当に扱われたと憤慨している。すべてが度を超えていて、自分が気の毒でならない。幌馬車のようなでかい尻に、使い古しの揚げ油が詰まったようなぶらぶらした乳房、むかつくような自己中心性。あいつらの、膨れた愚かな顔からオートミール粥のようにだらだら垂れ流れるがさつさ。無益な精子が流れ込むもうもうとした排水口。豚にくれてやる価値もない進化上のゴミ。目隠しなしで、壁の前に一列に並べてやれ。ヤンチェの母親には三人息子がいます。ピーフとプーフとあとはだーれだ……?

　男は医師か熟練した看護師にちがいない。だが彼の押しているショッピングカートが印象をがらりと変えている。求人、ホームレス。ショッピングカートの扱いに慣れた方。院内で研修あり。彼は毎日おなじルートをたどる。人工呼吸器をつけた患者から患者へと、数枚の分厚いプレートと、炎症を起こしやすい肺のレントゲン写真をもって。生き残るコツを心得たホームレスのような巧みさで。無口で目立たず、院内を漂流するルーチンワークの放射線科医だ。他のドクターたちと動き方がちがうのは、ショッピングカートのせいだろうか？　それが彼から徐々にステータスを奪ってきたのか？　彼は避けられている？　高学歴の医師でも落ちぶれてしまうことの見本なのか？　左の前輪のガタガタいう音が、彼の病が移らないように、警告しているのか？　長い廊下の途中で、彼は自分の大きな肩に隠れてこっそりと酒を飲む。人々の視線に堪えられなくなって。彼は解雇される。家から出なくなり、ソファから立ち上がらなくなる。妻はそんな彼を残して家を出る。ある日、裏地がタータンチェックの七分丈のコートを着た男が彼の食卓でタイプを打っている。打ち終わると、二人はともに家を出る。

ぼくが書けば書くほどレネイはよくなる——これは見事な幻想だ。言葉を紙に打つことによって、彼女を救うのだ。ブラインドタッチで打ちつつ、彼女の表情や心拍の小さな変化を探る。タイプライターの音がさいしょは彼女を興奮させ、その後長いあいだ鎮めるような気がする。彼女はその音を自分の深くぼんやりした夢に織りまぜているのだろうか？　ベルの音は彼女を朗らかにするだろうか？　これが彼女のいちばん古い、不明瞭な記憶になるのか？　レッテラ32の朗らかなピン、という音が。ぼくが死んだずっとあとにタイプライターを見つけ、わけもわからず幸福の涙にむせぶだろうか？

我々はボックス4の外で起こるすべてのことに心を動かされないよう、気をつけている。徐々にほかの子どもたち、親たちの悲しみがわかるようになる。ナースステーションのドアはいつも開いている。穏やかな時間、薬を準備し集める時間、包帯や布や消毒剤を補充する時間に、看護師たちが互いに話をするのが聞こえてくる。開いたドアは音響の反射板の役割を果たす。ナースステーションから出た音は、角を曲がりボックス4にまっすぐに届く。ヴァネッサは昨夜さっと芝刈りをした。アンジェリックは毎朝キイチゴのジャムを食べる。メリッサはラザニアを作ろうとした――そう聞いただけで皆が笑いをかみ殺している。ボックス2は胃の内膜が破れ、血便の出る患者。ボックス3は脳震盪。そしてボックス6には自分で話せる患者がいる。八歳くらいの少女は自宅前で酔っ払った運転手に轢かれた。何ヵ月も前にボロボロになって運びこまれ、いまなおボロボロで、憤り、反抗的だ。何度も、数分間発作的に、不自然に間延びした「クーッソー」という声が聞こえてくる。八歳の少女が大人のように罵る姿は笑いを誘うかもしれない。だがここではちがう。それが全力をふりしぼって彼女にできる唯一のことで、その後は疲れきって眠りに落ちるのであれば、笑うことはできない。

頭蓋内圧は今朝から上がらなくなった。梗塞からほぼ四十八時間経過し、内圧は上限から五ポイント下でとどまっている。医師たちに訊いてみる勇気は、我々にはない。生まれたての希望を自らつぶすような真似はしたくない。大きな変動は見てこなかった。内圧がこれから上がるとしたら、これまでとおなじゆるやかなテンポで上がる、と考えていいはずだ。危険領域をあと一日で抜けられるとして、この三十六時間に三ポイントしか上がっていないとしたら、希望をもってもおかしくはないはずだ。

彼女は生きつづけるにちがいない。テレーザとぼくはもはや疑いを抱いていない。レネイは頑固だ。彼女は闘っている。内圧は安定している。我々は抱き合い、この贈り物――新しいレネイ――について語り合う。我々は新しいレネイを得るのだ。他の子どもたちとは異なる、特別な女の子。前回よりもっとおめでたいこととして歓迎しよう。我々の愛は、これ以上大きくはなれないほど膨れ上がった。PICUに足を踏み入れるたびに、我々は産科病棟に入り、ゆりかごのそばに立っているのだ。彼女はとても美しい。彼女の名前にあらかじめそれが含まれていたのだ（レネイは〈生まれ変わる〉という意味）。彼女は生まれ変わるだろう。新しい人生を歩むのは、運命に定められていたのだ。我々と彼女の未来は、レッドカーペットのように我々の前に広がる。我々は選ばれたのだ。他の人たちは我々をうらやむだろう。

面会時間。父はたった一人の孫のベッドサイドで泣き崩れる。髪を剃った部分の頭蓋骨にゾンデが刺さっている、鼻と口にさまざまな器具がついている、PICUの威圧的な雰囲気――ぼくは父の反応を理解しようとするが、突然できなくなる。テレーザとぼくが待合室ですべてを説明し、我々のはじめての、壊れやすい希望を父と母と分かち合ったあとに、死の床の前に立ったように泣いている。まるで、脳梗塞というショッキングな知らせに頑固にとどまり、進化を遂げない悲しみで耳が聞こえなくなり、こちらの話を聞かなかったようだ。なぜレネイが、と彼が嘆き悲しむのをぼくは聞く。その後のカフェテリアでもまったく話が伝わらない。まだ四歳にもならないのに、と打ちひしがれて頭を振る。ぼくは沸き起こる苛立ちを抑える。父は意図的にそうしているわけではないのだから。ぼくが望むのは、ただ彼が我々の気持ちも考慮してくれることだけだ。こちらが彼の気持ちを考慮しているように。我々が、父の頑固な悲しみに耐える力をもっていることを父が期待しているとしたら驚くが、その努力を我々がしている以上、協力してくれてもよさそうなものだ。

一時間後、妹のマリーが父をかばう。昔からセンシティブな人だったから、と。ぼくも同じようにセンシティブだ、とぼくは言う。彼らの〈遅れ〉はふつうで、自分にもわかる、と妹は言う。テレーザとぼくは病院で暮らしていて、何時間もレネイのそばで過ごしている。ぼくたちの両親は孫の面会に来るのはまだ二回目で、いずれも数分しかいなかった。ぼくは彼らに厳しすぎる、と。まったく厳しくない、ベッドのそばで嘆き悲しまないでくれ、涙ももう見せないでほしいだけだ、とぼくは言う。涙はレネイにとってなんの役にも立たないから。聞きなれた声、安心できる音を必要としている彼女のために、話をするべきだ。我々は、自分自身の悲しみでなく、彼女のことを考えるべきなんだ。悲しむのは家でしてくれ。それも暗闇のなかで。鏡の前でもいい。レネイは生きているのだ。彼女のことを想い嘆き悲しんではならない。マリーはレモン入り紅茶を飲み、ぼくが怒るのは自然なことだ、と言う。ぼくは怒っていない、と言う。ぼくがほんとうに怒っていたら、きみはけっして紅茶を一口飲んでから、ぼくが怒るのは自然なことだなどと言わないだろう。ほんとうに怒っているときにぼくがバクハツするのはきみも知っているはずだ。ぼくが怒っているとほんとうに思っていたら、けっしてそんなふうにぼくに話したりしないはずだ。妹は手をぼくの手に重ねて言う。あなたの言うことは正しい、と。ほほ笑みながら他のテーブルを見て、あなたの言うことはいつでも正しい、と言う。一瞬にして、ぼくたちはジンゲネのティーンエージャーにもどる。ぼくが彼女の肩をごつんと叩くと、叩き返してきた彼女の力が強すぎたので、ぼくももう一度叩かざるをえなくなる。

ふたたび四十歳と二十六歳にもどると、妹が慎重に、おめでとうと言ってもかまわないか、尋ねる。金の帯賞のことだ。ぼくは肩をすくめる。もちろん、かまわない。彼女が自分でニュースを見たわけではなく、誰かに聞いたのだそうだ。もちろん、おめでとうと言ってもらってかまわない。昨日、数件の電話があった、と彼女は言う。数件――正確には、九件。彼女はすぐに父と母に連絡した。彼らも彼女同様、知り合いの電話番号にだけ出ることにした。ニュースはユーチューブに上がっている。すべての新聞のサイトにリンクが貼ってある。今朝新聞を読んだか、と彼女は訊いた。

内圧は一日中変わらなかった。心拍、血圧、すべてが安定し、制御されている。テレーザは寝にいき、ぼくはもうしばらく座っている。PICU自体も静かだ。新たな患者は運びこまれず、新たなドラマもない。すべての音が聞きなれたものだ。ぼくは土曜以来はじめて体がリラックスしているのを感じる。十時。自分がこれから深い眠りにつくのがわかる。もう少し寝ずに起きているのを楽しんでいる。目が閉じそうになる感覚だけでも十分だ。レネイにとってここ以上に安全な場所はないのだ、とあらためて思う。最良のケアを受けているのだから。ぼくは――奇妙な感覚ではあるが――大学病院の中心にある小児集中治療棟で、家でくつろいでいる気分になる。レネイにぼくのタイプの音が届いているといい。打っていないときには、彼女の耳元でささやく。

子どものときのぼくの〈フクロウおじさん〉の話を聞かせる。当時のぼくのように、彼女にもフクロウおじさんがいてくれることを願う。暗闇で輝く目が、彼女に付き添ってくれているように。

いま気づいたことがある。もう四年近く、〈クマ〉はいつでも存在していたというのに、頭の左の部分に布が貼ってあるのをはじめて見た。まるで絆創膏のように！　テディベアはみんな生まれたときからこうなのだろうか？　クマはレネイの麻痺した腕の下に、動くのを恐れているように横たわっている。そのクマの頭にレネイとおなじような傷があったのだ。もしそうだとしたら、なぜテディベアは傷をつけて生まれるのだろうか？　無情な幼児の同情を得るために？　本来は健康で傷んでいないのに、かつてぬいぐるみが安くはなかった時代、長いあいだ粗雑に扱われ、何度も当て布を貼られていた名残りで、いまはそのイメージどおりに造られているのか？それとも、これはやはり偶然のもたらす息をのむようなおふざけなのだろうか？

レネイにおやすみのキスをして、看護師たちにあいさつをすると、ぼくは第十二診療科の廊下を歩く唯一の人間になる。十一時近くに人気《ひとけ》のない診療科の、蛍光灯に照らされた廊下を歩くのは不気味なものだ。ぼくは鳴り響く足音が一定であるよう心がけ、振り向かず、スイングドアが後ろで閉まるのを辛抱強く待つ。外に出ても、不穏な気持ちを振り払うことができない。第六診療科の小児病棟は、草地を渡った百メートル先の駐車場のとなりにある。病院の敷地は静まりかえり、道路を走る車もない。耳がどうかしたような感じがする。まるで大音響のなかから出てきたように。あるいは濃い灰色の夜空のせいかもしれない。街の上空はけっして黒くはならない。ガラスドームがあらゆる音を遮断している。そのなかにぼく一人がいる。舌を鳴らしてみると、音はしたが、顔のすぐ前で立ち消えてしまった。目にするものすべてが、ナトリウム灯のぼんやりとしたオレンジ色の非現実的な明かりを浴びている。ぼくは、病院の模型の第十二診療科の入り口に立つ、自分自身のミニチュアだ。草地にいる野ウサギたちは動かない。はじめて〈広場恐怖症〉がどういうものか、想像ができる。こんなに広い空っぽの草地を横断するのは、不可能に思える。第六診療科への最短の道を通るのはやめて、車道に沿って歩く。自転車道には赤いペンキが新たに塗られたところで、ケミカルな臭いがする。道路標示も新しい。ぼくは狭い歩道ではなく、アスファルトの上を歩く。多層式駐車場のところまで来ると、右手に赤い八角形の交通標識があり、白の大文字でSTOPと書かれている。いままでこの標識を一度もちゃんと見たことがなかったのは確かだ。誰のためのメッセージかは明らかだ。ぼくは路面の白線の手前で立ち止まる。右はずっと遠くまで見えるが、左は近くにブラックホールがある。多層式駐車場の角が急カーブになっているのだ。車が不注意に曲がってくると、轢かれてしまう。だがバイクや車の音はまったく聞こえてこない。そんなことはありえないとわかっていると同時に、急がねばならないこともわかっている。なるべく速く。デヴィッド・リンチの映画のように角に車が停まっていて、ぼくが渡るのを待っているから。

消火器。テレーザのベッドの足元の先に、重たく、同じ形をした消火器が二本並んでいる。予備のもの。小児科の廊下にはあちこちに消火ホースが備え付けられている。ぼくはテレーザの背中にくっついて横たわり、彼女を包もうとする。あごの下につむじ、足の甲に指をあてて。ぴったりとサイズの合った貝殻が温めあうように。嗚咽はすぐにおさまった。簡易ベッドの鉄のフレームが腰に当たっているが、テレーザの悲しみがおさまり、眠っているのが確実になるまでもう少し我慢する。深いため息が聞こえるのを待つ。昨日すでに消火器を見てなにかを思い出しそうだった。さいごに火事のことを考えたのはいつだっただろう？　記憶がはっきりしてくるのを感じて、ぼくは意識下に入ろうとする。最近、火について考えたことがあった――いや、煙だった！　一列に並んだ椅子のいちばん奥に、ロングの巻き髪の女性が座っている。そこは待合室で、人々は雑誌を読んだり、携帯電話を見たりしている。女性は自分が実験の対象にされ、撮影されていることを知らない。ドアの下から突然煙が立ち昇る。女性はすぐに気づいて、他の人たちのほうを見る。彼らは読んだり見たりしつづけている。女性は、煙が濃くなっても、そのまま座りつづける。ドアの向こうは明らかに火事で、その只中にいるのに、誰も動揺したリアクションを見せないので、自分も騒がずに。同調圧力。ある特定の状況に同等の人々の集団がどう対処するか、それに自分の行動を合わせる。あとで彼女は口を両手でおさえて驚く。不安におののいていたのに、いちばんに逃げ出す勇気がなかった。二メートル向こうが火事なのに、愚かさを嘲笑われるのを恐れて。

この状況は比較の対象になるだろうか？　レネイは昼間寝ることはないのに、ぼくは彼女を膝にのせてオレンジ色のソファに座り、なにも行動しない。ぼくはそんなに容易《たやす》く負けてしまうのか？　見知らぬ人たちの座るコーヒーテーブルだけで十分なのか？　もうすぐ四歳の娘を火に差し出すとは、どんな父親だ？

フェルライクト医師がボックス4に姿を見せたのは、火曜の午前十時少し前のことだ。我々がいまだに訊く勇気のなかったことへの返事を聞かせにきてくれた。脳浮腫はもはや心配ない、と。頭蓋骨が開かれることはない。ゾンデを挿し入れるために開けられた小さな穴は、自然と閉じる。よい知らせは我々を貪欲にしたが、これ以上の回答は明日予定されている新たなMRIスキャンの結果を待たねばならない。フェルライクト医師が我々に、今日の午後三時にスキャンの空きが出たことを朗らかに告げたのは、火曜の午前十時半近くだ。我々は興奮に舞い上がる。〈不幸が不幸を呼ぶ〉と言われるけれど、幸運も幸運を呼ぶのだろうか？　それは馬鹿げた考えか？　一方が何世代にもわたって市民権を得てきた知恵であるなら、それが暗に示す変化形に同様の性質があると思うのは、それほどおかしいことだろうか？　脳浮腫はない、スキャンの予定が早まる、ゆえに結果も早く出る――もし我々に三つ目の幸運を得る権限があるとしたら、それはその結果に関するもの以外には考えられない。土曜日が不運な日であるなら、今日が我々の幸運の日になりうる。テレーザとぼくは遠慮がちに話しているが、それが馬鹿げた考えだとは二人とも思わない。自分たちを勇ましく感じる。我々は強くなったのだ。容易く不幸の吹き溜まりに押しやられることはない。

病院の地下はいまは活気にあふれている。トンネルと廊下は電動の小型車がひっきりなしに往来している。カートを五台引いているものもある。洗濯物を入れた大きなリネンの袋が高い柵のなかに積み上げられている。速度もなかなかのものだ。患者の寝ているベッドを引く車までが、すっ飛ばしていく。その光景はどこか古風なSF映画を思わせる。レネイのベッドはにぎわう宇宙基地に着陸した。あるいは、我々はフィヨルドの秘密の入り口から、野心に燃える誇大妄想の大富豪の悪党が潜む隠れ家に押し入った(初期の007のように)。

待合室の人たちは理解を示してくれる。カップルや高齢者、髪を撫でつけ、磨いた靴をはいたきちんとした身なりの人たち。レネイはすぐにカンカンと音をたてる水門に案内される。予定どおりの時間だが、我々が優先されているような印象を受ける。ぼくが席を探していると、後回しにされてもかまわない、と言っている声が聞こえてくる。またこんな幼い子が運ばれてくるのが気の毒だ、と。ある婦人はこれからK市まで帰るのに電車を三本乗り継がねばならないが、か弱い子どもたちがベッドで通り過ぎるのを見たら、待ち時間が少し長くなることなど問題ない、と言う。一本あとの電車に乗ればいいだけのことなのだから。かわいそうな子どもたち。あまりに大声で話すので、一瞬、ぼくにありがたがらせるために言っているのかと疑ってしまう。こんなにも大きな隣人愛に対して、感謝のしるしを示せとでもいうように――ぼくはなんて嫌な奴なんだ。彼女はまったくなにも期待していないというのに。

土曜の夜にここに一人で座っていたとは、信じがたい。もっとずっと昔のようだ。これは再試験のように感じる。ぼくは前回と行動を変え、落ち着いて、感情的にならないように試みる。よい結果を信じて、強くあらねばならない。なぜ人はいつもこのような状況において、自分が結果になにがしかの影響を及ぼすと考えるものなのだろう？　ぼくはレネイに穏やかに話しかける。きっとうまくいくから、と。スキャナーの騒音はすぐに終わり、またすぐに会えるよ、と言う。ぼくはレネイと話さずにはいられない。

エヴェリンとペギーがさいしょに出てくる。母船から分離されたレネイの移動は大変な作業だ。二人は共同でケーブル、チューブ、カテーテルの付いた台と移動式の器具一式を慎重に管理している。エヴェリンはレネイがよくがんばった、とぼくに言う――それがどういう意味かはわからないが。彼女はそれを看護師らしい、決然とした指導者的なトーンで言う。レネイもいっしょに聞いている。テレーザはベッドの後ろを歩いてくる。ちらりとこちらを見る視線で、なにもわからなかったことを告げる。ぼくは一行に加わる。我々がこの病気の子の親であるのは、誰にも一目瞭然だ。どれだけ症状が重いか、人々が推しはかる。我々は高速道路の事故のように、抗しがたい興味の対象なのだ。

フェルライクト医師は、今回はちょっとおさまりが悪そうにレネイのベッドにもたれている。

エヴェリンはまだ母船にベッドをドッキングさせる作業にかかりきりだ。フェルライクト医師の横には、腹のあたりにファイルを抱えたデ・ヤーヘル医師もいる。フェルライクト医師が話をすることに決まったようだ。コンピュータの置かれていない事務室ではなく、ここで、というのは良い兆しだろう。二人とも立ち会うというのは悪い兆しだ。悪い兆しのほうが良い兆しに勝っている。自分がこれから話すことを、我々が神経を集中させて待っているのを意識しつつ、フェルライクト医師はさっと鼻をほじくる。そちらを見る勇気がないぼくは、彼女の鼻からなにもぶらさがっていないことを願う。これから我々が聞く知らせ、その記憶が、永遠にその光景と対になってしまわないように。彼女もその危険に気づき、指を拭ってほじくるのをやめたのは、こちらが顔をまともに上げられなくなってしまったからだろうか？　医師は両手の半分をぴったりとしたジーンズのポケットに入れると、白のスニーカーを左右重ねる。それから彼女が話しはじめる前に一瞬口を開けっぱなしにするその表情で、ぼくには悪い知らせであること、我々が望んでいたものではないことがわかってしまう。

土曜日に見られた損傷は、予想どおり広がった。ただし、同じ部位内のことではある。のちほどデ・ヤーヘル医師が画像を見せてくれる。被害は大きい。その部位で、体の右半身の筋肉すべてを動かす指示が出される。言語中枢もそこにある。運動および言語能力は現在失われている。レネイがこの状態をどう切り抜けるかは、依然としてわからない。回復は彼女の性格と意志、それに脳の今後の発達――健康な部位がどれだけ補えるかにもよる。いずれにしても、完全な回復が望めないことは確定している。長いリハビリのあとにも、かなりの障害が残るだろう。

テレーザとぼくは打ちひしがれた犬のように床を見つめている。おかげでＰＩＣＵの床を詳しく観察することとなる。合成樹脂、昔ながらのリノリウムだろうか、激しい使用に耐えられるよう、表面が固くコーティングされている。汚れがたまりやすい継ぎ目が少なく、掃除がしやすいように大きなパーツで貼られている。大理石の混ざったテラゾー床に似せて、白・緑・灰色の点々が入っている。驚いたことにテレーザは、それでも命を失う危険は免れたのか、とためらいがちに訊いている。そうではないようだ。脳浮腫に脅かされることはなくなったものの、自発呼吸ができるようになるまでは、まだその危険は脱していない。そして昏睡から目覚めるまでは。すぐに目覚めることもあれば、数週間、あるいはそれ以上かかることもある。予測することは不可能だ。体に目覚める準備ができたときに目覚める。麻酔は段階的に減らしていく。デ・ヤーヘル医師は土曜日に、失明の可能性について話していた。それゆえ、近くにいることが大切だ、とフェルライクト医師は言う。レネイが目覚めたときに、我々のどちらかの声が聞こえるように。

しばらく黙っていると、フェルライクト医師がテレーザの膝に手をのせ、我々が二人になれるよう退室する、と言う。

その後起こることは、ぼくの心に長く残ることになる。テレーザとぼくはぼろ布のようだ。最初は互いを見つめ、話したり慰めあったりする気力さえない。ぼくは存在するのをやめたくなる。もう自分でいたくない。この体、縁まで詰まった真っ黒な〈無〉を離れたい。ぼくがエミール・ステーフマンに求めるものは、もはやなにもない。それは可能だ、とぼくは認識する。ベッド、毛布、閉じた目の暗闇のなかでの数分間に——それは救いとなる考えだ。そのとき、待合室に男が入ってくる。彼は自動販売機用のソフトドリンクの載った折り畳み式カートを引いている。我々に頷いてみせ、ベルトから鍵のついた巨大な輪を取り、自動販売機のドアを開ける。

待合室の男は神なのか？　もしかしたら一度だけ、人生に現れるのかもしれない。カメオ出演のように。すべてのものに宿っているわけではない……すべてのものに同時には。だがたまにたった一つのなにかに宿るのかもしれない。要望に応えることはけっしてない。サーカスの見世物ではないのだから。

センセーショナルではない。だからこそ逆にそうなのだ。まったくなんでもないがゆえに、センセーショナル。背中をテレーザとぼくに向けて、男は缶を補充している。我々はそれを見ている。それ以上、なにも報告することはない。作業が終わり、現れたときとまったく同じ行動を逆さまに繰り返して消えると、北極と南極が位置を変えていた。そして、真っ黒な〈無〉のすべてが他の中身——〈平和〉——に変わっていた。それよりぴったりした言葉は考えられない。最初は〈無〉があり、それから我々が移行に気づくことなく、起こることすべてに対する底なしの

〈平和〉がある。なぜそんなことが起こりうるのか、ぼくにはわからない。だがそんなふうに起こるのだ。自動販売機が補充され、我々は〈平和〉を得る。

火曜の夜遅く、看護師長のヴァネッサが自らの考えでレネイを一時間、自発呼吸させる。問題は生じない。その後レネイは疲労し、脈拍が六十以下になる。

我々は心の準備をしようと努める。半身麻痺で言葉を失った幼い娘が真っ暗闇で目覚めたとき、どうなだめればいいのだろう？　この状況をどう説明するのか？　閉所恐怖症のパニックを、考えただけでぼく自身が恐怖を覚えるのに、どう和らげてやれるだろう？　レネイ自身は脳梗塞のことはなにも覚えていないだろう、とデ・ヤーヘル医師は言う。おそらくアメリの誕生日パーティーも、土曜日のその他のことも、それ以前の数日のことも、思い出さないだろう。すぐには。これはよく見られる症状で、ストレスが引き金となり、システムの自己防御がはたらいて生じる一時的な記憶喪失だ。失神に似ている。

我々は常に彼女に触れ、肌と肌で話をしている。特に、右腕と右脚をさすることが勧められた。麻痺はしているが、感覚がないわけではないからだ。我々がいまのうちからそちら側に刺激を与えれば与えるほどよい。リハビリはすでにはじまった。

ＭＲＩスキャンはかつては実際におこなわれていたこと——球形のエダムチーズのような脳を薄い断層にスライスする——をやって見せる。現在は磁力によるバーチャルなもので、すべての断層の画像がある。それらをつづけて投影することによって、像が動いているような錯覚が生じる。我々の目の前で起こっているが、実際に見ることは不可能——リュミエール兄弟の最初の映画を鑑賞するような感じだ。我々は娘の脳内を、上から下へ、下から上へと旅する。到達できない宝庫があらわになる。貴重な細胞を奪われ、殺菌作用のある液体——血清——で浸された、ぽかりと空いた暗闇がそれだ。脳幹部への奔放な暴力行為の跡が見られる。その後は、秘密の通路の複合ネットワークのみの３Ｄ画像。まるで木のてっぺんのように枝分かれしている。右半分における中央部とのシンメトリーは、ここには見られない。細い血管は節くれだち、曲がり、脆い。これほど正確であるにもかかわらず、画像からは感染による瘢痕《はんこん》組織と生まれつきの（遺伝的な、ではない）異常のちがいがわからない。明確な答えを示すことができるのは、生検か梗塞以前の画像だけで、そのどちらも入手できない。真実は永遠に手の届かないところに隠されている。同様の例は、ヨーロッパでは十六件、アメリカとカナダで合わせて二十三件しか知られていない。四歳以下の小児のこの種の脳梗塞は、宝くじ並みに数千万人に一人の確率だ。知られているケースが少なすぎるため、医師には統計学的に責任のある発言はできない。神経学から見た彼女の将来は、統計からは推し量れない。

水曜の午後三時から十一時までの大部分を自発呼吸し、血液が酸素をきちんと取り入れているのがわかると、木曜の朝、〈抜管〉が決まる。危険因子を伴うため、深夜より鼻チューブからの栄養――セセメルを製造しているヌトリシア社のもの――の挿入は止められた。抜管中に誤嚥《ごえん》が生じ、人工呼吸器が即座に再装着されるのを防ぐためだ。チーム全員がベッドのまわりに集まり、我々は待合室で待機する。二人で自動販売機にもたれていると、モーターの高い振動――聴きながら同時に感じるブーンという音――が、互いに押しつけあった体を満たす。五分後、ヴァネッサが輝く顔で呼びにくる。レネイはもうしばらく酸素マスクをつけ、その後は完全に自発呼吸になる。全員がボックス4に立ち、満面の笑みで、瞬いて涙を払い、レネイを見ている。

七月十八日金曜の早朝、テレーザがぼくと付き添いを交代すると、レネイは頭を動かし、眉を軽くひそめる。PICUの音――急患が担ぎこまれ、声や足音の騒がしい夜だ――が聞こえるのだろう。もう麻酔はほとんど投与されていない。幼い患者たちは人工的な昏睡状態からものすごくゆっくりと目覚める、とアンジェリックは言っている。これが最初の兆しなのかもしれない。忙しい夜であるにもかかわらず、彼女は何分もぼくの横に立っているが、レネイはもう眉もひそめなければ、動くこともない。ぼくははっきりと見た。アンジェリックはぼくを信じると言う。彼女が本気なのをぼくも信じる。

我々の部屋にはまだテレーザの眠りの気配が漂っている。しかめっ面は偶然の痙攣ではなく、深い不満の表れだろう、とぼくは想像する。よい前兆であるにちがいない。レネイ以外の誰が二度生まれることができるだろう？　二度とも眉をひそめて。ぼくは眠れない。疲労困憊しているのに、エスプレッソ五杯分のカフェインが心臓を攻撃しているようだ。テレーザにメッセージを送り、またなにか気づいたことがあるか訊こうと思ったちょうどそのとき、電話が鳴る。テレーザからだ。「早く、来て」と彼女は言う。

ぼくはおとなしいウサギたちを跳び越えるように、草地を走る。テレーザは理由があって電話をかけ、あの二言だけを言ったのだ。ＰＩＣＵで電話をかけるのは禁じられている。彼女は待合室まで行って、ぼくの番号を押し、接続を待って、「早く、来て」と言った。並外れた抑制が大きな興奮を示している。ぼくがまだ起きているかわからず、ぼくをぞっとさせることを知りつつ、電話をかけざるをえなかった。ぼくが実際に心臓発作に襲われることがないよう、抑えた声で話さなければならなかった。すぐにレネイのもとに戻れるよう、ぼくが質問することや、自分の声がまちがったサインを示すのは避けたかった。彼女はぼくに「声で」メッセージを送ったのだ。ふつうのメッセージではぼくがすぐに気づかないことを恐れて。第十二診療科にたどり着くと、頭が酸欠状態で思考できなくなる。脚がすべての酸素を必要としている。

それは、ボックス４のカーテンの縁から看護師の背中が見える瞬間から数えて、長くても三秒ほどのことだ。正確には、ナース服に包まれたがっしりとした尻の丸み、それから反った背中の上にまっすぐな肩が見えている。ベッドの足元から一メートル離れて立つアンジェリックだ。彼女がなにをどう、どんな横顔をして言うか、聞いているひまはない。近づくほどに、ぼくの視線がボックス4の奥のほうにいるデ・ヤーヘル医師をとらえるからだ。ベッドの左横で、立ち上がり、介入できるよう身構えている。彼女は極限まで集中し、なにも言わない。右手は白衣のなかで動き、なにかを触っている。そこまで集中してベッドを見ているのでなければ、ぼくのことが目に入るはずだ。そして彼女の白衣のシルエットの向こうには、テレーザの腰がある。前かがみになり、デ・ヤーヘル医師が見ている先に伸ばされている両腕は見えない。テレーザの姿勢、この時間には珍しくまぶしい人工的な光、彼女の鋭いスラヴ系の顔立ちに光が投げる影――ぼくが目にするすべてのもの――彼女の不自然な姿勢、光、構図が、バロック時代の聖書の光景の陰鬱さ、あるいは世界報道写真展の日常生活部門優勝作品を思わせる。自分で検閲して、ただちにこの考えを頭から追い払いながら、ぼくは関心の集まる中心にレネイを見る。重ねた分厚いクッションにもたれ、半分身を起こしている。ここまでにまだ一秒しか経っていない。次の一秒、ずっとぼくは彼女の顔を見つめる。表情がなく、亡くなる直前の苦しい一瞬のようにも見える。少し垂れた、痛めつけられた頭、茫然とした様子、黄色みを帯びた肌。ぼくは不安に慄きつつ、彼女の目を見ようとする。彼女になにか見えているか、彼女が見てい**る**かを。そこにさいごの一秒が訪れる。エミール・ステーフマンの四十年間でもっともすばらしい一秒。それはわが娘の脳内の刺激ではじまる。目から脳へ伝わる刺激だ。ボックスの隅にもう一人、誰かいる――ぼくはその接続、伝達をほとんど辿れるようだ。それによって、これから起こることを予感している、あるいは予言していたかのように感じられる。あるはずのないデジャヴ。まるでぼくが神自身として超自然的な力で彼女に命じるかのように。頭をクッションの上で少し動かし、ぼくを見つめ、ぼくだと認め、麻痺で半分しか動かない口でいたずらっぽくほほ笑み、左腕をシーツからもちあげてぼくに伸ばすように……。

二時間、ぼくたちはベッドにへばりつくようにして、彼女から目を離すことができない。最初はデ・ヤーヘル医師も距離を置いていっしょにいて、レネイがどう反応するか、なにをして、なにをしないか、観察している。何日間もの麻酔でまだ明らかに朦朧としている。それでも精神はしっかりしているのがわかる。クマのことがわかるだけでなく、友人たちからのプレゼントでベッドの足元に置かれていたワニがよそ者であることもわかり、除けてもらいたがる。自分がしばらくいなかったことがわかっているように、ぼくには思える。どこに行っていたかはわからないが、戻ってきたことはわかっている。その興奮の只中にいるので、まだ顔の真ん中から片側が麻痺していることには気づいていない。彼女は喋ろうとしていないような印象も受ける。かつては喋っていたことを忘れているわけではない、と思う。喉に通されているチューブが喋ろうとすることを妨げている、とも思わない。彼女は単にまだ言葉を必要としていないのだ。言葉を使わなくてもかなり容易に他者と接することができた人生の一時期――まだそれほど昔ではない――に立ち戻っている、あるいはそれを思い出しているようだ。最初の数時間は、再会の興奮と喜びがもっとも大きい。我々は遠い旅ののち再会し、まだ空港をあとにしていなかった。

二時間後、レネイは穏やかな眠りにつく。彼女は我々を見て、我々が誰だかわかる。そのことで、脳梗塞とトラウマが認識にあたえる影響に関してすべてが明らかになったわけではないが、良い出だしであることはたしかだ。おかげでパニックも起こさずに済んだ。レネイが両目でうまく同時に瞬きしていることをデ・ヤーヘル医師が確認した。体の筋肉のすべてが、その筋肉の対称に位置する右脳か左脳に動かされているわけではない、と彼女は我々に説明する。瞬きは両目で同時にする。指令を出すのは右脳だが、右目のまわりの小さな筋肉の多くは左脳によって動かされる。右瞼が完全に閉じないのは、そのためなのかもしれない。

その後、我々は思いがけず、より重要な問いへの答えを得る。テレーザの母親のところで朝食を取り、シャワーを浴びて戻ってきた我々は、PICUに入ってすぐになにかが起こっていることに気づく。デボラとエヴェリンの頭がボックス4のカーテンのところで小さな音をたてているのが見える。近づくと、それが興奮したささやき声であるのがわかる。レネイは起きて、ずっと前に勤務時間の終わったアンジェリックの膝に座っている。彼女は大きなくぼんだ目で我々にいたずらっぽく笑ってみせる。喉のチューブははずされている。アンジェリックはレネイをしっかりとまっすぐに座らせて、ナースカートにその紙パックが置かれたピンク色の液体——フリスティ（ヨーグルトドリンク）を注いだコップを手渡す。レネイの腕は不安定だが、コップを口にもっていき、フリスティを口にふくむことができる。レネイは口を閉じて飲み込む。こぼすことなく、むせもしない。看護師たちとデ・ヤーヘル医師の喝采は、一度目にはもっと自然に響いたことだろう。

それでもＰＩＣＵで喝采が起こるのは、稀なことだ。レネイは飲み込むことができるのだ。筋肉の機能のなかには右でも左でもなく、体の軸上の、真ん中にあるものもある。それらは左右の脳の共同作業を必要とする。一方がはたらかなくなると、もう片方がどう補えるかにかかってくる。弁が閉じて気道を塞ぐので、レネイはむせずに飲み込むことができる。栄養チューブを付けた生活は免れた。

もちろん誰もが安堵し、すばらしいニュースに大喜びする。皆が彼女に会いたがる。だが家族のなかには目を覚ましたレネイの姿のほうが、六日前の昏睡状態より見ていてつらいという者もいる。六日間は状況に抽象性があった。輝く母船、ＭＲＩスキャン、医学用語、一般的な言葉――我々は六日間、話をしていた。いまレネイが目覚めると、言葉は必要なくなる。見ることが観客にすべてを伝える。こうなのだ、と。〈脳梗塞〉が意味するものが具体化された。再会は同時に痛ましい別れでもある。待合室でぼくは両親を慰める。

母のところにレネイを迎えにいき、アメリの誕生日パーティーに連れていってからちょうど一週間後の土曜の午後、我々は第六診療科への地下道を通っている。レネイの見開いた目に不安と興奮が入り混じっている。ミッドケア（集中治療室とふつうの病棟の中間）にある、親が一人泊まれるソファベッド付きの個室に移れることになったのだ。看護師のトレースがベッドを押して、我々は速足で歩いている。ぼくは前側のフレームを握り、彼女に助けが必要なときに備えている。

地下道の壁には高価なベッドが傷つかないよう、クッションとして木の板が帯状に貼られている。いくつかの交差点には曇った丸い鏡がかかっている。色褪せた黄色のタイルの貼られたアーチ型の天井がとりわけ、鉄のカーテンを抜けて〈自由〉に向かっている印象をあたえる。

病室は、我々を明るい気分にさせる場所ではなかった。ミッドケアは第六診療科の一階にあり、上階とは異なり外が見えない。廊下、階段室、エレベーターシャフト、診療室、医師事務室が診療科を取り囲んでいる。摺りガラスをふんだんに使うことによって、なるべく光を取り入れようとしている。アヒル、金魚、カエルの絵が、レネイの部屋の摺りガラスに大雑把に描かれている。彼女にはまったくアピールしないようで、そっぽを向く。テレーザは陽気に、部屋が居心地のよい空間になるよう整えている。まるでここが貸し別荘かなにかのように。十分後、テレビがあることへのレネイの興奮は消える。アニメは彼女には騒がしすぎる。疲れて眠りに落ちる。真昼間、ベッドの両サイドにいる我々は、視線を合わせる勇気がない。

六時ごろ、レネイが小さなオープンサンドを齧り、フルーツ味のヨーグルトを食べたあと、ぼくは別れを告げる。レネイは腕をぼくの首に巻きつけて、必死にすがりつく。愛情といたずら、抑制できないアグレッシブさが奇妙に入り混じっていて、ふりほどくのが大変だ。多層式駐車場へ向かいながら、ぼくは障がい者利用証保持者の車が停められたブルーゾーンを通る。一台ずつ、車をチェックする。ほとんどが車椅子のスペースと体の不自由な乗客が乗り降りできるスペースのあるステーションワゴンだ。シトロエンC4ピカソとセアト・アルテアXLは実用的であるだけでなく、醜くない。ほとんどの車に、目立つ利用証がフロントガラスに取り外せないよう貼りつけてあって、ブルーゾーンを出るとき、小物入れに仕舞わないことに、ぼくは驚く。

ぼくはドライブを楽しむ。動き、速度、ぼくを包みこむ風景。ラジオの音楽。夏の土曜の夜で、人々が一週間のハイライトにむけて準備をしている時間だ。家でぼくを待ち受けるものがなにもないことはわかっている。家の前に車を停めるより早く、ぼくはアヒルと金魚、カエルのアルミニウムの檻に戻りたくなるだろう。村に入ると、少し回り道をする。ミーケがこの一週間、何度か電話をしてきた。彼女はレネイのことをひどく気の毒に思っている。ぼくたちのことも。はっきりとではないし、意図的にでもないが、彼女は許しを求めている。自分の行動がまちがっていた、という感覚、確信を抱いているのだ。ぼくはずっと彼女のせいではない、と言いつづけている。レネイについて話すぼくの声音を彼女は推し量っている。ぼくが言ってもだめなのだ。自分で、ぼくの声に聴きとれなくては。ぼくがほんとうにそう思っていることが聴きとれれば、それがある種の許しとなる。ぼくは勿論、彼女のことをほんとうに許すことはできないから。彼女を許すことは罪を内包する。ミーケに罪はないが、レネイはぼくの娘なのだ。それでもぼくはやはり回り道をする。うちの通りのはじめにあるミーケ、パウル、アメリの家を避ける。彼らが家にいて、外出していないのを見たくない。

ローデワイクが前庭の芝を刈っている。もうすぐ不確かな足取りでこっちに来ようとするだろう。彼は、風の便りに聞いた知らせが真実を含んでいると知って、憤りを覚えている。地面を見ながら頭を振っている。こんなに多くの不当が存在することに怒っている。一方の足が他方の足の前にある。両手は腰に当てている。

家のなかがよそよそしく感じられる。これは七月十二日土曜日以前の家だ。ぼくは陳腐さで感覚を麻痺させようと試みる。クイズ番組、ケチャップをつけたウィンナーソーセージ、ツール・ド・フランスのニュース、女性の裸、ホメオパシーの精神安定剤、ビール。靴を脱ぎ棄てて、気ままな独身貴族を演じてみる。真夜中を少し回ったころ、二人掛けのソファで目を覚ます。騒音がする。抑えたビートがそれほど離れていないところから聴こえてくる。パーティーテントで盛り上がる若者たちの騒々しさが、風に乗って伝わる。いつの日か、レネイも行きたがることだろう。ぼくは踏みつぶされた草の上を車椅子を押して、臭いパーティーテントに連れていく。もしかしたら手助けが必要かもしれない。ポゴダンスを踊る田舎者たちで揺れる板の床に、娘の座る車椅子を一人では上げられなくて。ぼくはソファから起き上がり、階段をのぼってレネイの部屋の〈お姫様ベッド〉に倒れこむ。彼女の枕の匂いがぼくの真ん中を直撃する。それは昔の匂いだ。何ごともなく、大学を出て育ちのよい青年といっしょになる、という暗黙の未来の匂い。彼女が女性と恋に落ちることを願うべきだろうか？　穏やかで面倒見のいい、やさしい女性と。男を繋ぎとめておくために彼女が自分をおとしめないように、祈ろうか？　彼女の美しさに値しない、自らのうちに眠る恥を悪意をもって彼女に示す男。最初は沈黙のうちに、それから口に出して、さいごは手を出して。最初から簡単な餌食である彼女に。そんなことがあったら、ぼくはその男を殺してやる。誓って。

ぼくには関係のないことだ、ということにする。まるで自分でハンドルも握らず、ペダルも踏んでいないかのように。高速道路で病院への出口を通過し、スピードを出して街に向かう。地下の駐車場に車を停める。日曜の朝早くで、道行く人たちはパンのことしか考えていない。ぼくは二度〈ガラスの小路〉を歩く。まるでどこかへの最短ルートを辿っているようなふりをして。ほとんどすべてのカーテンが閉まっている。たまに座る人のいないカウンターチェアが見えるが、ネオンは消えている。角を曲がる。自分がなにを探しているのか、なにを見たいのか、よくわからない。窓がもっと多い、細い横道をゆっくりと歩く。ぼくは我々のポルトガルへの旅行を思い出す。ドウロ川沿いの山々。森のどこかに静かに座っていると、狐が数メートル先を通り過ぎた。十分間、携帯電話を耳にあてて建物にもたれていたあと、ぼくは車に戻る。

地上に出てすぐ、ぼくの車が道に入ったとたん角を曲がる女性の姿を一瞬見る。一方通行で、ぼくは反対方向に進まなければならない。そんなはずがない。おそらく彼女を見たのではなく、他の女性が彼女に似ていたのだろう。サンドラでないなら――そうにちがいない――、ほんとうによく似ていた。あの姿勢、背格好、ロングヘア、目立つ胸。ヒョウ柄の小さなハンドバッグ。

レネイは機嫌が悪い。怒りで下あごを突き出して、我々を叩く。テレーザとぼくは当惑している。どう接すればいいのだろう？　彼女の怒りは理解できるし、これ以外の方法で怒りを示すこともできない。喋ろうと試みることはない。それらしい兆しは表情にうかがえない。口は動かないし、目にも言葉が出そうな印象は浮かんでいない。指令が完全に消えてしまった。彼女はまだ言語で思考しているのだろうか？　テレーザとぼくが自分について話しているのを聞いて、どれほど絶望的な気分だろう？　どうしてほしいのかをなんとか訊き出そうと質問する我々を前にして。彼女の頭のなかには、声帯を探し求める文章の不協和音が鳴り響いているのか、それとも堪えがたいほどの静寂が広がっているのか？　彼女が我々を叩くのを——それがあたりまえになることを、我々は認めるわけにはいかない。それを我々が静かに説明するたび、彼女は泣いて抱きついてくる。

児童心理学者の訪問を受ける。ナタリーという名前。数日後にスタートするリハビリプログラムのなかの心理療法を担当する。彼女はレネイのためにシートを作ってきた。プラスチック加工したA4のシートにさまざまなシンボルが描かれている。コップに入った水、皿とナイフとフォーク、ベッド、悲しそうな顔、トイレットペーパーの横のおまる。レネイは関心がなく、それで遊ぼう、指し示そうとはしない。フラストレーションが最初の大きな障害物になるのだ、とナタリーは廊下で言う。我々は気長に待たなければならない、と。まだ年齢が低いことは有利だ。深刻な身体障害を伴う重いトラウマの後にほんものの鬱病になることは、大人では一般的であるのに対し、年齢の低い子どもたちにはほとんど見られないそうだ。この年齢の子どもたちは、将来や過去について長く考えることはない。ナタリーはぼくにカムコーダーをもっているか、尋ねる。ビデオ映像は、レネイがもう少し大きくなったとき、なにが起こったかを理解し、自分なりに整理をつけ、先に進むための助けとなりうるからだ。

警備員のいるミッドケアの入口の前、第六診療科の長辺にある回廊と、隣接する外来診療科への狭い通路との交差地点に、小さな応接コーナーが設けられている。細長くて低い合皮製のひじ掛け椅子は、尖った脚をしている。二つあるサイドテーブルは黒光りする天板に日本的な花模様が散らばったものだ。まるで洒落たヴィンテージ家具店で調達したように見えるが、新品であるのは匂いでわかる。ホットドリンクの自動販売機もある。ホットチョコレートは水から作られる。この味。十歳に舞い戻る。塩素、濡れた髪、砂糖のついたワッフル。

電話からパニックに陥った声が聞こえる。レネイが頭痛を起こした。ぼくは病室にむかって走る。脳梗塞のあった場所を二度、指し示したそうだ。昼寝から起きて、痛みに泣いている。大量の鎮痛剤が投与される。医師たちは彼女のそばで様子を見ている。我々は見舞い客をすべて断る。レネイは平穏が得られず、おとなしく寝ていることができない。我々はふたたび永遠と思われる時間を耐え忍ぶ。今回は四十分。そこで脈拍が少なくなる。頭が枕に深く沈む。両目が左から右、ママからパパへと動く。ためいき、ほほ笑み。人差し指が「見ていい?」と言いたげにテレビを指す。

ぼくはベッドでレネイのとなりに座っている。レネイはぼくの腕にもたれて、ぼくたちは〈クノッフィエ〉をいっしょに観ている。わからない――テレビの下の窓越しに、医師たちがテレーザとそう話しているのが見える。彼らにはわからないそうだ。彼らがなんと言っているのか、ぼくは聴く必要がない。経過観察。クノッフィエは赤い髪の色をしている。トレースがDVDをもってきた。彼女の幼い娘が大好きなのだそうだ。ぼくは想像してみる。夜、勤務後、自分の娘がレネイと同い年であることに気づく。彼女は娘に、かわいい、病気のレネイについて話す。娘が自分からDVDを貸してあげる気になるよう、仕向ける。クノッフィエはレネイを楽しい気持ちにさせるだろう、と。風変わりな女の子についての短い動画。シュールで鮮やかな色の背景。自分の住む家がクノッフィエにはそう見える。こんなふうにクノッフィエは世界を体験しているのだ。ぼくは、レネイもこうだったらいいのに、そして自分もこうだったらいいのに、と羨ましくなる。カラフルで、小さな出来事からなる整然とした人生。いくつかの話を観るうちに、我々が失ったレネイがクノッフィエのなかに行ってしまったような気がしてきて、ぼくは観つづけることができなくなる。

ぼくがミッドケアに泊まる最初の夜。テレーザは母親のところに泊まる。自宅に一人でいるのは怖いそうだ。病室は暑く、レネイの上唇の産毛に汗の玉がついている。タンクトップ以外にはなにも着ていない。キルティングの布の上に寝ていて、尿の出るしずかな音が聞こえたあと、新しい布に取り換える。真夜中、ぼくは彼女のベッドに寝そべる。彼女を抱きしめて、近くから顔を見る。完璧な風景。ぼくは十分な愛をもっているだろうか？　何度でも彼女のことを困難の深みから引き上げることができるのか？　このような不快な質問を遠ざけておく力はどこにいったのか？

レネイは穏やかに目覚める。機嫌がいい。病院のベッドですぐそばにいるパパにほほ笑みかける。朝早くの陽光が磨りガラスを貫く。彼女はゆっくりと伸びをする。まるで猫だ。肌は柔らかく、毛皮のように輝く。七月二十一日、特別な建国記念日になりそうだ。昨日の頭痛のせいで、今日の午後は訪問客が多い。レネイがそれに耐えられず騒ぎ立てたら、仕方ない。すぐに疲れることを皆が理解する必要がある。テレーザとぼくにはなにも保証できない。ぼくは静かに流れにまかせることにする。

テレーザは輝かしい顔をしている。まだレネイの朝食を注文していない時間だ。テレーザが一時間早く来るのを我慢したのがぼくにはわかる。彼女は、ナタリーが昨日あらかじめ話していたサプライズを携えてきた。車椅子だ。ふつうのではなく赤い車椅子。小さな太い車輪で、椅子は低く、座る子どもの体に合わせて発泡スチロールで造り、光沢のある赤色のビニールを真空パックで被せたもの。Ｆ１レーシングカーのような安全ベルト付き。

我々は第六診療科を一周する。レネイは熱心に見ている。小児科がとても広く、自分は他の大勢の病気の子どもたちといっしょにいることを彼女が理解できるように、ぼくはゆっくりと車椅子を押す。昼食後、いよいよその時がくる。はじめて屋外に出るのだ。新鮮な空気。訪問者全員、本館カフェテリアのテラスに集まってもらうことにする。レネイは両家の祖父母、おじたち、おばたちをしっかりとしたハグで迎える。誰もが、ベッドを出て車椅子に座っている彼女を見て、天にも昇る心地だ。テレーザの母親の恋人——レネイの大好きな〈ルックおじちゃん〉がコルネット・アイスを買ってくれる。はじめてのアイス、画期的な瞬間。これから毎日、レネイにアイスを！ 乾杯の音と笑い声が響く。レネイが上手にコーンを口に押し当て、それから唇を舐めてみせるなか、ツール・ド・フランスと政治の難局について議論されると、我々の不幸はしばし影をひそめる。

夕方、ぼくはレネイと診療科のあいだの緑地を散歩する。彼女は一時間眠ったところだ。病室に籠りっぱなしで過ごすにはもったいない、気持ちのいい日だ。静かで、訪問者たちは病院をあとにして、ふたたびゲートの反対側に散っていった。ぼくはふざけて左右に曲がりながら車椅子を押して、多層式駐車場の一階を出たり入ったりする。レネイの笑い声が聞こえる。がらんとした空間に笑い声が響く。ぼくは建物のもう少し奥のほうに入り、彼女にこだまを聴かせたくて短い叫び声を出す。突然、彼女自身も叫び声を上げて、反響を聴いている。彼女は叫ぶ。この目的をもった音が自分の喉から出ていることに、驚いていないようだ。泣き声と笑い声は出せたけれど、そこに叫び声も加わる。ふつうに、昔どおりに聴こえる。たしかに彼女の声だ。ぼくたちはどちらも叫び、他の人たちにいぶかしげに見られても気にしない。バリエーションはなく、彼女に選べるのはボリュームだけだ。すべてを振り切るように彼女は叫ぶ。顔が真っ赤になるまで。それから彼女は笑う。ぼくはテレーザに電話をかけ、その笑い声を聞かせる。

半袖のグリーンのワンピース、大きく潤った目、少年風のヘアスタイル。ヨーケ・デ・ホールネ医師が我々の生活に現れる。我々の部屋に。小児リウマチの専門医で、トレースといっしょに来た。自分が我々と話をするあいだ、レネイを看ていてもらうように。まだ入ったことがなかったミッドケアの小さな部屋に案内される。中央に四つのテーブルが横に並べて置かれている。デ・ホールネ医師が一方に、我々が他方に座る。リウマチ専門医。ぼくはレネイの関節について考え、なにが問題なのだろう、と思う。ドクターは過去十日間の経過の概要を読み上げる。レネイ・ステーフマンの診療録。我々の確認を取るため、何度もこちらを見る。まるで、いまここでなら、まだ書き換えることができるけれど、今後はできなくなるかのように。概要の確認が終わると、片ひじをテーブルの端につく。まず顎を支え、それから首を包む。すべての医師、小児科のすべての専門医が今日の午後話し合いをした、と彼女は言う。血管炎症の原因に関する検査からはなにも明らかにならなかったので、生まれつきの衰弱という可能性を完全に除外することはできないものの、まずそれではないだろう。それよりもずっと可能性が高いのは、免疫システムの欠陥だ。どこにもウイルス侵入の形跡が認められない場合、体そのものが感染の原因になったということになる。白血球が活発になりすぎて、目に見えない――「失礼、〈存在しない〉です」――存在しない敵と闘いだした。なにも問題がなかったのに。これが関節の炎症というかたちであらわれる子どももいて、彼らはリウマチになる。レネイの場合には脳で炎症が起きたのだ……自己免疫疾患だった、というこの診断は当然、レネイの今後に影響をもたらす、とデ・ホールネ医師は言う。首を少しかしげ、その目は我々への理解を示すと同時に我々の理解を求めてもいる。自分もできればべつの話がしたいのだ、と。レネイは化学療法を受け、少なくとも一年間はコルチゾンを投与される。化学療法は彼女の白血球を再プログラムするためのものだ。免疫システムを叩きのめして、ゼロから再構築する。白血球がその後は正常に機能することを願って。

願って？

そうです。

もしうまくいかなかったら？

うまくいかなければ、また起こる可能性があります。

炎症が？

そう、炎症が。

梗塞のことですか？

最初の一年はコルチゾンの強力な保護があります。わたしたちも当然、定期的なMRIで彼女の状態をチェックしますし……

彼女がまた梗塞を起こす可能性がある、とおっしゃっているのですか？

そうです。もう一方の半球で……

いつ？

（肩がいちばん上まで引き上げられ、突然下がる寸前、グリーンの生地に緊張が走る。）明日かもしれないし、十五年後かもしれません。わたしたちは治療がうまくいくと考えています。

明日か十五年後に梗塞が起こったら、どうなるのですか？

生地には緊張しかない。緊張は長くつづき、徐々に弱まっていく。デ・ホールネ医師は声に出しては言わないが、言わんとするところは明らかだ。新たな梗塞が起きたときには、それで終わりなのだ、と。


ぼくは応接コーナーに座っている。秘密の道があるにちがいない。トンネルではなく、どこかからはじまる――ホットドリンクの自動販売機のそばだろう、この時空の交差点で。もっと注意して見てみなくてはならない。ぼくは立ち上がり、歩き回る。デ・ホールネ医師の言葉が頭から離れない。評決。時折、男性を見かける。父親。中庭でタバコを吸い、コーヒーを飲む男たちの誰の姿も、あとでふたたび見ることがない。何故なのだ？　ぼくは目を凝らし、ドアの枠に触れ、一つだけあるスイッチを押してみる。なにかを見落としているにちがいない。ひじ掛け椅子に戻ると、自動販売機の側面に傷があるのが見える。ペンキが剝がれ、金属が剝き出しになっている。男性が歩いてくる。父親だ。ズボンの両ポケットをさぐっているが、なにも取り出さない。タバコも小銭も携帯電話も。男は自動販売機のまわりをぶらつく。ぼくを警戒している。もしかしたら知っているのかもしれない。誰かに脱出ルートのことを聞いて、もうすぐ自動販売機の傷を見つけるのかもしれない。それは一度きりしか起こらないのかもしれない。一瞬のみ。同じ人々から成り立つが、ここととはちがうパラレルワールド。彼は過ちを犯し、いくらかスペースを空ける。ぼくはすかさず彼の横に立つ。ぼくは彼の顔をまっすぐに見つめ、ぼくに先を越されることへの怖れを見てとる。体を自動販売機に当てて、彼の腕が死に物狂いで伸ばされるのを防ぎつつ、ぼくは右手で側面をさぐり、なめらかな塗料がどこまでか確かめ、傷に触れる。

第三部

1

彼の名前はパウル。名字は忘れてしまった。白いポロシャツにゆったりとした青いパンツを穿いている。理学療法室は陽光に満ちている。部屋の隅には、器具やカラフルな付属物が積み重ねられている。壁には、世界じゅうの体育室に何百年にもわたり体育室の風情を与えつづけてきた、木材でできた体操用のバーがある。熱意にあふれる禿げ頭の五十代の男性が分厚いマットの上に跪いている。脚のあいだにレネイが、彼に背を向けてしゃがんでいる。男がレネイの胸に腕をまわして抱えている。レネイは汗をかき、緊張で呆然とし、パウルが次になにを自分にさせようとしているのかには、無関心な様子だ。

ファレリアが音をたてたので、ぼくは一時停止ボタンを押す。ウィレムは二時間ほど前に寝て、これから朝まで目を覚まさずに眠りつづけるはずだ。仕事部屋はベッドルームのとなりにある。ぼくは耳をそばだて、ランプを消すスイッチの音を待ってから、ヘッドホンをつける。

ぼくは人間の限界を超える忍耐力を求められた。悲報から四日後、葬儀の二日前に、チックタック（菓子《ミント》）の箱ほどの大きさの三つのビデオテープは、夕方まで食卓に置かれていた。朝、それらを入れて配達され、慎重に切り開かれた封筒の横に。送り主はエミール・ステーフマン。直筆で、万年筆で書かれている。

編集スタジオにいたフェリックスは、すぐには出てこられなかった。幸い、一目見るなり知っているタイプのビデオテープだとわかった。彼は古いものが好きで、レコードプレーヤーやアナログカメラ、ヴィンテージもののトースター、卓上ランプ、腕時計、ネクタイ等だけでなく、テレックスや初期のパソコンも集めている。タイプライターもだ。ぼくは彼から、おそらくステーフマンが『T』を書いたのと同じタイプの、オリンピアSG1を譲り受けた。少なくとも、本のなかにそれが出てくる。Schreibmaschine Gross《シュライブマシーネ・グロス》 1は前世紀、五〇年代末にヴィルヘルムスハーフェンで製造された。かつて何度かこのタイプライターを使って伝記を書こうと試みてはみたが、どこかちがう感じがしてうまくいかなかった。ジャストサイズで美しい靴なのに、他人の足の形になってしまっているように。それになんといってもタイプライターでの執筆はやっかいすぎる。

これが入るカムコーダーをフェリックスはもっていたにちがいない。ファイヤーワイヤーケーブルもどこかにあったのだろう。あとは適切な出入力ポートの搭載されたパソコンだけだ。三十分前にぼくは〈E・S〉という名前のファイルを受信した。

ぼくの小さな仕事部屋を明るく照らすように、理学療法室が映っている画面。ここから動画がスタートする。パウルは自分の上半身を前に動かす。彼の胸がレネイの後頭部に触れている。

ステーフマンが娘について、脳梗塞とその後の不確かな時期について、なにも書かなかったということに最初は驚いたが、のちに驚きは薄れていった。二年後に出版された『T』のなかで彼女が重要な役割を果たしているのはまちがいないが、物語の終わりまで彼女の年齢はほぼ四歳のままで、現実の彼女が脳梗塞に見舞われた年齢を超えることはない。そして『T』の出版後の狂気じみた事柄のあとには、ステーフマンは二度となにも発表しなかった。

パウルが彼女を押す――突然、ぞんざいに。二人いっしょに前かがみにマットに倒れる。片腕をつき、もう片腕で彼女を受け止める。彼女はハーネスにぶらさがる。彼は彼女を褒め、よくがんばったね、休憩しよう、と言う。彼女はカメラのほうに頷き、見ていたか尋ねる。ステーフマンの声が聞こえる。「はい」というのは彼の声にちがいない。肩から、とパウルは言う。まずは肩から、それから上腕、常にゆっくりと胴体からはじめて。彼はふたたび、よくがんばった、とレネイを褒め、真っ赤な車椅子に抱えていく。

彼らはなんの話をしているのだろう?

ぼくは倒れこみをもう一度、スローモーションで見る。彼の上半身が彼女を前に押す。彼女の胸にまわした腕は、彼女の左腕も押さえている。左腕で彼は彼女がマットにどさっと倒れ落ちるのを防いでいる。彼女は左腕を使うことができず、右腕はだらんと垂れ下がっている。

三度目にぼくは理解する。反射を引き出そうとしているのだ。すばらしい！　彼女の本能に訴えかけているのだ。空いている右腕を意識的に動かすことはできない。レネイにそれはできない。だが必要に迫られれば、重力が自分をマットに打ちつけようとしたときには、体が自己防衛をおこない、脳が衝動的に自分の体を庇うことのできる腕への道を探す、というわけだ。いまは肩まで届いている新たな迂回路を、より長く、腕まで届くようにしているのだ。

この通路は見覚えがある。ぼくはカツカツというステーフマンかテレーザの足音を聞く。歩幅から判断すると、ステーフマンだ。この通路は大学病院の小児リハビリテーションセンターの中央にある。ぼくは二度だけここを訪ねたことがある。最初のときにはファン・デル・リンデン医長は不在だった。ぼくは通路の突き当りまで歩き、戻ってきた。壁には治療中の子どもたちの写真が飾られていた。写真の写真を撮ったぼくは、のちにレネイの写真もあったことに気がついた。コルチゾンで顔が丸く膨れ上がっていたので、すぐにはわからなかったのだ。いわゆる〈ムーンフェイス〉。魔女の帽子を被った彼女の丸い顔が写真から切り抜かれ、彼女自身が作ったように見えるコラージュの一部になっている。ちぎった黒い紙、アルミホイル、星々、羽根飾りをつけて魔法の杖に見立てたストロー。片方の頬にはクモ、もう片方にはクモの巣が描かれている。ハロウィンだ。

レネイになにがあったのか正確に再構築するのに、ぼくはざっと一年を要した。生まれつきではない脳障害の後遺症に関するぼくの質問に、ファン・デル・リンデン医師は親切であると同時に疑い深げに返答してくれた。〈ステーフマン〉という名がぼくの口から漏れるまでは。まるで高いところから彼女の机の真ん中にレンガが落ちたように、その名を耳にした彼女は丁寧かつ決然と、退出を命じた。彼が有名人だからこんな反応をするわけではない、と彼女は言った。医療記録の秘密保持に段階はない。控えめで聡明な、リハビリテーションの仕事に献身的に取り組む女性。それに比べてこちらはいたずら小僧のようなものなのがばれてしまった。

歌声が足音のあいだに混ざる。二人の歌声。画面の下のほうでステーフマンの手がドアノブをつかみ、ドアをゆっくりと開ける。小さな部屋で、レネイは机に向かい、言語療法士のゲイビー（ガブリエレ）のとなりに座っている。二人は、ドアのほうを向いて座っているにもかかわらず、ステーフマンが入ってきたことに気づかないふりをしている。レネイは、操作ボタンのところが空いた黒の合皮製カバーに包まれた、頑丈なカセットレコーダーに集中している。スピーカーから鳴る声に、自分の声を合わせようとしている。ゲイビーは満足げに見つめ、ほとんど聞こえない小声で歌詞のない歌をいっしょにうたう。

これはステーフマンが考えた演出だ。娘のすばらしい前進を見て感動し、カムコーダーを取りに部屋に走ってもどった。そして映画監督のように一工夫することにしたのだ。廊下を歩いてドアの前まで来ると、娘がドアのむこうで歌いながら自分の声を自由に使っているのが聴こえる——そんなシーンになるように。

しばらくするとレネイは歌うのをやめる。あまり注目されるので急に恥ずかしくなったようだ。カメラをちらりと見ると、あごを胸につけ、ほほ笑みがしかめっ面にとってかわる。車椅子に座り、泣きながらゲイビーの膝に倒れこむ。

その次のシーンは四秒ほどしかない。

画面いっぱいに、ベッドのヘッドボードにもたせかけた大きな白い枕が映っている。レネイはそこに少し斜めにもたれている。朝早くで、袖なしのネグリジェを着ている。まだカーテンが閉じているのだろう。部屋が薄暗いせいなのか、画像が粗い。右手は手首が曲がり、ベッドテープルの縁の、チョコレートミルクの紙パックとオープンサンドが半分のった皿の横にある。もう半分をレネイは汚れた口の前にもっている。視線は下を向いている。

そのシーンを再生しはじめたとたん、少女はまっすぐにレンズを見つめる。ぼくは息が止まりそうになる。彼女は泣いているが、前のシーンとはちがう。これはこみあげる悲しみでも自己憐憫でもない。待ち伏せに遭って、驚きで息ができないのでもない。彼女はただパンをかじり、噛んでいるだけだ。絶望的な表情から弱々しい問いが聞こえる。パパ、わたしここでなにしてるの？ 幼い少女には大人すぎる認識で、彼女はそっぽを向く。非難するわけではなく、大きな枕のくぼみでオープンサンドを手に、しずかに混乱しながら。

もちろん彼はカムコーダーを置き、片足を床につけたまま、高いベッドの彼女の横に座る。なにも言わないことにする。慰めようとすることが逆に彼女の悲しみをかきたて、燃え立たせるであろうから。なるべく触れないように、とさえ気をつける。カムコーダーを回した四秒間を不快に思う。でも、それでもやはり彼は、この捉えがたい感情――そのピュアで暗黒の美しさを撮影できたことに、奇妙な喜びを感じる。

貸し別荘の匂いを、ぼくはいまでも覚えている。茶色のカーテンはヒーターか陽光で温まると、ほのかにザワークラウトの匂いを発した。幸い、グリ・ネ岬は日中すでに心地よい暖かさだったので、ぼくたちはほとんど室内にはいなかった。そこに滞在することが、両親と兄からぼくへの三十歳の誕生日プレゼントだったのだ。皆で週末よりも長い時間、一つ屋根の下で過ごすのは、少なくとも十年ぶりだった。滞在以外にもプレゼントがあることは期待していなかったのだが、誕生日の朝食に、ヴーヴクリコ一瓶と、美しい装幀で最新訳の『白鯨』、そして『殺人者』を渡してくれた。

エミール・ステーフマンという作家について、聞いたことはあったが本を読んだことはなかった。真面目すぎて損をしている――〈世界文学〉を鋳鉄の球のように肩に担いでいるせいで、うまく歩けない作家、というイメージがあった。なにを基にそんな判断をしたのだろう？　ラジオでのとつとつとした会話、顔写真、編集部で耳にした意見の断片。それらのわずかな要素からだ。まさしく、『T』のなかで彼が批判しているとおりだ。

本を閉じるまでに、ぼくは二度、食事を抜いた。空腹を感じなかったのだ。海岸は引き潮でがらんとしていた。グリ・ネ岬とブラン・ネ岬のあいだの入り江は、宇宙から見えるであろう砂の平地と化していた。ぼくは立ち上がり、歩きはじめた。目を閉じてみた。何キロ先までも、どこにもぶつからないとわかっていた。北海から吹きつける風が耳のなかで唸っていた。しばらくすると目を開けたくなるのを、ぼくは我慢した。だがその後は開けようと思わなくなった。すべてが消え去った。ぼくは海岸を忘れ、自分の脚を忘れ、風を忘れた。誕生日に、ぼくは二度目に地上から消えた。ちっぽけな自分の人生という舞台をあとにして。

『罪と罰』。ドストエフスキー。比較せざるをえない。『殺人者』の一ページ目で、七十三歳の穏やかな寡夫フェルディナントは、隣家の若い男性の頭蓋骨を手斧で叩き割る。誰も模倣だ、とステーフマンを咎めることはなかった。彼は新たな、二十一世紀のこの新たなドストエフスキーのほうが一層激しく、独創的だった。こんな作家がふたたび現れるとは誰も思っていなかった。誰もが好ましい驚きに包まれた。

ステーフマンが本領を発揮したのは『T』だった。もはや彼を他の作家と比較する者は誰もいなかった。いまや彼こそが基準となった。

皮肉にも、半年後にフォルカート家の弁護士が何度も強調するのはその点だった。ステーフマンの社会的位置づけと影響力は道徳的義務を伴うものだ、その義務を彼は『T』において残念ながら放棄している、というのだ。裁判の三日目、ピーターース弁護士のそばに座っていたぼくは、大きな成功を手にした作家を何度もこらしめることに、彼が快感を覚えているのを目の当たりにした。背を伸ばし、胸を膨らませ、横目で被告側を見下ろす様子を。首にタトゥーのある小柄でけんかっぱやそうなサンドラの弟は、不動の姿勢で前を見つめ、母親は娘の名を聞くたびにますます身を縮めるようにした。

本の第一部の詩的な一節で、有名な作家Tは、伝記作家や二次的な文献をとおして気づかぬうちに集団心理に根ざした、あらゆる小さく罪のない誤解、中途半端な真実、勝手な解釈について、想像をめぐらす。彼は大きな広場にそれらの本を〈集める〉。密に積み重ねた巨大な本の山。ぞっとするような建造物に細い通路がある――いや、実際は塔ほど高い壁に空いた隙間にすぎない。人々はそこで途方に暮れながら出口を求め、横歩きで前進している。スタンリー・キューブリックならうまく映像化できそうなシーンだ、とTは思う。

『T』を読んだのは『殺人者』とおなじ場所だった。今回は十一月の終わりで、太陽は低く、砂の表面のあらゆる凹凸を影で露わにしていた。ぼくの影は砂丘まで届き、立ち昇りそうに見えた。

　ぼくの頭は炭酸入りのレモネードのように泡立っていた。この哲学的なスリラー、あるいは実存主義的な探偵小説、またはその後如何なるレッテルを貼られたにしても、ぼくにとってこれはすばらしい挑発以外のなにものでもなかった。

『殺人者』同様、『T』も比較的シンプルなアイディア、発見――物語がどれほど混乱しようとも、小説が均衡を保ち、それゆえ現実的でありうる重点――をもとに構築されている。Tはほぼ四歳の自分の娘をとおして、伝記（本のカバーに自分の名前が記載されているのに、自分では内容をどうすることもできない唯一の本）に対する怖れ――〈伝記嫌悪《バイオフォビア》〉に悩まされることになる。死後に自らの人生を失うことへの怖れ――初版のカバーの折り返しにそう書かれている。彼はお忍びで、あるいは自分自身を装って、自分が他人の目には何者であるのか、自分のどのストーリー、どの印象が好まれているか、明日自分が道で倒れて死んだ場合に娘が得るのはどんな父親像か、調査する。

　はりつけ。二人のデンマーク人の文芸評論家と〈ニューヨーク・レビュー・オブ・ブックス〉が最初に〈T〉の文字にはっきりと、旧約聖書のキリスト十字架像を見た。ステーフマンが考えた、Tを待ち受けているものを示す不気味な予示として。ステーフマン自身を待ち受けているものでもある。はりつけ、死後に公開処刑される――イエス・キリストのように誤解を受けて。Tという文字が、十字架の上の部分が欠けているように見えるのを、〈知的な斬首〉と見る人たちもいた。

特徴的であり、このような物語で意味をもつのは、ステーフマンの小説が大部分、突然の名声に圧倒された彼自身の人生に基づいている、ということだ。インタビューの半ば、話している途中に自分の作品について語るのをやめる、というTの決断と、その後おこなわれた最後の十一の言葉の徹底的な分析は、当然、金の帯賞の歴史的な授賞式——ステーフマンが公に姿を現した最後の機会——の夜、ニュースでのインタビューを中断したあと、彼自身の身に降りかかったことを直接的に示唆するものだ。だがそれだけではなく、彼の妻テレーザ、娘のレネイ、家、両親、幼なじみもそのまま出てくる。ステーフマンは現実と危険な賭けをしている。賭け金は？　伝記を免れることも、賭け金だったのかもしれない。ステーフマンの本は、逃亡する犯罪者を止まらせるために、警察が路面に広げる釘だらけのマットと比較できるだろう。

彼の見事な文学的脅しは、ぼくには逆効果だった。これ以上の発見は紙切れ一枚もない、重要なものはすべて自分の小説に使いきった、きみがなにを試みてもまったく有効でないし、勝手な〈思い込み〉という流砂に飲まれるだけだ、と保証する彼の声が本から大きく響けば響くほど、彼の伝記作家になることがますます興味深いことのように、ぼくには思われた。

バナナ色のガーランドが天井の端から端へ吊るされている。第六診療科、化学療法の狭い部屋だ。伝記を書こうという決意から八年後、四十歳の誕生日の一週間後に、ぼくは世間から身を隠した男がぼくに送りつけたビデオ映像を見ている。ぼくは彼の目をとおして、彼が見たものを見ている。送ってきたのにはちゃんとした理由があるはずだ。この度外れな、ありえないはずの行為には理由があるのだ。彼はまだ起こった出来事に自分でスポットを当てたいのか？　この直接的なコミュニケーションをそれ以外に解釈することはできないのではないか？　ぼくをさらに欺こうとするには、あまりに奇妙な方法だ。

神経を集中しなければならない。気をそらされないようにしなくては。特に隅々を見て、端を手探りしなくてはいけないような気がする。どこかに偶然映り込んでいて、あっという間に画面から消えてしまう。しばらく考え、パズルを組み合わせると、サンドラ・フォルカートの死に関して、これまで知られていることすべてを覆すことになるなにかが。

これは本物の部屋とは呼べない。石でできた壁ではない。ガラスの一角だ。レネイは高いベッドに座り、窓のほうを向いている。点滴から毒性のエンドキサンが彼女の血液に注入されている。その後さらに二十四時間、胆汁、肝臓、腎臓の機能障害を防ぐため、点滴を流し込まれる。

ステーフマンの影が彼女の脚に斜めに映る。体裁を保つためか、撮っている映像のコメントとしてか、これから誰が来るのかと尋ねる。カメラがさっと右を向き、飾りつけをした廊下を通って近づいてくる少人数の集団にズームインする。フォトグラファー、あるいは写真を撮る役を引き受けた女性が入ってきて挨拶し、ステーフマンのとなりに立ってもかまわないか、尋ねる。診療科長と、華奢でシャイにほほ笑むTシャツ姿の男性がつづいて入室する。画面の外にテレーザもいるようで、男性はまず彼女と握手する。英語で彼に祝いの言葉がかけられる。それから一瞬レンズを見たあと、彼はステーフマンに挨拶する。「優勝おめでとうございます」ステーフマンは英語でそう言う。男性は手をレネイのほうに伸ばし、子どもがいることに気づいた子どものように笑う。ステーフマンは彼女に握手をするよう促す。おじさんははるばるスペインから来てくれたんだよ、と。スペインから！　とテレーザが驚いたふりをして繰り返す。レネイはほほ笑み、左手で握手をする。フォトグラファーは小鳥のほうを見て、と言う。

カルロス・サストレ。ツール・ド・フランスがパリで終了した直後の火曜日にちがいない。昨日はすぐそばのオイゲムで稼ぎになるクリテリウムに参加し、今日はチャリティー活動で心あるところを見せている。

カメラに小さなトラブルが起きて、フォトグラファーがちょっとだけ待ってくれるよう、頼む。カルロス・サストレとレネイ・ステーフマンは握手をしたまま、まるで恥知らずの世界的なリーダー二人のように体をこわばらせる。撮影が終わるとレネイはサイン付きの写真をもらい、頬をやさしく撫でてもらう。テレーザはなにも見ていなかったかのように、一行がまだドアを出る前に「それはなに？　おじさんからなにかもらったの？」と言う。

ガンと闘うための治療ではないから、脱毛はひどくないだろう。抵抗力が低下するので、公共の場はできるかぎり避けねばならない。プール、屋内の遊技場、交通機関。風邪が重病をひきおこしかねない。

二〇〇八年八月十日、レネイの四歳の誕生日。きっちりはまった冠の下から薄くまっすぐな髪が肩まで伸びている。ピンク色の紙で包まれたテーブルの上座に座っている。コルチゾンと、副作用の食欲亢進の影響がすでに頬に見てとれる。彼女は自分の右手首をつかみ、ディズニーのお姫さま柄の紙皿の横に、腕をきちんと載せる。ふつうの子ども用の椅子に座り、背中のアンバランスを矯正するオーダーメイドのクッションは使っていない。筋力が強く、正しい姿勢で座っている。
画面に映っているのはレネイだけだが、到着したばかりのゲストたちの控えめににぎわいだ様子が聴こえている。これは自宅での映像だ。窓の外に見覚えのあるイチイの生け垣がある。横側の庭沿いに、学校通り《スホール》につながる細い小路とのあいだにあるものだ。彼女の肩のむこうの角にある窓越しに、通りをはさんだフランソワ・ムンスの家が見える。

『T』に描かれているとおりのサンルームに座る、というのはもっとも奇妙な体験だった――その後、何度もそれを味わうことになる。本が刊行された直後、ぼくは偶然フランソワ・ムンスといちばんに話すこととなった。ただ一度、その通りを見てみたかっただけだった。本の舞台を見て、ステーフマンをちらりと見てみたかった。家の前に大きくモダンな広告パネルが立っていた。〈のどかな環境のスタイリッシュな二軒つづきの家、売出中〉。ムンス氏は溝のそばに立って、生ゴミ用の車輪付き大型ゴミ箱をホースで洗い流していた。ぼくが車で通りかかると、道のほうを向いてぼくをじっと見つめた。彼は白のランニングを着て、赤のトレーニングパンツを高く引っ張りあげて穿いていた。サンルームで彼は、レトリカル・クエスチョンのかたちで答えを何度も繰り返した。それに関してぼくがいったいなにを言えるだろう、と。ひじ掛け椅子に座り、前かがみになって、両手で胸を指しながら、シニカルな笑みを浮かべて。本のことが気に食わなかったのだ。妻のアルレッテは八ヵ月前に亡くなったと言っていた。彼女の名前を口にするとき、顎を上に突き出すようにした。悲しみに打ちのめされることのない強い男。アルレッテの花柄のエプロンは、白い壁に一つだけあるフックにはぶら下がっていなかった。サンルームに親切に招き入れてもらっておきながら、彼女がエプロン姿で埋葬された、と考えるだけでも失礼なことだと思った。

レネイがプレゼントを受け取っている。彼女の後ろのひじ掛け椅子にはパフスリーブとチュールスカートのお姫様ドレスが掛かっている。訪問者は画面に映らないようにしている。皆が慎重で、レネイとのやりとりはぎこちなく、大げさだった。テレーザが封筒を開けるのを手伝う。ステーフマンもなにが入っているのか、興味津々だ。紐にボタンか貝殻がついたものが出てくる。レネイの親友ルナの手作りで、幸運を招くのだそうだ。ルナは詩人のクサンダー・ネヴスキーと妻のレイナの娘。〈ネヴスキー〉は妻の名字で、元の名前はアレクサンダー・ファン・ニューウェンハウゼだ。ルナはレネイの横に立って、手伝っている。プレゼントの包装を開けるたびに、わーっと感嘆の声が上がる。全員が静かに話し、沈黙の訪れに備えている。レネイの沈黙、だ。

クマのプーさんのケーキに立てたろうそくを二度で吹き消す。彼女は長く生きるだろう、栄光のもとに、と誕生日の歌をうたう。

ルナとレネイが一つの椅子に並んで座り、同じ皿からケーキを食べている。レネイは冠をはずした。頭蓋骨の剃毛の線は、毛皮のように短く生えた髪で覆われている。ネヴスキーが画面に映される。彼はトラピストビールの入った口の広いグラスを唇につける。彼の頭の横に、『T』に未亡人として出てくるスハウテート夫人の白い家が見える。ぼくは、三つの方角に、花にあふれた三つのテラスが見える、広々としたリビングルームを褒めた。子どものころからいつも太陽が大好きだったから、と彼女は笑った。彼女は三度「ヴィッキー？　いいえ……」と言った。ぼくは他の名前で試してみたい誘惑に駆られた。まるで彼女がぼくにそうさせようとしているようだった。ヴィッキーではないと言うが、では誰なのかは自分で考えなければならない。

フランソワ・ムンスは、ぼくがためらいがちに少女の名前を口にすると、ただ単に茫然としていた。彼は問いかけるようにでもなく、アルツハイマーのきざしと思われるような奇妙で空虚な目でこちらを見つめた。ヴィッキーはステーフマンの想像の産物にちがいない。中断されたストーリーラインの始まり、犯罪のほのめかし。家が破格の安値であったこと、隣が空き家であったこと、そしてアルレッテとフランソワが子宝に恵まれなかったことから思いついたのであって、本の出だしで物語をスリリングにする目的以外のなにものでもなかった——そう確信して、ぼくは向かいの隣人であるローデワイク・ウェッセルマンスとその妻の家を訪ねた。ヴィッキーの名前が出ると、会話が滞った。ローデワイクはこっそり妻のほうを見、妻は無関心にミントティーをかき混ぜて、わたしたちはなにも知らない、と言った。

パン屋の一族？　不動産会社の社長は不動産にしか関心がなく、自分が家を売った者には無頓着だった。彼の説明は、都会の人は農家の家屋を買って改築しようとするし、地元民は新築しようとする、というものだった。

応接間のふかふかの白いカーペットの上で、ルナとレネイがカメラの前でポーズを取っている。ルナは伝統的なフラメンコの衣装、レネイはさっきひじ掛け椅子に掛かっていたお姫様ドレスを着て、おめかししている。二人は肩を並べて立っている。レネイは後ろからテレーザ、前からテレーザの姉のジュリーに支えられている。皆が興奮している。感嘆と励ましの声がこの光景に伴う。自分のカメラで動画を撮るレイナの両手、両腕が画面に映る。レネイはしっかりとルナのほうを見ることで、うまくカメラから身を隠している。彼女は歪んだ口元で笑っている。

ステーフマンにはこの映像を撮る以外にない。おめでたい光景なのだから当然だ。彼はレネイのことを注意して見ている。誰が彼女を両脚で立たせることを思いついたのだ？ これはよいアイディアなのか？ 誰にとってよいアイディアなのか？ このショーは、善意でおこなわれているのはわかるが、レネイのいまの状態を見るのが困難な人のためのものなのではないか？ すぐにまた座らなければならない少女にとってはどうなのだ？

ブラッセリーで迎えてくれたときから、彼女がテレーザと似ていることに驚いた。店の忙しさに紅潮した頬で、ジュリーは素早くにこやかに、他のテーブルのあいだをとおって、コートを受け取るために腕を伸ばしながら、ぼくのほうにやって来た。舌平目のムニエルとタルトタタンを食べたあと、ぼくはまだ二時間ほど待っていた。アルコールは飲まず、ノートに書きものをし、雑誌を読んだ。彼女に話しかけるときに、酔っ払った愚か者ではなく真面目な男だとわかるように。客のあいだをすり抜ける際の「なんでも言ってください」と言いたげな落ち着いた笑みに、ぼくはすっかり判断をまちがってしまった。

最初の数週間、ぼくは多くの過ちを犯した。この人はこうだろうという判断や、アプローチの仕方を、何度もまちがった。成功している存命の作家の伝記を書くのは容易ではない、ということもすぐにわかった。幸いだったのは、裁判とそれによるメディアの注目以前に多くのリサーチができたことだ。その後はさらに困難になった。時には特定の情報を得ようとする小説家のふりもした。小説家と名乗るほうが、ジャーナリストや伝記作家というよりも協力を得られた。

本の最初のほうで、自分の伝記に影響を及ぼす要素について考え、戦慄する場面で、Tは我々を三つのグループに分ける。ファン、研究者、日和見主義者。どういう伝記作家がいちばん恐ろしいか、Tは考える。Tの名声に便乗して尊敬を集める機会を逃すまいとする、熱狂的な研究者。だが最もひどいのは、Tの作品を自分が説明してやろうと決意する者、すべてはTが創り出したものであることを頑なに信じようとしない者だ。

さほど先へ進まないうちに物語は一転する。うだるようなダンスパーティーもあるにぎやかな同窓会のシーンが、馬鹿げた嚙み合わない会話が繰り広げられる一連の出会いの始まりだ。Tはそれらの会話では、まだかなり辛抱強く且つさりげなく、過去のアネクドートの中の感覚を、小さく修正しようと試みる。時にそれは、まるで彼が人々と時間を跳び越えて、直接伝記作家に向かい、自分の本の一節を書き取らせようとしているようでもある。


家の前側にある応接間と後ろ側にあるリビングルームを隔てるホールから、ステーフマンはガラス戸越しにテレーザとレネイがソファに隣り合って寝そべり、足元のほうにあるテレビを見ている様子を撮る。宵の口のことだろう。ぼくにはテレビは見えない。音楽に聞き覚えがある。おとぎ話だろうか、なにか不思議なことが起こっている。妖精の声が聞こえてくる。たったいま、光の輪のなかに現れたところだ。眠っているゼペットに、多くの人に喜びを与えてあげたから、あなたの願いをかなえてあげると言い、ピノッキオに命を吹きこむ。テレーザは少し横向きになって両膝を曲げ、ソファの背もたれ側にいるレネイを包みこんでいる。ステーフマンは二人の顔にズームインする。テレーザは時折、瞬きし、レネイはほぼしない。穏やかな母と子の姿。なんでもなく、同時にすべてであるこの一瞬——彼が貴重だと思った〈盗んだ〉イメージ。

庭に客がいる。レネイはルナと弟のラモンと芝生の上に広げたピクニック用のブランケットの上に座っている。子どもたちは太陽を避けて帽子を被っている。おもちゃがたくさん並んでいる。すでにしばらく遊んでいたようだ。定期旅客機が空高くゆっくりと飛んでいる。不機嫌そうな音が空から落ちてくる。

親たちは娘たちをなるべく頻繁に遊ばせようと決めた。どちらにとってもいいことだし、レネイにとってはとても大切なことだ。互いの家は遠かったが、いまは夏休み中だ。

ぼくがすべてを見てとり、位置を確かめようとしていると——木々、灌木、垣根、小路——突然奇妙だがはっきりとした「いや」という声が聞こえてくる。レネイの口から出た言葉だ。ステーフマンは驚いていないようだ。誰も反応していない。何度も繰り返され、他の意味でも、たとえ「うん」であっても、すべてが「いや」で示される。

誕生日パーティーのときとは雰囲気がちがっている。彼女が常に注目の的でないほうがいいことを皆、心得ている。人を惹きつけた彼女の沈黙は、〈いや〉と言えるようになって捨て去られた。たとえどんなに限られていようと、彼女は声を上げて自己表現できるのだ。周りは彼女に、自分はルナやラモンのようなふつうの子どもだと思わせようとする。

だが当然、彼女はふつうの子どもではない。ステーフマンはブランケットの上に取り残された彼女を撮る。ルナとラモンは歩き回り、叫び、家のどこかに消え、おもちゃの食器をトレイにのせて大人たちのテーブルにもってくる。それが悪いことだとは思いもせずに。クスクス笑いながら誰がコーヒーを、誰が紅茶を飲みたいか、尋ねる。一ユーロ。きみたちは詐欺師で、水をもってくるんじゃないか、とネヴスキーは言う。詐欺師じゃない、おいしいコーヒーだよ。エスプレッソだよ！

カメラを前に向け、彼はテレーザの視線を探す。同じ光景を見ていたテレーザは頷き、ルナとラモンにレネイのところでいっしょにコーヒーを飲むよう促す。ステーフマンは黙って見ていられなくなって、喘ぎ、息を吐き、怒ってテーブルを指さす娘のもとへ行った。あそこになにがあるのか、と父親が尋ねると、彼女は肩越しに水のはいったアイスバケツを見る。中にはカエルが浮かんでいる。彼女の表情がぱっと輝き、振り向いてカエルを水中に沈める。楽しみに興奮して父親のほうに行く。最初は横向きで地面の上を体を引きずって、それから体をまっすぐに伸ばし、膝で歩いて。集中してちょこちょこ歩きでブランケットの端まで進む。なにをするのか、という質問の只中にプラスチックのカエルをカメラに向けて握ってみせ、水を飛ばす。

ステーフマンがゆっくりと歩いている。ディスプレイで自分が撮っているものを確認しながら、家のなかで応接間に向かう。ソファの上にクッションを重ねた王座のような場所で、レネイが高い位置からテレビを見ている。彼は白いカーペットに跪き、カメラがレネイの顔の高さにくるようにする。彼女は父に注意を払わない。しばらくすると小声で「怒ってみて」と言い、レネイは色がなくなり口が見えなくなるほど強く唇を合わせる。視線は氷のように冷たく、怖ろしい。ステーフマンが笑いをこらえていても邪魔されない。今度はレネイの目にズームインして、「笑って」とささやく。満面の笑みがぽっちゃりとした頬を押し上げる。まぶたを甘えたようにしばたかせる。そのあそびはテレビで子どもの歌が流れるまでつづく。ダンスビートの効いた曲だ。レネイは自然と激しく肩を揺らしはじめ、頭を左右に動かす。座ったまま踊るレネイの姿が嬉しくて、彼もいっしょに踊る。彼女を励まし、楽しさが倍増するように彼女を真似るので、画面が揺れている。ダンスの一環として彼女は後ろに倒れこむ。頭がクッションを越えて、王座とソファのひじ掛けのあいだの溝にはまり、起き上がれずにクスクス笑っている。父が娘を助けて起き上がらせようとするが、ちゃんとは助けてやらない。四分の三起き上がったところで止まり、不満げな声を出しながら同時に笑っている。

レネイがふたたび王座に座りテレビを見ていると、「これはなに？」と彼が尋ねる。彼女は彼をじっくりと見て、なにかを認識し、ほほ笑みながら人差し指を自分の鼻にもっていく。はっきり聞き取れる声で、緊張の伝わる面もちで彼女は「ネウス（鼻の意）」と言う。

うまく発音できるように、彼女はその言葉を少し伸ばして、〈ス〉が〈シュー〉に聞こえるようにする。言語療法士のゲイビーが自分の口に注目させておいて、開いた唇を突き出し、よくわかるようにやってみせた――頭のなかでレネイがそれを再生しているのがわかる。

小児リハビリテーションセンターのスタッフたちは、彼女の回復に驚いていた。言語中枢が右大脳半球に移動することは異例なことではない。通常は空間認識のための領域だが、当面、彼女はそれをさほど必要としていない。とりわけ回復の速さがセンセーショナルだった。彼女は熱心にリハビリに取り組むし、思いきりがよく頑固だ。週日は毎日テレーザが病院に連れていき、四、五時間のリハビリがおこなわれる。その後はゆっくり休まなければならない。

結果がすぐに出るので、レネイはモチベーションを保っている。テレーザとステーフマンはどんな小さな進歩にも歓喜を示すが、喜びとともに不安も増すことを、二人とも防げずにいる。リハビリがうまくいって展望が明るくなればなるほど、すべてを一瞬にして失うことへの恐怖は募るばかりだ。

レネイが歩いている。ここからのシーンで、彼女はキッチンを出てサンルームを通り、庭に出ている。ぼくは一時停止し、部屋に入る光を見る。太陽光線の激しさ、庭の一部、サンルームの隅で雑誌を読むテレーザの服装、彼女の靴から判断すると、秋のはじめで、ガラスの内側は暖かいのだろう。十月に、レネイは歩いている。キッチンで彼女はステーフマンからピンク色にアイシングされたドーナツをもらう。まるでトロフィーのようにカメラに向かってドーナツを掲げて見せてから、彼女は歩き去る。重たく困難な歩行で。膝を硬直させ、腿の付け根をちょうつがいに上半身を動かして。膝下が醜く外側を向いている。

彼は抗議する。まだ早すぎるのだ。せいぜい立つだけにするべきだ、とパウルが命じていた。いまから自由に歩かせると、悪い歩き方が習慣化してしまい、後で矯正するのがむずかしくなる。いま彼女はもっとも抵抗の少ない道、前進するのに最も容易な方法を探している。悪い歩き方が習慣化するだけではない。筋肉や腱が伸びてしまったり、炎症を起こしたりしてしまうかもしれない。リハビリ中は脚に装具を付けずに立つことは許されない。もう片方の脚にも代償動作を防ぐために装具が付けられる。オーダーメイドでつくられた硬いプラスチックの装具がふくらはぎ、かかと、足裏を九十度の角度に覆う。夜寝るときには角度が狭い装具を右脚だけに付ける。ふくらはぎの筋肉をよく伸ばし、短くなって足の痙縮《けいしゅく》が起きやすくなるのを防ぐためだ。

彼は追跡をはじめる。外に出る前に、テレーザになぜなにもしないのか、尋ねる。レネイを止めるべきだったのに。パウルの言ったことをわかっているだろう？　なぜ自分が彼女に説教する悪者の役をしなければならないのか？　自分だってほんとうは一度でいいから「やらせてあげよう、一度くらいいいだろう」と言いたいのに。

彼はレネイのあとを静かに歩く。走りはしない。彼女を追い詰めて、引き上げることのできないつま先から転んでしまうのが怖いのだ。レネイはいつもどおり、コニファーのあいだの小さな門への小路を辿っているようだ。服装は以前とおなじものだ。腰のあたりがまるまるしていて、尻と胴体のあいだにしわがある。はちきれんばかりだ。歩くのに集中して緊張し、腕と手が痙攣し、自然と肩の高さまであがっている。まるで脳が、邪魔されずに歩けるように、役に立たない手を取り除こうとしているように見える。色の薄い髪が角ばった動きに合わせて激しく揺れている。

ここで起こるのだろうか？　この光景が思い出させる三、四ヵ月前の、学校へ歩いていくことがごく日常的だったころの記憶によって。まだそれが楽園であることに気づいてさえいなかったときの記憶。ここで彼は、はじめて『T』の第一章のアイディアを得るのだろうか？

門には鍵はついておらず、スライド式の鉄の棒だけだった。庭の小屋は二袋の植木用の土と錆びた熊手以外、すべて片づけられていた。暗く湿気のある場所で、外よりも五℃は涼しく感じた。ぼくは庭の角のカバノキにもたれて座った。まるでこっそり彼を見つけることができるかのように、静かにしていた。レネイが彼の前を板石から板石へと跳び移りながら、コニファーに向かっているところを。ワクワクするようでもあり、これ以上ステーフマンの近くには来られないことが残念でもあった。暗くなり、最初のコウモリが出てくるまで、ぼくはそこにいた。

夜、レネイの寝室。キノコのランプの赤い薄明かりと天井の星々が見える。レネイは両腕を布団から出して寝ている。このかたちに寝かせられて、すぐに眠りに落ちたのだ。ぼくはボリュームを上げて、ヘッドホンで彼女のゆっくりと深い呼吸と、鼻毛をとおり引きずるような彼の呼吸を聞き分ける。ほかの音はない、あるいは小型マイクで録音されるには弱すぎる。レネイの右腕には装具が付けられている。手首のところでネジで調節できる仕組みになっており、手を引っ張り、指をそらすように伸ばしている。彼女のテディベア——本に〈クマ〉として出てくる——が彼女の腕のあいだで、顔を布団から出している。

彼はテレーザと交替する。見守りを使命とはまったく感じていない。できることなら、彼はいつでも娘のとなりに寝ていたかった。できることなら、いつでも娘のすぐそばにいたいほど、それは穏やかだ。眠り、呼吸しかしていない、朝目覚めるまでは障害と心配から解放された娘よりも美しいものがあるだろうか？　親として、温かなピンク色の子ども部屋でパパかママが夜じゅういっしょにいることで、安全という幻想を創っているのを、彼は心得ている。それでも、彼自身もここにいると、他のどこにいるよりも人生、そして運命から護られているように感じる。自分を大きく保つ代わりに、子どもの横でふたたび子どもとなり、自分を小さくすることによって。洗いたてのシーツを鎧に、蚊帳のなかに隠れて。

クマが見張りをしている。彼はクマにズームインする。弱い光のなかでクマの目がなんとか見える。まるで本物の生きた目のようだ。自分が撮られているのを知っているような視線。少し優越感をもっているようだ。好きなだけ撮ればいい。ぼくはまったく動じない。ぼくは何日でも見張っていられる。秘密諜報員、特使なのだ。夜、彼はレネイについて、上層機関に報告する。すでに資料は分厚く、ハンギングフォルダーに収められている。

腕に関しては期待は薄い。肩の操作以外、事実上ゼロといえる。歩行は健康な人にとって比較的簡単なことだ。大腿から運動がはじまると、膝からの下腿の振り出しで自然に完結する。左右の歩行動作は同一で、両脚は自動性により常に共に運動する。両腕は個々に存在し、操作は個別だ。その上、手の細かい運動技能は極度に複雑だ。

脳障害の場合、乱れたシグナルが、一つの筋肉に相反する指令を出す。左および右へ、上および下へ動くように、と。その結果、動きが止まり、コントロールできない痙攣をおこす。

手が思いどおりに動かないと、レネイはひどく悲しむ。テーブルにむかって座り、まるで言うことをきかない子犬、自分の外に存在するもののように、自らの手を扱う。なぜ〈おてて〉はこんなに言うことをきかないの？　と。まだ脳梗塞とその後遺症について話すには幼すぎる。まだ早すぎ、複雑すぎだ。だが彼女の悲しみは彼らの正体を暴く。真実を告げないことによって嘘をついているのだ、と彼らに思い知らせる。レネイの悲しみが彼らに伝染し、しばらくのちに彼女が勇気を取りもどし元気になっても、彼らの心は晴れず、心もとなく感じる。

その後の三つの動画は途中で止められている。レネイが拒否したためだ。彼がカメラを手に近づいてくるやいなや、慌てて部屋を出る。テーブルの下やカーテンの後ろに這っていく。彼女の発する「いや!」は他の解釈を許さない。それをもって近づいてこないで! 少し追いかけると、叫びはじめる。彼女は泣いている。

自分の姿をビデオで見たにちがいない。

彼は録画をやめる。カムコーダーに手を伸ばさないことにする。彼女に苦痛をあたえるわけにはいかない。許されない行為だ。日々が過ぎていく。起き、体を洗い、薬をあたえ、リハビリをし、休み——何週間、何ヵ月もの時が流れる。そしてある朝、彼はふたたびやってみることにする。いや、やらなければならない。美しすぎて、撮り残さないわけにはいかないのだ。彼はなるべく多くの瞬間を残したいと思う。かけがえのない存在がここにいるのだから。

髪の毛にはもはや跡が見られない。短かった一帯は伸び、切りそろえられている。少し痩せて、目はもはや膨らんだ顔に埋まって、無関心な表情で睨みつけていない(すべての不健康に太った人に見られる、彼らが遺伝的に血縁関係にあるかのように思われる特徴)。外は春めいている。イチイの生け垣のそばにあるエニシダのつぼみは、数日前に開花した。ローデワイク・ウェッセルマンスの芝生はすでにきれいに刈り込まれている。レネイは大きなサイズのスポーツシューズを履いている。装具がズボンの下に隠されていて、下肢と足が義足のようにこわばっている。それでも彼女は活発で、リビングルームを陽気に歩き回っている。ふざけて、でたらめな言葉を発している。おじぎをし、ぐるぐる回る。時折、片方の足が滑るが、転ぶことはない。その度に彼はひやっとする。彼女の行動のすべては、新たに習得しなければならなかったことだ。昔は自然にできたことのすべてを、彼女は模倣しているのだ。かぎりない練習の末に、もう片方の大脳半球でできるようになった範囲で。

ニーハオ。レネイが歌うように何度も繰り返す。ニーハオ。テレーザから習ったのだ。テレーザはドアのところでレネイのコートを手に待機している。わたしの中国人の女の子はどこかしら？　とテレーザが訊く。レネイはカメラの前で両脚を広げ、片手を脇にあて、腰を振る。そして顔をレンズに近づける。「ニーハオ」というのが問いかけのように聞こえる。

彼は彼女を尊敬している。ひとかけらの疑いもなく、レネイにとって最高の母親だ。彼女の温かさ、誤りのない直観。彼はあの夜を思い出す。すべてがはじまった夜。友人たちと一緒だった――一度、小説の下調べとして彼らを訪ねてみよう、と彼はカメラを手に思う。テレーザは二ヵ月の中国旅行から戻ったところだった。中国大陸を列車で横断したのだ。またもや〈バックパッカー〉として遠い国へ冒険したという高揚した話を聞くのが嫌だった彼。当時は誰もが海外で冒険の旅をしたがっていた。誰もが、これからの人生の前に見ておきたい国々のリストをもっていた。極東、南米、イエメン。彼の夢はオープンカーとモンテカルロだった。家で夢見ているのがよかった。テレーザは彼の対極だった。無名の、けっして有名になることのない若いデザイナーの服を堂々と着ていた。他の人が着ていたら後ろ指をさされるような奇抜な服を、彼女は後ろ指をさされることなく、まるで既製服のように着こなしていた。彼は涙が出るほど笑った。中国人は粗野で臭く、恥知らずに痰を吐き出したり、電車のなかで唾を吐いたりした。彼女に何用なのかわからない高価なパスを売りつけ、真夜中に他のバックパッカーたちとともにまるで家畜のようにホテルから追い出してバスに乗せ、山の上まで連れていった。山は霧に包まれたままで、世界一美しい日の出が見えるわけでもなく、ふたたび「バック・トゥー・バス、バック・トゥー・バス！」と棒で叩かれそうな勢いで追い立てられて戻ってきた。自分の愚かな失敗を楽しんでいるのが伝わる話しぶりだった。

テレーザは家にいない。友だちのところか街に行っているのか、あるいは熱い風呂にゆっくり浸かり、お気に入りの作家クンデラの本を読んでいるのかもしれない。六時ごろのことだ。レネイはおなかをすかせて、テーブルの窓側の席に座っている。外では木々の間から小路に光が降り注いでいる。彼女の頭の高さにある、イチイの垣根から伸びた枝に、その温かな光が当たっている。彼はスープを火にかけ、パンにバターを塗る。ピアノソナタが軽くスタッカートする。モーツァルトだ。よい一日だった。『T』の執筆をしていたかもしれない。本が頭のなかで成長し、形を得てくる。ふたたび書きはじめたという事実が彼を穏やかにする。彼はレネイと二人でぼんやりと互いのそばにいるのが好きだ。彼女が退屈してまとわりついてきて、なにげない質問をして、のんびりつぶやくような彼の答えをちゃんと聞かず、シャツのボタンをもてあそんだり、メガネを近くから見たりするのが。彼女が没頭してなにかを食べる様子を見ていることも。

彼女はガラスのビンからクルトンをスプーンで取り、自分のマグカップに入れている。十一個、数える。テーブルには青いクロスがかかり、葦のプレースマットが敷かれている。彼女の右腕はこぶしだけテーブルに載っている。皿、マグカップ、スプーン、すべてがきちんと正しい場所に置かれている。秩序。整然。彼女はティースプーンでマグカップをかき混ぜ、皿の横に置けるように舐める。だがスプーンとスープは思っていた以上に熱い。彼女は目をぎゅっと閉じ、頭を一気にそらし、庇うように肩をすくめる。右腕がさっと上にあがる。反応を確かめるために彼の目を見るが、反応はない。彼女もなにもなかったように振る舞う。彼女は少し舌鼓を打つ。誰に聞かせるでもなく「すごーくおいしい」と言う。低い声で「すごーく」と言いながら、芝居がかって目を見開いてみせる。マグカップの耳は反対側を向いている。自分のほうに向くよう、カップの上をつかんで離す。音を出して歯の隙間から息を吸い、手をはためかせる。父親のほうを盗み見る。二回目はうまくやってのける。マグカップの上に顔を寄せて息を吹きかけ、前髪が浮き立つ。そんなに強く吹かないで、と父がささやく。彼女はそっと吹き、スープをすすり、やはりまだ熱すぎると思う。あきらめて、ティースプーンでクルトンを一つ、口に運ぶ。そこでスプーンがカップに落ち、彼女はまるで無声映画でピアノを弾くモーツァルトのように、両手を上に挙げて椅子にもたれかかる。舌が焼けるように感じて、前を向いて目を見開いたとたん、実はそれほど熱くなかったことに気づき、ゆっくりと頷く。片手を老婆のように胸にあて、それから口をすぼめてスープを飲む。皿の端からチーズを取るときになって、彼女は父親がしずかに笑っていることに気づく。突然真剣に、もはやコメディエンヌではなく四歳の少女に戻って彼女は尋ねる。笑ってるの？　カメラが揺れ出す。わたしのこと、を笑ってるの？

彼女は小さく切ったチーズを食べつづける。腕をテーブルに置くよう、彼が言う。肩が下がってしまわないために、大切なことなのだ。ふたたび彼が言う。腕をちゃんとテーブルに置いて。彼女は落ち着いて口のなかのチーズを飲み込んで言う。ちゃんと頼んだらやってあげる。頼むから腕をテーブルに置いて。「かわいいレネイ」と彼女。かわいいレネイ。彼女は首をかしげて、「プリーズは？」「プリーズ」おいしそうにチーズを食べて、父に言う。「カース、カース（チーズの意）。パパも言ってみて、カーースって」彼女はチーズを一つつまみ、片目の前にもっていく。「頼むからもう腕をテーブルに置いて」と父が言うと、彼女はキーキーした声で「プリーズ？」と言う。画面がふたたび揺れる。ぼくも彼とともに笑う。彼女はふざけて諭すように指を立てて「プリーズ？」「プリーズ」と父。彼女はチーズを食べきる。腕をテーブルに置くことなく。すごーくおいしい！　と言って。

　庭のいちばん奥にあるセイヨウバクチノキに重なるように、レネイが立っている。両腕をきれいに体のよこにつけ、両足を閉じ、輝かしい顔をしている。「こんにちは。わたしはレネイ。歌がとっても、じょうずなの」と言い、もはやなにも目に入らない顔つきをして、速くて複雑なダンスを即興で踊る。踊りながらずっと同じ歌詞を繰り返している。「アフリカからアメリカまで」バックグラウンドに笑い声や手拍子が聞こえる。すぐに息切れするが、やめるには早すぎる。音階をがらりと変えて、おなじ熱意と粘り強さで彼女は歌う。「砂漠がとってもきれいなの！」両耳の上で結わえた髪が揺れるのを感じ、さらに揺らす。

　一旦、ショーを中断し、録画を止めるように頼む。暑くて、メキシコ風の柄のウールのベストを脱ぐ。パパ、いい？　両腕を体の横に、両足を閉じて。

数分すると、もはや喘ぎとともに「アフリカ」と「アメリカ」しか言葉が出てこない。自分でも思わず笑ってしまう。芝生に倒れこみそうになったところで、ちがう歌を思い出す。「赤ずきんちゃん、どこ行くの？　ひとりぼっちでどこ行くの？」歌のリズムに合わせて人差し指を振りかざし、大股で円を描くように歩く。テレーザが歌のつづきをいっしょに歌う。「おばあさんのところに、クッキーをもって。森のなかへ、森のなかへ……」

彼はおばあちゃん――自分の母親を映す。木々はまだ古いモクレン以外は裸で寒そうに立っている。モクレンの下で母親は感動に包まれ、嬉しそうにレネイのショーを見ている。木のてっぺんは斜めに曲がった幹の四倍は高い。何百、何千ものピンクホワイトの花びらが太陽に輝く。広大な風景のように圧倒的な眺めだ。

少し離れたところに、緑色のオーバーオールとチェックのシャツを着た父親が、ポールや板などの組み立て部品のあいだに跪いている。新しいブランコだ。赤のプラスチック製のバケットシートが板のあいだに置かれている。芝生に四ヵ所、急結セメントの支えを埋めるよう穴が掘られている。父親はカメラのほうを見て、からかうように彼にむかって叫ぶ。おい、こっちも見てくれよ！　と。それからふたたび広げた組み立て説明書の上に屈みこむ。

彼が三十前後になってようやく、父と息子は歩み寄ることができた。二人とも親となり、理解しあおうとするようになった。いまでもけっしてよく会うわけではない。見ちがえるほどの変化はないし、この時から、と正確に指し示すことはできない。ある日、家で日曜大工をすることになった。朝、二人は互いに大工道具を渡しあった。なにも特別なことには思えず、ずっと前からそうしていたように感じられた。洋服ダンスを組み立て、薪を割り、照明を取り付け、玄関にラッカーを塗り、軒どいを修繕し、ブランコを固定したとき、父親が本はどうなっているのか尋ね、うまくいってると彼が答えた。

二人は申し分ない相棒であることがわかった。互いの支え、味方だ。喉が渇けばビールを飲む。誇らしさと自嘲を交えて、彼は作家の手にできたまめを見せる。父のほうも、自分は背中にきている、もう年だから、と打ち明ける。だが父は彼よりも元気でたくましい。十四歳のときから工場で鍛えられてきた。彼は知恵をたこでかたくなった両手に抱えている。共同作業をとおして、彼は父の考えを知ることができる。彼は喜んで父に仕える。謙虚な気持ちになり、長く文学によって闘ってきた自らのバックグラウンドに満足する。彼は安堵する。一つ屋根の下に住みながら、他の惑星にいるほど遠くに父を感じたジンゲネでの年月は、永遠に過去のものとなった。もはやなにかを語ったり、説明したりする必要はない。二人で汗を流し、釘を打てばいいのだ。

彼の両親とアンディ・ボーハールト、ペトラ・ファン・リー、そしてサンドラ・フォルカートの両親は、サンドラの奇妙な死に関するニュースとステーフマンに逮捕状が発付されたという噂が国じゅうに衝撃を与えたとき、まだ全員、ジンゲネの一地区の半径百メートル以内に住んでいた。衝撃の波はたちまち、『T』が同時に翻訳出版されていたフランス、イギリス、ドイツ、イスラエルまで届いた。一九七〇年代半ばの公営住宅。元の住民たちのほとんどはそれに飽き足らず、引っ越していく代わりに、家のファサードにいたるまでありとあらゆる改築をほどこし、現代的な住機能を満たし、自らのステータスを更新した。彼の両親は半年前、本が出版される直前に、息子の申し出を断ったのだろう。ステーフマン自身は自ら国外退去を決め、（おそらくは）フランスに移住した。アルザスかセヴェンヌ、ミディ・ピレネー地方の田舎町だろうか。アイルランドかもしれない。ステーフマンと同じ出版社から本を出しているミシェル・ウェルベックの家のそばでの目撃情報が、ツイッター上に見られた。ハンガリーでのぼんやりとした写真もあった。テレーザはスラヴの栄誉ある貴族の末裔だ。だが彼女は、レネイと祖父母の距離をなるべく近くしておきたかっただろう、とぼくには思える。アルザスでも車で随分な距離になる。

逮捕状発付が迫っていた数日に、ぼくは何度も『T』の最終章を読み返した。ぼく以外にも多くの人がそうしたことだろう。本のなかで最も美しい章で、それ自体が短い手紙小説となっている。Tは最終的に田舎の邸宅に籠り、サンドラ・Vと激しいやりとりをする。ナイフのように鋭い精神どうしの、示唆に富む一騎打ち。ステーフマンはわずか五十ページで〈危険な関係〉の二人に優劣を競わせることに成功した。息もつけないほどの迫力。最終章の見事さは、本全体の印象に影響を及ぼす。

さいごのページで、サンドラ・Vはアパートの自室で死んでいるところを発見される。テーブルの上には手書きの手紙が置いてあり、誤解のしようのない言葉で別れが述べられている。四十二歳の売春婦。自殺。だが読者はそれだけではないのを肌で感じる。別れの手紙はTに向けて書かれたものかもしれない、と。彼らのようなやりとりの末にのみ、彼が彼女に書くことを仕向けることのできた手紙。故意に、殺意をもって。

本のさいごの言葉を読み終えたとたん、ふたたび最初から読みはじめた、という賞賛があちこちで聞かれた。心が穏やかでなく、そうせずにはいられない。なにかを読み落としたか読みまちがいをした気がする。小説自体は水晶のように澄みわたり、明白であるというのに。真実がいまにもわかりそうだ、と。サンドラ・Vの声が聞こえるようだ、という賛辞もあった。ステーフマンがTのみならずサンドラの手紙も書いたとは、信じがたかった。まるで実際の手紙をそのまま使ったかのように、生き生きと真実味を帯びていた。

サンドラ・フォルカートのアパートで、警察は一通の手紙しか発見しなかった。手紙はテーブルの上に、ボロボロになるまで読まれたペーパーバックの横に置かれていた。『T』に出てくる別れの手紙を書き写したものだ。サンドラ・フォルカートは、自分をモデルにしたにちがいない小説のなかの登場人物とおなじ方法で死んだ。彼女は手紙を手書きで書き写した。最終的に調査では決め手となる痕跡は見つからなかった。混沌とした生中継の記者会見で、フラッシュライトの嵐を咎めるような顔つきをした予審判事は宣言した。被害者は自殺により亡くなった、よって作家エミール・ステーフマンに容疑はかけられない、と。

だが騒動はもはや押しとどめることができなくなっていた。メディアと一般大衆の飢餓感は抑制がきかなくなった。おびただしい数の風評が出現し、なかには二度と消え去らないものもあった。フェイスブック上で盛んにリンクが貼られ、シェアされ、コメントが書かれた。ツイッターは不協和音を発した。コラムニストたちが互いを口汚く攻撃しあった。サンドラ・フォルカートの存在など最近まで知りもしなかった者たちが、死因についてこぞって自分の解釈を述べようとした。

サンドラは、容疑がステーフマンにかけられるよう、彼のベストセラー小説を利用した親戚のいかがわしい奴らに殺された。彼らはドラッグのディーラーで、盗んだ車をポーランドとブルガリアに売りさばいていた。XTCの錠剤を製造していた。アフリカからの難民の密入国に携わっていた。中国の賭博マフィアと繋がりがあった。ステーフマンは小説のなかのTよりも抜け目なく、完璧な殺人を犯した。こんな目立つ方法でサンドラ・フォルカートを殺すほど愚かだとは、誰一人思わないだろうから。小説を書くこと、物語が大衆に知れ渡るのを待つことを含む、見事な計画。のちにハリウッドで映画化されるだろう。複数の脚本家がすでに執筆をはじめた。〈危険な関係〉の子爵ヴァルモン役のジョン・マルコヴィッチがステーフマンを演じたら、すばらしい皮肉になるのではないか。サンドラ本人は、本の登場人物以上に、人を巧みに操る嫌な女だった。自分の人生を犠牲にしてまでも、最終決定権をもとうとした。究極の復讐だ。自分がなんの才能ももたないことに堪えられず、偉大な作家の名前を自らの卑怯な行為で汚すことを選んだ。ステーフマンは、〈ガラスの小路〉でさらし柱に釘で打ちつけられ、売春婦たちに石を投げられて殺されるために、森か山の穴から煙で追い出された臆病なジャッカルだ。無防備な独り者の女性の人生を、自らの利益のために良心の呵責なしに投げ捨てた男。ちやほやともてはやされた成り上がり者。人々の話題になる価値のない人間。

サンドラの芳名帳ができた。フェイスブック上にステーフマン支援グループが次々と立ち上げられた。電子掲示板での罵りがひどくなり、『T』は一時的に書店の棚から姿を消した。下劣な者たちが所かまわず、本のさいごのページを破いてしまうからだ。サンドラの遺体を発見し、その夜、地元のラジオ局レポーターに口を滑らせ、大混乱を招いた警官――ステーフマンのファン――は、本のなかの例の手紙を手書きで書き写しただけの脅迫状を送りつけられた。殺してやる、あるいは、まだ可能なうちに自殺せよ、とほのめかしたものだ。

それまでは無名だった弁護士、ピータースが活躍していた。一晩に三本のトーク番組に駆り出されているのを見た。プライムタイムのテレビでの話しぶりはまるで凱旋公演のようで、すでに裁判に勝ったも同然だった。しめしめ、という表情が、彼の血色の悪い下品な顔に浮かんでいた。亜麻色のカールした口ひげは、頭のてっぺんをワックスで立て、まわりはなにもつけずに伸ばした髪の毛の色と、極端に異なっていた。殺人罪と過失致死罪には問えない。過失による暴行罪と傷害罪で訴えることも不可能だ。だが、名誉毀損と中傷ならば可能だ。よって、裁判を起こすことは確実。それが彼の考えだったのだろう。裁判さえあれば……ステーフマンを裁判官の前に引きずり出すことさえできればこっちのものだ、と。この騒動と関心を考慮すると、ステーフマンは重罪院に出廷することになる。如何なる判決が下されようと、〈有罪〉判決である以上、ステーフマンにサンドラの死の責任があったことになる。

裁判開始の翌日、ジンゲネ市長は公営住宅地区の一部を報道陣立ち入り禁止にした。イギリスの報道写真家たちは、ありえない行為だと笑った。警察は、二十四時間体制でステーフマンとフォルカートの実家を警備した。テレビの取材陣が市内を回り、由緒ある夜のニュース番組でさえ、くだらない街頭インタビューを放映した。ぼくは苛立ちを募らせた。他の事件がもたらすようなセンセーションではなく、メディアの狂気が小さな共同体にもたらす衝撃についての報道だった。

パン屋。高齢の女性。神父。この種の報道では、他局の抜けがけを恐れるあまり、狂気が報道合戦を過激にした。

小説のなかのヒバリのシーンが、殺人を仕向けるような衝動を与えた――裁判官のその論法に、ぼくは納得できた。だが同時に、その発言が人々を騒然とさせたことも理解できた。ステーフマンの弁護団が、小説の最終章はフィクション以外のなにものでもない、ステーフマンと亡くなったサンドラ・フォルカートは現実には一度も連絡を取り合っていなかった、と述べ、ピータースがほほ笑みながらゆっくりと頭を振り、法廷内の騒乱に後押しされて堂々と立ち上がった際、原告・被告両サイドに分別ある発言を求め、傍聴席の人々に静かにしないと制裁を加えると注意した、裁判官自身が混乱を引き起こしたのだ。

この展開は誰にとっても意表を突くものだった。裁判官が小説に説明を求めるとは。究極に重要な最終章が如何なる影響力をもっていたかについては、ヒバリのシーンがどの程度真実に即しているかが明らかでないかぎり、語ることはできない――裁判官がそう考えるとは。策略の芽が含まれ、何十年ものちに死に至るまでつづく書簡形式での闘いの源である、ヒバリのシーンの真実性が。彼は、鍵となる瞬間のフィクション度を理解してから、その後の展開――たとえそれが創造であっても――の影響に関して、判決を下したかった。裁判は無期限で停止した。

ガーディアン紙はカフカをほのめかして〈小説の審判〉という見出しをつけた。新聞の論説はどれも、これは文学に対するとどめの一撃となりうる、と述べていた。ステーフマン裁判ののちに、身を粉にして深く突き刺さるような小説を書き、出版しようとする作家がまだ存在するだろうか？　自らの体験を基にしていようがいまいが、読者に自分のことだと思わせる小説を。あまりにも見事に書かれているがために危険となりうる、あるいは――弁護士ピータースの言葉を借りると――読者（この場合はサンドラ・フォルカート）の名誉毀損となるフィクションを。

アンディ・ボーハールトとペトラ・ファン・リーの証言に先立ち、イギリスのスカイ・ニュースはジンゲネから車で五分の距離にあるウェイフェルゼイレの老人ホームで暮らしていた、農夫のタウトを探し出した。取材班は部屋の隅の、乾いたナツメヤシの枝が後ろから出ているキリスト十字架像の下に置かれたひじ掛け椅子に、彼を座らせた。ボタンを留めたシャツの襟が首のまわりでだぶついている。血色の悪い年老いた男で、顔には長年の野良仕事でできたシワが刻まれている。エミール・ステーフマンを知っているか、という問いに「はい、はい」と答える。世界的に有名な本に自分が出てくることも？　「はい、はい」。娘が通訳を務め、「はい、はい」に合わせて頷く。ほんとうに知っていたのだそうだ。子ども時代に摂取した高脂肪の牛乳、バター、豚の脂のせいで、生涯太っている女性。取材班はここに来るまでに撮ってきた映像を見せた。時代とともに古びてしまった道、かつてのタウトの地所内で、ある日突然、静まり返ったときに、背の高い草の合間からヒバリが飛び立った場所だ。タウトは自室の天井近く、画面に入りこまないように掲げられたマイクを見ていた。「はい、はい」という声に合わせて、娘が頷いた。そこでそのできごとがあったことを知っている、という意味だ。

アンディ・ボーハールトもペトラ・ファン・リーも、偽証するタイプの人間には思えなかった。おそらく彼らには偽証する勇気さえないだろう。実直な人柄で――ペトラは夫とともに青果店を経営しており、アンディは長年、大規模な園芸農家の主任を務めていた――、一連のできごとと裁判所の雰囲気に明らかに圧倒されていた。彼らの証言が、『T』のなかの現実的でありありとしたシーンとあまりに異なっている上、互いの証言が食いちがっているため、原告・被告ともに不審に思った。彼らの記憶は時とともに磨かれ、順番も変わり、色づけされて、受け容れられる内容に変わりはしたが、それでもステーフマンが子ども時代のシーンで彼らにあたえた性格に重なっている――裁判官はそう判断したにちがいない。アンディはステーフマンになにか命令されたことは一度もない、ときっぱり否定した。自分は一度たりとも誰かの使い走りをしたことはない、と。ペトラは、ヒバリのシーンは実際の話ではない、と言った。当時はステーフマンと自分がつきあっていて、いつもいっしょにいたのだ、と。サンドラはよそよそしい、とステーフマンは思っていた。失礼を覚悟で言えば、彼はサンドラをかわいいとは思っていなかった。

ル・モンド紙は、一ユーロの道徳的な損害賠償というステーフマンの有罪判決はお買い得だったと書いた。ゴンクール賞がおそらくはさいごの重要な文学的小説に授けられ、受賞者が象徴的な少額の賞金を、受け取るのではなく支払うようなものだ、と。

一つ目は合っていた。『T』はアメリカを制覇し、日本ではベストセラー一位を二十七週間保持した。二つ目ははずれだった。八年後、ステーフマンの裁判が文学を蘇生させたことが明らかになった。法外な関心が、新しい世代の作家を誕生させた。持論に固執する、慣例を嫌う、小説の雄弁さを確信した作家たちだ。

ステーフマンとサンドラ・フォルカートのあいだに、現実には接触はなかったのか？ 裁判にステーフマンは現れなかった。真実を述べると裁判官に宣誓し、質問に答えるのを避けたのか？『T』の執筆中に、彼はサンドラを訪ねたのだろうか？　彼女と関係をもったのか？　やりとりを消去したのか？　それとも大人になったサンドラの感情を、文学的に創り上げたのが単に的を射ていた、ということなのだろうか？　そうでなければ、実際には売春婦ではなく、夜間仕分け業務をおこなう内気な郵便局員だったこの女性は、本を読んでもなにも感じず、肩をすくめたことだろう。裁判をおこすことはあったとしても、こんなやり方で自殺をすることはなかったはずだ。

サンドラ・フォルカートは本のなかのサンドラ・Vに嫉妬したのだろうか？　自分が送ってみたかったようなサンドラ・Vの人生に。彼女は手紙が、小説をとおして自分にあてて書かれたものだと感じたのだろうか？　彼ら二人が背の高い草に囲まれて見つけたことの延長のように。最初でかつ最後に、見抜かれた――〈仮面をはがされた〉という表現のほうがいい――彼と、性的ないたずらをされることに楽しみを見いだす、自らの〈露呈〉に快楽をおぼえているかもしれないという印象を彼にあたえた彼女。その後、ほぼ三十年ぶりに彼は自著のなかで、彼女が売春婦になっている人生を想像してみせる。彼女は自らを解放することに幸せを見いだす。もはや彼女は誰かである必要がなくなり、言い表すことのできない重荷を肩からおろすことができる。彼女は何度もくりかえし、本のなかの客が見ている売春婦になってみる。彼女は存在することをやめると同時に、千もの異なる人生を生きる。

それが、サンドラ・フォルカートがいまだに求めていたことなのだろうか？

彼はこっそりと見ている。レネイに気づかれないように注意しながら。レースのカーテンと出窓のあいだの細い隙間に隠れて。玄関で見送ったところだ。キスをして、励ましにおしりをぽんと叩いて、大げさにならないように「じゃあね」と言って。小児心理カウンセラーが撮ったもので、梗塞から七、八ヵ月後のことだ。レネイは自立する必要がある。これからはリハビリセンターにテレーザが送っていかないほうがいい。この後まだ何年も徹底したリハビリが必要ではあるが、レネイは大きな前進を見せた。車椅子はもう何ヵ月も前に返却済みだ。彼らは彼女を一人にして、他者にゆだねられるよう、彼女から離れる練習をしなければならない。

テレーザが彼のうしろに立って、隙間からいっしょに覗いている。タクシーサービスが国じゅうを網羅している。運転手――この日は白っぽい金髪のヒゲを生やした若い男性。やさしい笑顔で、今風だがきちんとした服装、利発な目をしている――が、開いたスライドドアからミニバンに乗りこむレネイに手を貸す。二人ともレネイから離れるのが嫌だ。ジーンズとピンクのジャケット姿で歩道に立っているのは、自分たちの子どもなのだ。リュックサックからはジュースか水の入った水筒が突き出し、なかにはチーズスプレッドを塗ったサンドイッチやチョコレートワッフルが入っている。ティッシュペーパーも。

自宅で彼女を一人にさせるだけでも、パニックに襲われることがある。抑制のきかないヴィジョン――キッチンから牛乳をコップに入れて戻ってきたら、レネイがカーペットの上に倒れている。郵便受けを見てきたり、トイレに行ったり、執筆をしているときにも、彼はその場にいない。

すべての子どもの頭上に親は〈ダモクレスの剣〉を見るものだ。レネイの頭上のそれは、日が照っていようとどしゃぶりであろうと真夜中であろうと、いつもピカピカに輝いている。

彼らは隙間から見ている。彼女の姿を見るのはこれが最後かもしれない。ミニバンが見えなくなると、彼らは各々別の部屋にはいる。あるいは、よそよそしく感じられる家のどこかで不器用にハグするかもしれない。レネイを見るのはこれが最後——五時間以上もその考えを否定しつづけなければならない。白のミニバンが歩道の横に停まるまで。彼らは玄関ホールで待つ。運転手とレネイが歩道の半ばに来るまで、ドアを開けるのを待つ。レースのカーテン越しに、彼らは彼女の声を聞く……。

レネイがサンルームで踊っている。ショパンのプレリュードやシューベルトの即興曲に合わせて、慎ましやかに動く。自分の障がいを繊細なバレエに仕立てているのだ。欠陥が当然となり、もはや欠陥と捉えていない。音楽を聴き、ダンスに変換しているのだ。ステーフマンやカメラに煩わされていないようだ。正午を回ったころの映像。昼食はシンプルにソーセージとアップルムース、炒めたジャガイモ。テレーザが食器を食洗機に入れる。家庭がゆっくりと静止し、これから昼寝をする平和な時間だ。その後は静かにコーヒーを淹れ、コーヒーとオレンジの香りに包まれる。

新しい、踊るレネイが、最初のレネイを強く思い出させるのではなく、彼女のことを忘れさせる日が来るのか——ステーフマンは疑問に思う。その日が存在するとして、どれほど先のことだろう？　サンルームで彼は自問する。子どもが誕生から障がいをもっているほうが親にとっては受け入れやすいのだろうか？　逆にそのほうがむずかしいのか？　新しいレネイがかつてのレネイを完全に排除してしまう日がくるのを、恐れる必要があるのだろうか？　あるいは、彼が選ぶ必要はないのか？　二人の少女——新しいレネイとかつてのレネイは、長い時間をかけて溶け合うのだろうか？　まるで一人はいつも存在しつづけ、もう一人は最初からそうであったかのように？　陽の光にかざして重ね合わせると、ちがいが一つもないように。

テレーザが撮影している。今夜観た映像のなかではじめてステーフマンが画面に出てくる。運転中に助手席から撮ったものだ。並木が車の後方に流れていく。彼がテレーザに抗議する。ぼくの記憶のなかの彼よりも、髪が長く、きれいな金髪をしている。テレーザにいますぐやめるように言う。後部座席のレネイが母親の味方をして、パパだっていつもやってるじゃない、と笑う。彼はカムコーダーをつかみ、そこで動画が止まる。画面の上に恐い顔が映る。

このときの顔にはまだなにも現れていない。少し青白くはある。朝、撮られたもので、おそらくよく寝ていないのだろう。二、三時間前にナラミグを服用し、ちょうどナラトリプタンが血管を収縮させることによって片頭痛を抑えているころかもしれない。目の周りの笑い皺は年齢とともに深まり、笑いといっしょに消えてなくならなくなったのが見てとれる。目は腫れておらず、メガネの縁の下の頬骨はまだ崩れていない。顎にはえくぼがあって、醜い男ではない。目に見えるようになるのはまだ先のことだ。この映像ではまだ左目奥の腫瘍はゴマか米粒、コーヒー豆ほどの大きさだっただろう。眼球の裏の見えないところにある。彼はまだなにも知らない。かゆみと、ときどき起こる片頭痛のみだ。緩慢な戦慄が、このときから十年以内に下顎以外の顔全体

——骨、目、肌を蝕む。死亡記事が自然死をほのめかしているのが印象的だ。「最期に至るまで感謝をもって人生を受け入れた」とある。

大きなスピードバンプで車が跳びあがる。物思いにふけって窓の外を見ていたレネイが、まわりを見まわして、後部座席と床になにかを探す。テレーザの膝の上を見るために頭を斜めにして、クマはどこか、不安げに尋ねる。「クマはどこ?」自分でもっていくって言ってたでしょう? テーブルにもっていくものがぜんぶ並んでいるとき、クマはわたしが連れていくってママに言わなかった? クマを出して! レネイがテレーザの座席を後ろから蹴る。静かにするよう、ステーフマンが促す。バッグのなかを見てみるように言われ、テレーザが足元のバッグを手探りする。すぐにテディベアを見つける。クマ?! 見ればわかるでしょう? レネイは思いきり前屈みになって、母親の手からそれをもぎ取る。膝の上にうつ伏せに寝かせ、丸いしっぽの横のなにかを確かめる。それから首の縫い目の糸を引っぱる。両目を長いあいだ真剣に見つめる。それからようやくそれを抱きしめ、ため息をついて言う。「クマだ」

見て! 春の強い風がモクレンの花びらを雪のように舞わせる。厚い雲となって斜めに降り、芝生をピンクホワイトのカーペットで覆う。彼らは二階のバスルームにいる。蛇口から水滴が漏れ、泡風呂入浴剤の泡をプツプツいわせる。見て! 彼は裸で横に立つレネイにレンズを向ける。自分が見ているものを父親が見ているかはおかまいなしに、腕を伸ばして指さしている。彼は跪き、驚きに満ちた彼女の顔を映す。ズームインして、自分のそばにある大きくて茶色く、深い輝きをもつ目と長いまつ毛をますます大きく映す。目に窓が映っている。木のてっぺん、おとぎ話のような花吹雪。夜、ピンク色の光に包まれた彼女の部屋にいる彼らの寝息を聞いたとき、自分がなにを感じたか、ぼくにはわかっている。ステーフマンのこんなにもそばにいる。ぼくがステーフマンなのだ……。

リビングルームにいる彼ら。出かける準備ができている。とくべつな日だ。彼は彼女に何曜日か尋ねる。レネイはどこに行くのか？　ほんものの学校だ。ほんものの学校に今日からもどるの？　彼女が頷く。はじめは二時間からだけど……シルヴィア先生の幼児二年生のクラス？　ほんものの学校の？　口元を片方だけあげて、頷く。すごく誇らしくて泣いちゃいそう、とレネイが言う。誇らしいのはよくわかるけど、泣かなくてもいいんじゃない？　父親がそう言うのを聞いて、彼女は泣き出す。

しばらくすると、また穏やかな雰囲気になる。テレーザとレネイが彼の前を歩いている。芝生になにか咲いている。クローバーだろうか、彼にはわからない。茶色く干からびた花びらがモクレンの下に掃き集められている。レネイは板石から板石へと跳びうつろうとする。テレーザの着ているホーンボタン、エポレット、大きな襟のついたベージュ色のハーフコートは、ゆったりしているがいい具合に腰にフィットしている。彼女はレネイにふつうに歩くように言う。転ぶとズボンが緑色になってしまうから。

彼らはゆっくりレネイを見ている。横に並んで、娘の五メートルほど後ろを歩いている。細い小路。スホール通り。右のかかとの内側が、一足ごとに左足にぶつかるのが見える。彼は、しっかりと歩いているね、と言ってから、膝をちゃんとあげようね、と諭す。それでいいよ！　テレーザが彼の手を握る。お互いにかける言葉は見つからない。

もうすぐ、リハビリ以外に半日、通学することになる。心理カウンセラーは、少し条件を整えれば、レネイは普通教育を受けられる、という意見だった。他の児童より時間を要し、疲れやすくはあるだろうけれど。

女性の校長ががらんとしたホールの中央で待ち受けていた。彼女はレネイのすぐ前にしゃがみ、肩に手を置いて、おかえり、帰ってきてくれて嬉しいわ、と言う。こんなにも喜んでいる、と示すように、頭を少し振りながら。さあ、行きましょう。お友だちに会いたいでしょう。一瞬ためらったのち、レネイは校長が差し出した手を握る。

廊下は長くまっすぐで、幼児クラスは入り口からいちばん奥にある。廊下の左側には子どもたちが勉強中の教室が並び、右側には首あたりから天井まで高い窓が並ぶ。壁にはパソコンの〈ハードウェア〉の部品が、木の板に取り付けられて掛けられている。何年も前に作られたものだ。キーボードやマウス。地元の小動物の写真。水彩画の列。窓台には頭の部分を切ったペットボトルが置かれている。砂を入れ、色を塗った厚紙やアルミホイルで作った花が挿してある。ステーフマンはひどく緊張している。彼らの足音が響く。近くに校庭が見えている。

廊下の突き当りで左に、もう少し先で右に曲がり、スイングドアまで来る。ドアの向こうが幼児クラスの廊下だ。シルヴィア先生が教室の端から見ている。両手を打ち合わせ、しゃがみ、両腕を広げる。抱かれるにまかせてレネイが言う。先生、こんにちは。ぎこちない態度を洋服掛けが救ってくれる。まだ空いているなかから一つ、自分用の目印になる絵を選ばせてもらう。彼女は迷い、風船を選ぶ。いい絵を選んだと、皆の意見が一致する。先生はレネイがジャケットを脱ぐのを手伝おうとする。子どもたちは教室の居心地のよい一角に半円形に椅子を並べ、静まり返って座っている。みんな、なんて言うんだった？　と先生に促され、こんにちは、レネイ！　と言う。

昼休みの三十分前に迎えにくる約束をする。最初の日だから、騒々しさに怯えずにすむように、と。レネイはまだひどく不安に思っているから。

それは家に帰る途中、彼の目の前で起こる。音が聞こえたときには、助けの手を差し伸べるには遅すぎる。彼女のスポーツシューズの先が道の真ん中で引っかかってしまったのだ。疲れていたからではない。車道の片側が、もう片側の昔ながらのコンクリート板より少し高くなっているためだ。車の往来があれば、ちゃんと手を繋いでいたところだ。躓いたわけではない。靴が段差にぶつかったのだ。音が聞こえたあとに、堪えがたい静寂が訪れる。レネイも彼も、どうすることもできずに、地面に倒れてしまうのがわかっている静寂だ。彼女の姿が画面から消える。もう助けるには遅すぎる。何度倒れてもけっして慣れることはない。どの転倒も毎回はじめてだ。装具のためにワンサイズ大きな靴のなかで、彼女のつま先は地面ギリギリのところでしか前に振り出されない。そのためほんのわずかな凹凸でも躓いてしまう。だがこれは躓きではない。コンクリートに思いきりぶつかって倒れたのだ。ドスンと嫌な音がする。

彼の目の前で起こったのははじめてのことではない。怒りで気持ちが悪くなるほどだ。殺人を犯せそうな憎しみを彼は感じる。こんなにも弱い彼女が、こんな過酷な試練を受けるなんて。いつでも、倒れるたびに上に挙がってしまう手の、おなじ箇所――小指と薬指の関節の上と下に、ひび割れた分厚いかさぶたができている。治る時間があたえられない醜い傷。

彼女が泣き叫びだす前に、彼は彼女のもとに駆けつける。

素早く、軽々と彼女を抱き上げる。まるで彼女が火のなかに倒れているかのように、乱暴なほどにぐいと地面から引きはがす。筋肉の塊と化し、言葉を発さない。父親の静かなる力を、彼女は感じているにちがいない。自分を打ちのめす不当さよりも強い力を。

彼は彼女を抱いて家に向かう。彼女は彼の首もとで泣いている。これ以上、強く抱き合うことはできない。彼女は重さを失くし、彼の一部となる。学校から自宅まで一日かかるとしたら、彼は夜までずっと歩きつづけられるだろう。そうだとしても、彼に不満はないだろう。鼻を彼女の髪に埋めて歩きつづけることに。

2

ベッドにまっすぐ立ったウィレムの頭が、柵の上から出ている。目をしばたかせ、朝の光のなかで聞こえるぼくの声に、笑い声をたてる。もう八時近く、ぐっすりと眠ったようだ。ぼくは寝袋ごと彼を抱える。一方の頰が熱く、もう片方の頰は室温より冷たく感じられる。

「一晩じゅう起きてたの？」ファレリアがぼくの服を見る。ベッドの片側に寝た形跡がないことに気づいたのだ。ぼくはベッドの端に座り、ウィレムを彼女のほうに這っていかせる。「天使くん、おいで」と彼女が言う。

八階にある寝室からは街の中心部の屋根に雪が積もった光景がパノラマのように見渡せる。朝のあたらしい光が窓についた露の筋を染め、近くのものはピンク、遠くのものは濃い紫に見える。煙突からたなびく煙は中世を想わせる。

「どうだった？」

〈よかった〉や〈興味深かった〉よりも正確な表現を探していると、サンドラ・フォルカートに関してなにか見つかったか、とファレリアが訊く。

「いや」ぼくは言う。「二人が訪ね合ったり、コンタクトを取っていた形跡は見つからなかったよ」

「じゃあなにが見つかったの？」彼女はウィレムを胸に抱きかかえてベッドの端に移動し、立ち上がって、おむつを替えにバスルームに向かう。

「レネイのことだけだった。脳梗塞のあと、娘がどれほど頑張ったか。彼女の闘いの記録だね」

「それでもステーフマンのことがわかった？」

「うん、そうだと思う……」

「役に立つこと？　あなたの書いてる本に使える？」

彼女の声にかすかな苛立ちが感じられる。あなたの本。ぼくは一晩じゅう起きていて、これから寝ようとしている。近々、発行部数も多く、大々的に出版される本なのに、なぜぼくの態度は控えめなのだろう？　何ヵ月も見知らぬ記者たちと話をすることになる本なのに。彼女は嫉妬しているのだ。ステーフマンのほうが先にいた。彼女がぼくの前に現れるよりも早く。

まるでおむつ交換台の上のウィレムに話しかけるかのように、彼女は言う。「なんで〈サンドラ〉じゃない名前を選ばなかったのかがわからない。そうしていれば、自分自身もまわりの人たちも悲劇から守れたはずなのに」

ぼくは彼女の側のベッドに座り、ナイトテーブルに置かれた本をめくる。デビュー作で文学賞を受賞したフランス人作家は濃い瞳で、ヒゲを短く刈りそろえている。ベッドのそばには大きな窓がある。窓のむこうでは光がいまにも燃え立つ色になり、何億光年離れた星々とのあいだの暗闇を消し去るところだ。

「カモフラージュなんだよ」ぼくは言う。「彼女の名前、サンドラ・V。本のなかの彼女の名前がほとんど同じであればこそ、うまくカモフラージュできるんだ。サンドラ・VはTの秘密で、サンドラ・フォルカートはステーフマンの秘密ではない。ほんとうの秘密とはちがう」

膨張した夜用おむつが床に落とされ、新たなおむつの粘着テープを留める音がする。「もう一回、言って」

ぼくは本の正しいページを開いて元どおりに伏せて置く。「ステーフマンがTのような狂気や強迫観念を抱いていたとは思えない。自分の一部を拡大してみせたんだ。わかる？」

「それくらいわかるわよ。でもカモフラージュっていうのはどういうこと？」

「ひどいことじゃなかったとは言わない。性的暴行だったんだから……少なくとも現在の基準で言えばね。弁護する気はさらさらないよ。誤った行為だったんだ。でもぼくにはあそびだったようにも思える。度を超えていたにしても、性にめざめるティーンエージャーなら誰でも体験しそうなあそび、そうじゃない？　ステーフマンが『T』に描いたのは相当ひどいことだけど、他の作家だったらもうちょっと軽い感じに描いていたかもしれない。描くことができたかも、だね」

「そう思うの？」

「行為を認めるわけじゃないよ。大したことじゃなかった、と言ってるんじゃない……彼はこれをカモフラージュに使ったとぼくは思う、と言ってるだけだ。そして、そのカモフラージュは現実になるべく近い形で示されてこそうまく機能するんだ。当該の女性を示す名前を使うことによって」

「わたしがどう思ってるか、わかる？　彼の描写がとてつもなくすばらしい、っていうことよ」

ファレリアがウィレムを抱きかかえてドアのところに立つ。彼のむきだしの両脚は自らの重みで赤くなっている。「でも、〈秘密〉の話をしていたのよね？」

　ウィレムは二度、パパと言い、おろしてもらう。足が床に着き、腕をぼくに差しだして言う。

「だっこ！」

「秘密はないんだ……一つもないはずだ。そして、どんなに奇妙に、逆説的に聞こえるにしても、それが彼が世間から身を隠した理由だったんじゃないかと思うんだ。彼は自分自身の本以外のなにものでもなかった。自分の人生を陳腐だと思ってたんじゃないかな。その陳腐さによって自分の作品の価値が下がるのを恐れていた」

ぼくたちは朝食をとる。新聞を分けあい、読みながら静かに食べる。しばらく沈黙がつづいた後、ぼくは言う。「だからあの動画を撮ったんだよ……」

彼女がぼくのほうを見る。

「そういえば、フェリックスからメールが来たよ。カセットはすべてオリジナルだそうだ。コピーがあればオリジナルは送らなかっただろう。すべてレネイの動画。編集されていない素材のままだ」

「デジタルのコピーをもっているかもよ」

「だったらなぜわざわざカセットを送ってくる?」

「彼が真剣だったのはまちがいないわね」彼女はテーブルを片づけはじめる。「これを送ってしっかりと印象づけたかったんでしょう。あなたに責任を負わせたかったのよ。事を自分でコントロールする、死の床からのさいごの試み。あなたの本のなかで娘が重要な位置を占めるのを望んでいたんでしょう」トレイを持ち上げ、彼女はキッチンに向かう。

ドアの隙間から廊下の反対側にある仕事部屋がちらりと見えている。本棚には世界各国で増刷された『T』のほぼすべてが並んでいる。すべての漫画化された本、映画化されたDVD、点字版。すべての『殺人者』。二十メートルにおよぶステーフマン。

「彼女の名前はレネイだ」ぼくは言う。

「え？」

彼女の疑問は一秒遅れて発せられる。彼女には聞こえ、意味がわかったのだ。

「彼女はレネイという名前だ。彼の娘だよ」

「それはわたしも知ってるわよ？」

五分間、集中的にキッチンを片づけた後、彼女はコーヒーを飲むか、尋ねる。手を拭きながらリビングに入り、質問を繰り返す。

「だから動画を送ってきたんだ」ぼくは言う。「彼は自分の人生が、伝記にするには陳腐すぎると思っていたんだ。本にする価値がないって。レネイの人生にはその価値がある。彼女が獲得したものは、彼が獲得したものよりも大きい。おそらく彼はそれをぼくにわからせたかったんだろう」

両手でもったティータオルがしずかに垂れさがっている。

「彼が動画をとおして、伝記を書くのをやめさせようとしている――あなたがそう思っているということ？　その解釈で合ってる？」

「合ってるよ」

「エミール・ステーフマンが？　『T』の有名な著者である彼が？　ねえあなた、それはなんというか、ひどくナイーブな考え方なんじゃない？」

「『T』の著者だからこそ、こんなことができると思うんだ。彼は本気で、カセットはオリジナル。策略なんかじゃない。彼の心からの願いなんだと思う」

空いっぱいに広がる雲が太陽を遮る。積雪十センチが予測されている。部屋が暗くなると、テレビに照らされたウィレムがおばけのように見える。彼は膝を折ってソファに座り、ひじ掛けにもたれて、緑、赤、黄色の服を着た男を夢中で見ている。男は白木の家の庭で、笑いながら踊る子どもたちに囲まれ、飾りたてたギターで歌を演奏している。

彼女はぼくの前の椅子に浅く腰かける。「そうかもしれない。死の床で。でもそれでも、たとえ彼がいまあなたが想像しているのと同じようなロマンティックな意味でそうしたとしても、それでも死の床で彼にはわかっていたにちがいないわ。もしあなたが伝記を書くのをやめたとしても、他の誰かが書くだろうって」

ぼくは死の床につく彼を想像する。自宅で、ベッドがリビングの窓のそばに置かれている。窓の外の、まわりを壁で取り囲まれた池のある庭園を、彼はモルヒネの霞ごしに記憶のなかにしか見ることができない。青い稲光のようなカワセミの翼も。〈カワセミ〉という名前を思い出そうとする。知っていることはわかっている。ゆっくりと記憶をたどる。間に合って思い出せるか、子どものように興味津々で。

「そうだね」ぼくは言う。「彼は愚かではなかったから」

彼女が首を振る。「うん、そんなに愚かだったはずはない」彼女は少し笑っている。

なにも言わずに座りつづけることができない地点に近づき、彼女はふたたびティータオルで手を拭い、立ち上がる。もう一杯、コーヒーを飲むかと彼女が訊く。

3

夜遅く、ぼくはもう一度、仕事部屋でニュースを見る。とても短いものだ。どの放送局も同じ短いニュースを流していた。テレーザが協定を結んだのだろう。一つの撮影班が一分のニュースを撮る。それが不満なら一切お断わり。お金はいらない。外では報道陣が敬意を示し、教会から離れたところで待機している。教会、というのが二番目にぼくの気を惹いた点だ。

葬儀の際の家族の顔が見える。友人。同僚の作家。出版社の社長。選り抜きの人たち。

さいごの十一秒をぼくはスローモーションで見る。

彼女は、細かい網目のベールに身を隠した母親の隣りを歩いている。二列のボタンのついた黒の上品なケープコート、黒のストッキング、目立たないエナメルの靴という姿で。八月で十四歳になった。短く刈り上げたショートボブスタイルで、あごのラインに沿った髪をあそばせている。

彼女だとすぐにわかる。厳密には〈少女〉は完全に消え去っているのに、五歳近くの女の子が見える。これは若い女性だ。ぼくは映像を止める。少し色あせた肌。目、まつ毛、眉毛のあたたかな茶色。あごの低い位置にあるくぼみが、輪郭を控えめに仕上げている。控えめ。それはささやくような美しさだが、そのささやきは誰もが話すのをやめ、耳を傾ける種類のものだ。

彼女は泣いていない。大きな存在感がある。周りを意識している。それでも、ふたたび再生ボタンを押すと、彼女はリラックスして、足を引きずることも止まることもなく、両膝を均等に上げ、母親と腕を組んで歩く。

麻痺していたのが右手であるのは、疑いの余地がない。

彼女はなめらかな動きで、白い花をつやなしの木の棺の彼の脚のあたり、テレーザの花が横たわるところにもっていく。親指と人差し指で茎をもち、小指だけが伸びている。ごくわずかなためらいとともに――ぼくにはそれが押し殺した悲しみのせいであるように見える――、彼女は指先を開き、花を落とし、腕をふたたび体の横にきちんとつける。模倣はあまりにも完璧で、もはや区別がつかないほどだ。

訳者あとがき

本書はベルギーのオランダ語圏、フランダースを代表する作家ペーター・テリンの長篇小説 Post Mortem〈死後〉、二〇一二年、デ・アルバイダースペルス社刊、のちにデ・ベージへ・バイ社）の、オランダ語からの全訳である。日本語版では、本書の鍵となる表現を取って、『身内のよんどころない事情により』というタイトルを編集部がつけてくださった。

テリンは、外界から遮断された地下でエリート警備員に昇格できると信じ、先の見えない仕事に取り組む警備員を描き、カフカを彷彿とさせると評された前作、De bewaker〈警備員〉、二〇〇九年）でEU文学賞を受賞。ヨーロッパ各国での評価が高まるなか、本作でオランダの重要な文学賞、AKO文学賞に輝いた。受賞スピーチでは「審査員の方々を祝福します……皆さんの文学的センスのよさを讃えて」と真面目な面持ちで笑いを誘ったあと、本賞を自分の手本である八歳の娘レネイに捧げる、と語った。「毎日、けっしてあきらめないということを父親に教えつづけてくれた彼女に」と。

本書の主人公は、過去十年に五冊の小説を発表するも、文壇では依然として目立たない存在の作家エミール・ステーフマン。三部構成の物語は、ステーフマンがシャワーを浴びながら、気の進まない作家の集まりに行かなくて済む言い訳を思いつく場面からはじまる。

「身内のよんどころない事情により」というそのでまかせを、のちに伝記作家がメールボックスに見つけたら、いったいなにがあったと思うだろう？――ふとそんな考えがステーフマンの頭をよぎる。そこを着眼点に彼は、死後にありもしない話を伝記作家にでっち上げられることに怖れを抱く、伝記嫌悪《バイオフォビア》の作家Tの物語を書こうと思いつく。小説の出だしを考えるステーフマンが「目にシャンプーが入るなんて、四十男がすることか？　そんなつまらない出だしでは、熟練した読者も吐息をついてしまうだろう」と『身内のよんどころない事情により』の出だしにケチをつけるのが面白い。

読み進めるうちに読者は、ステーフマン自身の生活と、彼が想像するTの生活が交互に描かれる複雑な物語の構造に気づいていく。

四歳間近の愛娘レネイと美しい庭を歩いて学校に向かうだけで、楽園にいるような至福を感じるステーフマン。実家に泊まりにいった娘を迎えにいき、母の作ってくれた昔と変わらない味のステーキとフライドポテトをともに食べる。真剣に食べる娘の表情は、毎日、見ているのにけっして飽きることがない。帰りには車のなかでラジオから流れるヒット曲のリフレインを大声でいっしょに歌い、笑い合う。しあわせな父娘の姿が生き生きと描かれる。

その穏やかな日常を突如、不幸が見舞い、〈身内のよんどころない事情〉が現実となってしまう。レネイが脳梗塞を起こし、集中治療室に運びこまれたのだ。第二部は、昏睡状態のレネイが聴きなれた父親のタイプライターの音に反応するように、医師の許可を得て病室にもちこんだタイプライターでステーフマンが書いた闘病記、という体裁をとっている。

まるでドラマのような、現実にはありえない展開に思われるが、これは実際にテリンの身に降りかかったことである。『警備員』の終わりの部分を執筆中、テリンはまるで稲妻に打たれたように、『身内のよんどころない事情により』の全体を数分のうちに見たという（そう、シャワーを浴びているときに）。新しい小説が書ける！　と有頂天だった時期に、小説と同様、レネイという名の自身の娘が生死の境をさまよう恐怖を体験した。そして自分には書くこと以外にはなにもできないからと、将来レネイが読み返せるように、病院で経過報告を書きつづった。それが新たな小説にパズルのピースのようにぴたりとはまることは、あとから明らかになったという。

第一部は〈彼〉という三人称でステーフマンについて語られ、第二部はその〈彼〉が書いた〈ぼく〉、すなわちステーフマンの記録、第三部は一転、十年後の状況を伝記作家の〈ぼく〉がつづる。ステーフマンが伝記作家にレネイのリハビリのビデオを送りつけたのはなぜなのか？　読者は伝記作家とともに推測する。

ステーフマンは言うまでもなく、娘への愛を小説として残したいとの思いで『身内のよんどころない事情により』を書いたテリンの分身（アルターエゴ）である。そしてステーフマンが自らをモデルに描くTもまた、テリンのようである。まるで自分の創造物である作家が自分を創造しているような複雑な入れ子構造だ。小説のなかにちりばめられた洗練されたアイディア、現実と虚構が織りなす物語の美しさは、一読では気づきにくい。たとえば、おなじ近所の人たちが、作家ステーフマンの日常と、ステーフマンが描く作家Tの日常、自分の死後に伝記作家が話を聞きにくるのをTが想像する場面、そしてのちに実際に伝記作家が訪ねてくる場面にそれぞれ登場する。これを一度に理解できる読者は少ないだろう。

さらに、ステーフマンの子ども時代の回想も脈絡なくちりばめられている。ようやく読者にその理由がわかるのは、伝記作家が事の成り行きを解説する第三部。ステーフマンは世界的なベストセラーとなった『T』のなかで、幼なじみの女性の死を描いた。そのことが現実の幼なじみを間接的に死に至らせたのではないか……物語における現実と虚構の境い目、作家は自ら創作した虚構が現実にもたらす影響にどこまで責任があるのか？　ステーフマンが責任を問われる裁判が、本書のサブテーマとなっている。

だが、さいごまで読んでもなお謎は残る。パン屋の娘は？　隣人の青いかごは？　伝記作家に誤った推測をさせ、読者が頭のなかで（そうじゃない！）と彼に教えたくなるような工夫さえされている。ステーフマンの娘の名前はレネイなんだよ、と伝記作家が妻に言うと、それは自分も知っている、と妻は答える。伝記作家は、妻にも自分の言わんとするところがわかっているのを感じる。だが、ではそれがなにであるのかは、読者の判断に委ねられる。小気味良い伏線の回収で答えを与えられる小説とはべつの醍醐味が、そこにはある。

わたしには、その場面でテリンが伝記作家を跳び越えて顔を出し、読者に〈レネイ〉の存在の重要性を伝えているように感じられる。他の登場人物の名前は変えてあっても、レネイだけは現実でも物語のなかでも、物語のなかの物語でも、一貫して〈レネイ〉と呼ばれている。その名前に隠された意味も、読者は物語のなかで知ることになる。

フランダース地方西部の田舎町で、実直な工場労働者の両親のもとに育ったテリンは、将来やりたいことがわからないまま、ゲントで応用コミュニケーションの学位を取得。二十三歳のとき、イギリスの建築家に大理石を売る営業の仕事をしていた。小説をさいごに読んだのは十五歳のころだったが、ロンドンでの長い夜、オランダの三大作家の一人、W・F・ヘルマンスの『ダモクレスの暗室』を読みはじめ、一気に読破。翌朝、自らも作家になることを決意し、電話で退職を申し出ていた。

それからは敬愛するヘルマンス以外の作家――チェーホフや、レイモンド・カーヴァーをはじめとするアメリカ人作家――の作品も読み漁った。バーテンダーとして金曜の夜から日曜の夜まてノンストップで働き、収入と執筆時間を確保。短篇からはじめて、五年間に約五十の作品を執筆し、地方の文学賞を獲得したことで作家への道が開けた。

EU文学賞受賞でのインタビューで、自分はベルギー人またはフランダース人というよりもヨーロッパ人というアイデンティティのほうが強い、と語ったテリン。十六ヵ国語に翻訳された『警備員』で読者がヨーロッパじゅうに広がったことを喜んでいたが、『身内のよんどころない事情により』は難解であるためか英語とスペイン語、カタロニア語にしか訳されていない。そして、オランダ語圏のベルギー、フランダース地方とオランダを比較すると、テリン本人も不思議に思うほどオランダでの評価のほうが高い。

「『身内のよんどころない事情により』は無限につづく探検旅行だ。テリンはそのなかで虚構と現実、それらを区別することにどれほどの意味があるのか、という問いかけに、次から次へと新しい光をあてる」（NRCハンデルスブラット紙）、「『身内のよんどころない事情により』は（絵のなかに同じ絵が無限に描かれる）ドロステ効果をもつテキストとして読むといい。本は読者を離さない。読み終わると、どこから始まり、どこで終わったのか、わからなくなる」（リテレール・ネーデルラント）といった好意的な書評が多く見られる。

娘の病気をフィクションに組み入れ、娘への愛のみならず、文学への愛に満ち溢れた作品に仕立て上げる技量、既成の文学とは異なる独自の世界を創り出す孤高な試みに胸をうたれる。『警備員』はわかりやすいテーマで、他の作家にも書けるかもしれないが、本書はテリンにしか書けない。繰り返し読みながら、どうしてもこちらを日本に紹介したい気持ちが強まっていった。「鋭い洞察力だが、苛立つほどに複雑。まるで、読者がさいごまで読みつづけるかをまったく気にしていないかのように」（トラウ紙）、「テリンは読者に概観の把握をさせようとしない。それにより『身内のよんどころない事情により』の読書体験は、読者に多くを求めるものだ」（NRCハンデルスブラット紙）と書評家に言わしめる小説を読みつづけてもらえるよう、理解の助けとなる訳文を心がけて翻訳を進めた。

〈自動販売機についた傷が脱出ルート〉、〈ぬいぐるみのクマが天からの特使〉といった、ところどころに見え隠れするシュルレアリスム的要素にも魅力を感じる。ヴァージニア・ウルフの『ダロウェイ夫人』やパトリック・ジュースキントの『ある人殺しの物語 香水』、エドワード・ホッパーの絵〈車両番号293 コンパートメントC〉等が出てくるのも知的好奇心をくすぐる。

子どもも時代に住んでいた町を〈ジンゲネ〉としているが実際は〈ウィンゲネ〉という名の町であること、〈ステーフマン〉という名は敬愛するヘルマンスの主人公と一文字ちがいの同名であることも知った。〈T〉という文字はテリンの頭文字であるだけでなく、〈キリスト十字架像〉から頭が斬られたかたちで〈知的な斬首〉を象徴している、などという見事な表現に唸りたくなることも多い。なにかが隠されているのにまだ気づいていないかもしれない、と読み終わったとたん、また読み返したくなる作品だ。

さいごの一文、「模倣はあまりにも完璧で、もはや区別がつかないほどだ」がなにを意味するのか――どの書評にも書かれておらず、文学関係者や読書家の友人に聞いたこととも異なるようで、ずっと考えつづけていた。ゲラを読みながらはじめて浮かび上がってきた解釈が正しいか、テリン氏にメールで質問してみたところ、そのことを言っているのだとお返事をいただいた。ないんの〈模倣〉であるかは、物語のなかに示されている。オランダ語では同じ意味の別の単語が使われているため気づきにくいのだが、日本語訳では表現をそろえたので、探してみていただきたい。

一度だけ、実際にテリン氏にお目にかかったことがある。ゲントで開かれたフランダース文学基金主催の集いでのことだった。まだ日本での出版の見通しはたっていなかったが、どうしても訳したいという熱い思いをお伝えすると、「いつかこの本がぼくたちの本になることを願って」とサインとともに書いてくださった。それが現実となったことにより、わたし個人には物語の外側にもうひとつ物語が生まれた。貴重な翻訳体験をあたえてくださったテリン氏と、文学基金の招待を受けてフランダースまでいらしてくださった新潮社の須貝利恵子さん、編集を担当してくださった前田誠一さん、ていねいに読み、鋭い指摘をしてくださった校閲の方に心からお礼を申し上げる。文学基金の現担当者マリーケ・ルールスさん、旧担当者ミヒール・スハルペイさんにも大変お世話になった。

コロナ禍で物理的な旅が困難な世界で本書の〈無限につづく探検旅行〉を楽しんでいただけること、そして良質のフランダース文学として長く読み親しんでいただけることを願いつつ、わたしの翻訳の旅を終えたい。

二〇二一年七月、アムステルダムにて

長山さき

POST MORTEM

Peter Terrin

身内《みうち》のよんどころない事情《じじょう》により

著 者
ペーター・テリン
訳 者
長山さき
発 行
2021年7月30日

発行者　佐藤隆信
発行所　株式会社新潮社
〒162-8711 東京都新宿区矢来町71
電話 編集部 03-3266-5411
読者係 03-3266-5111
https://www.shinchosha.co.jp

印刷所
株式会社精興社
製本所
大口製本印刷株式会社

乱丁・落丁本は、ご面倒ですが小社読者係宛お送り下さい。
送料小社負担にてお取替えいたします。
価格はカバーに表示してあります。

ISBN978-4-10-590172-1 C0397

CREST BOOKS
Shinchosha

恋するアダム

Machines Like Me
Ian McEwan

イアン・マキューアン
村松潔訳

冴えない男、秘密を抱えた女、
アンドロイドの奇妙な三角関係――。
自意識を持ったＡＩが、恋愛や家族の領域に
入り込んで来た世界をユーモラスに描く傑作長篇。

CREST BOOKS

赤いモレスキンの女

La femme au carnet rouge
Antoine Laurain

アントワーヌ・ローラン
吉田洋之訳

バッグを拾った書店主のローランは
落とし主の女に恋をした——。手がかりは
赤いモレスキンの手帳とモディアノのサイン本。
パリ発、大人のための幸福なおとぎ話。

CREST BOOKS

友だち

The Friend
Sigrid Nunez

シーグリッド・ヌーネス
村松潔訳

誰よりも心許せる男友だちが命を絶ち、
喪失感を抱えた女性作家。
そこに男が飼っていた老犬が転がり込んできた。
思わず息をのむほど悲痛で美しい、全米図書賞受賞作。

CREST BOOKS